汤炳正·著

与日月争光可也

汤炳正论《楚辞》

大家学术

生活·讀書·新知 三联书店

Copyright © 2018 by SDX Joint Publishing Company
All Rights Reserved.

本作品版权由生活·读书·新知三联书店所有。
未经许可,不得翻印。

图书在版编目(CIP)数据

与日月争光可也:汤炳正论《楚辞》/ 汤炳正著.
—北京:生活·读书·新知三联书店,2018.5
(大家学术)
ISBN 978 – 7 – 108 – 06123 – 2

Ⅰ.①与… Ⅱ.①汤… Ⅲ.①楚辞研究
Ⅳ.①I207.223

中国版本图书馆 CIP 数据核字(2017)第 238574 号

责任编辑	刁俊娅
封面设计	米 兰
责任印制	黄雪明
出版发行	生活·讀書·新知 三联书店
	(北京市东城区美术馆东街22号)
邮 编	100010
印 刷	四川省南方印务有限公司
版 次	2018年5月第1版
	2018年5月第1次印刷
开 本	650毫米×900毫米 1/16 印张 16
字 数	185千字
定 价	46.00元

弁 言

李学勤*

日前听闻"大家学术"丛书第一辑的编选整理已经完竣,即将付印问世,我感到非常高兴。在这套丛书的策划过程中,四川师范大学段渝教授多次垂询我的意见,我也得以从他的讲述中获知其对这套书的设想,认识到这些确实是很有学术意义的好书,值得向广大读者做一推荐。

"大家学术"丛书是在所谓"国学热"日渐升温的当口诞生的。我由于参加《中国高校哲学社会科学发展报告》的工作,必须更多查阅学术界的资料,才发现"国学热"在不长的时间里,竟已发展到出人意料的局面。仔细想来,这本来是理所当然的,"国学"就是"中学",亦即中国传统文化的核心部分。随着中国国势走向振兴,人们自然会增加对传统文化的关注,要求认识、继承和阐扬其中的精华,并将之推向世界。

北宋张载说:"为天地立心,为生民立命,为往圣继绝学,为万世开太平。"常被视为中国学人的最高抱负。这里面"为往圣继

---

* 李学勤,清华大学教授,"夏商周断代工程"首席科学家、专家组组长,中国先秦史学会理事长,国际欧亚科学院院士。

绝学",便可以理解为对传统文化学术的继承和发扬。前人已往,其学已绝,所以"继绝学"不能停留在前人固有的层次上,而是要于其基础上续做提高,日新又新。不过,正确地了解传统、分析传统,毕竟是继承并且创新的前提。

从这里我们可以看到学术史的工作是多么重要。事实上,在历史发展中每逢重大转折的时刻,每每有富于远见的学者出现,做出学术史的总结和探究。前人曾指出,战国晚期百家争鸣接近终局之时产生的《庄子·天下篇》,堪称这方面最早的范例。

20世纪中国学术史的奠基人,应推章太炎与梁启超。章太炎于这方面发轫较早,有关论作虽多,但未成专著。梁启超则在20年代先后撰成《清代学术概论》及《中国近三百年学术史》。在后一书开首,梁启超说:"这部讲义,是要说明清朝一代学术变迁之大势及其在文化上所贡献的分量和价值。为什么题目不叫作清代学术呢?因为晚明的二十多年,已经开清学的先河,民国的十来年,也可以算清学的结束和蜕化。把最近三百年认作学术史上一个时代的单位,似还适当,所以定名为《近三百年学术史》。"后来钱穆先生1937年出版的书,尽管学术观点与梁氏不同,也用了同样的标题。

梁、钱两书都有相当重大的影响,我认为这主要是因为其所讲述的学术史,对当时学术界而言恰好符合需要。任何一个历史时期的学术,总是以前一时期的学术作为凭借的思想资料,从而有所变革、进步和创新。足知对前一时期学术史的了解,一定会有利于当代学术的前进,甚至应该说是促进学术新发展的必要条件。就梁启超到钱穆那个时代的学者而言,他们面对的问题与挑战,究其渊源,大都可上溯到清代前后的三百年,无怪乎《中国近三百年学术史》两种都不胫而走了。

今天的学人，所处时代已与梁、钱二氏不同。作为我们学术界先行和凭借的，不是清代，而是落幕未久的20世纪。比之清代，20世纪的历史更是风云变幻、波澜壮阔，人物更是群星灿烂、英杰辈出，为学术史的研究提供了十分辽阔的用武之地。为了看清当前学术文化的走向，推动新世纪学术文化的建设，不能不重视对20世纪学术的研究。这正是我近些年一直呼吁加强这一时期学术史工作的原因。

实际上，对20世纪学术的探讨研究，早已在很多学者的倡导支持之下展开了。在这里我想强调的是，这方面的工作还有必要在深度和广度上继续扩展，特别是我们考察20世纪的学术文化，眼界还有必要进一步拓宽。

20世纪的中国学术极其丰富多彩，不能只局限于一时一地，例如北京、上海的几处大学和机构。应该说，由于时势机运的流转变迁，很多地方在学术上曾形成学科或思潮的中心，那里的学者在多方面都做出了独特的成果和贡献。

四川就是这样。自古以来，蜀学有其脉络，虽说蜀道甚难，但蜀地学人影响被于天下。晚清以至民初，情形更是如此。特别是抗日战争爆发之后，学人云集，蔚为盛况，于四川文化发展开前所未有的局面。仔细探究四川的学术史传统，是非常有意义的工作。

"大家学术"丛书即是如此规划的。这套丛书第一辑即专门编选四川地区卓有建树的学人著作，加以介绍其思想成就的前言，便于读者阅读。现在第一辑所收作者，都是中国学术界公认的著名学者，无愧"大家"称号。他们大多著作等身，非短时间所能通览。这些选本足以帮助大家了解他们的学术概要，相信一定会受到欢迎。

这套丛书还将继续编印下去，分辑搜集、编辑全国各地20世纪著名学术大家的专题学术论著精粹，使之成为较为全面反映中国20世纪学术文化发展成就的窗口。

最后，希望四川学术界当前以20世纪学者为主，为撰著系统的20世纪四川的学术史做出准备，将来还可上溯到更早以至古代的蜀地学术，对中国传统文化研究的贡献就更大了。

于北京清华园

目　录

001　　　序

001　　　我与《楚辞》
007　　　《屈原列传》理惑
029　　　历史文物的新出土与屈原生年月日的再探讨
053　　　"左徒"与"登徒"
063　　　《九章》时地管见
089　　　《楚辞》成书之探索
114　　　释"温蠖"
128　　　关于《九章》后四篇真伪的几个问题
142　　　试论《天问》所反映的周楚民族的两次斗争
157　　　从屈赋看古代神话的演化
168　　　《招魂》"些"字的来源
184　　　屈赋语言的旋律美
206　　　关于楚辞学史上的一起疑案
　　　　　——论《屈赋音义》的撰者问题
221　　　从包山楚简看《离骚》的艺术构思与意象表现

236　　　后记

序

熊良智

汤炳正（1910—1998），字景麟，山东荣成人。师从国学大师章太炎，入"章氏国学讲习会"研究班，研读文字、声韵之学，先后撰有《古等呼说》《齐东古语》《广韵订补》《〈说文〉歧读考源》《语言起源之商榷》等，后被聘为声韵学、文字学主讲教席，曾撰写《五胡十六国纪年史》《史通笺释》《中国古韵学论证》等。

1944年入川，受著名墨学家伍非百之聘，为四川西山书院主讲，并先后任国立贵阳师范学院、国立贵州大学教授。1950年后，一直任四川师范大学（前身即公立川北大学、四川师范学院）教授，并曾担任中国屈原学会会长、中国训诂学会学术委员、章太炎研究会顾问。

汤炳正教授一生所涉甚博，但主要成就在古汉语和楚辞学，尤以楚辞研究卓有建树。先后出版楚辞学著作《屈赋新探》（齐鲁书社，1984年）、《楚辞类稿》（巴蜀书社，1988年）、《楚辞今注》（上海古籍出版社，1996年）、《渊研楼屈学存稿》（中国社会科学出版社、华龄出版社，2004年）、《楚辞讲座》（广西师范大学出版社，2006年），并主编《楚辞研究》《楚辞欣赏》《楚辞研究全书》，担任《楚辞学文库》名誉主编，另有语言学论文集《语言之起源》(台湾贯雅文化事业有限公司,1990年)、散文集《剑南忆旧》(山西人民出版社,2000年)、诗集《渊研楼酬唱集》。

汤炳正教授治学,追求独创性,探索"所以然"。他以其师太炎先生教诲为座右铭:"若学术无心得,惟侈博闻;文艺无特长,惟随他律;技巧无新法,惟率成规;虽尽天下之能事,得尽有之,犹是他人所有,非吾所独有也。"他主张"追根究底"。比如,前后历数十年、最后发表于1987年香港《中国语文研究》总第9期的《〈说文〉歧读考源》,虽是研究《说文》中的歧读现象,却是着眼于文字与语言的关系的研究。汤炳正教授认为,文字之初并不是记录语言的符号,这是针对沿用了两千多年而且传遍了全世界的亚里士多德的定义"文字是记录口语的符号"的。汤炳正教授根据对云南纳西族的"异读"、日本型的"训读"、高丽型的"误读"现象的分析,认为文字歧读不是偶然现象,而是一种必然现象,这种现象正反映了"从表达意义之图画走向标记语音之文字,其间还存在一个过渡阶段。而在此过渡阶段,文字与语言之间是处于游离状态与不稳定情况之中,甚至在语言与文字已经基本结合之历史阶段,仍然残存少数语言与文字之间若即若离之奇特现象"。因此,"文字只是在社会现实与意识形态之基础上产生出来,而不是在语言之基础上产生出来""语言与文字,应皆为直接表达社会现实与意识形态者,并非文字出现之初即为语言之符号"。又如对"语言之起源"这个被称为语言学界的"哥德巴赫猜想"的命题,汤炳正教授仍然以追根究底的精神做出了自己的探索。语言学界普遍认为:语音与语义没有必然联系,它们的关系只是约定俗成的。汤炳正教授则认为语音与语义之间有必然联系。他指出,远古的先民只能以手势或容止达意,由于环境的限制,不得不利用语音为表意工具,表达的方式有"容态语""声感语",

并将这两种方式归结为语言起源的两种现象。香港《大公报》发表张国瀛专文评论说：这是汤炳正教授在探讨语言起源问题上的独辟蹊径，是从心理学、生理学、物理学诸方面进行综合研究而揭开的人类语言起源之谜。其突破性的贡献在于：前人只言某音表某义，汤炳正教授则进而探索了某音之所以表某义的根本原因。

学术研究以"求真"为根本宗旨，并不以"求新"为最终目的，这更需要学者选择学术研究中那些重大的、根本性的问题去探索。楚辞研究的核心作家是屈原，可是赖以研究屈原生平事迹的最主要也是现存最早的文献《史记·屈原列传》都存在不少问题，遭人怀疑，并有人借其中的矛盾否定屈原的存在。这个问题，历代学人也做过不少的探讨，但总未能从根本上正本清源。汤炳正教授在1962年《文史》创刊号上发表论文《〈屈原列传〉新探》，对《史记·屈原列传》做了认真的清理，恢复了《史记·屈原列传》的本来面目，厘清了屈原生平事迹、政治活动的线索，澄清了屈原研究中的不少矛盾。有学者评论，在这方面很多学者做了研究，其中尤以钱穆和汤炳正所做的工作引人注目。但"钱氏的辨误虽精审该博，但就清理文献、明确是非来说，充其量他只是做了一半……这另一半作为文献根据其可靠性如何呢？汤炳正《屈赋新探·〈屈原列传〉理惑》回答了这一问题"（赵沛霖《屈赋研究论衡》，天津教育出版社，1993年，第40—43页）。又如《楚辞》成书于刘向，这几乎是学术界的一个传统定论。汤炳正教授却从古代文献的流传，尤其是古本《楚辞释文》的篇次中发现问题，1963年在《江汉学报》发表了论文《〈楚辞〉编纂者及其成书年代的探索》（后收录于专著时改为《楚辞成书之探索》）。他提出了一个崭新的结论："《楚辞》一书是由战国到东汉这一漫长的历史时期中经过很多人的陆续编纂辑补而成的，至于刘向则不过是纂辑者之一。"他还指出：第一组作品（指《离骚》《九辨》两篇）的纂成时间当在先秦，"其纂辑者或即为宋玉"。这在国内外学界也引起了强烈的反响。日本著名楚辞学家竹治贞夫在日本《文学论丛》1993年第10期发表论文《围绕〈楚辞释文〉的问题》并对其做出了高度评价，认为汤炳正教授的论文"出色地阐明了十七卷本形成的过程，建立了前所未有的学说"。

运用地下出土新资料，采用"二重证据法"是汤炳正教授学术研究的主要方法。他利用1976年新出土的周代利簋的铭文及天文学界对银雀山汉墓出土的《元光元年历谱》、马王堆汉墓出土的《五星占》的研究成果，推算《离骚》中"摄提贞于孟陬"为公元前342年正月，并与《史记》等古籍记载秦始皇的生年和命名参证，提出屈原生年的新说，被学术界评为"这一推算的证据比较充分，论证科学严密"（陈桐生《二十世纪考古文献与楚辞研究》，《文献》1998年第1期）。他利用随县曾侯乙墓出土竹简上的"左坴徒""右坴徒"字样，考释"左徒"职官，确认屈原的政治活动，利用"鄂君启节"所标屈原时代楚人乘船车行的路线，探讨屈原流放的行踪，考察《九章》写作的时地，都得出了令人十分信服的结论。又如发表于1994年第2期《文学遗产》的论文《从包山楚简看〈离骚〉的艺术构思与意象表现》，就利用1987年出土的包山楚简，考察了楚国大臣占卜事君的风尚、楚国有关卜筮的程序、楚卜的用具与方法，并对照《离骚》中有关卜筮的环节和程序，指出《离骚》"借卜筮形式作为抒情的艺术手段，把平凡、简单而原始的贞问'事君'吉凶之风尚，赋予丰富而深刻的政治内容，使诗篇达到了相当高的艺术境界。《离骚》后半部有关卜筮的艺术构思，无疑是由此而来的"。这不仅为《离骚》的艺术构思和意象表现找到了最为有力的历史证据，解开了《离骚》中有关占卜、祷神内容之谜，纠正了王逸以来以巫咸为"重占"的千载疑案，而且拨开了学术界的一层迷雾，即将屈赋中利用卜筮、祷神的艺术表现手段，看作屈原为"巫官"的职业特性的不实之词。文中的"几点体会"，论说艺术作品与宗教卜筮的区别，更是十分精辟的阐释。

以语言文字为突破口，结合多门学科综合研究，微观、宏观交相为用，努力探求事物的规律，这是汤炳正教授的治学特点。比如，通过楚辞中《招魂》《天问》里有关神话的演变迹象，汤炳正教授在1978年发表的《从屈赋看古代神话的演化》中，揭示了"古代神话的演变往往以语言因素为媒介"的规律。在《屈赋修辞举隅》《屈赋语言的旋律美》等论文中，汤炳正教授根据屈赋运用语言的实际和楚方言特点，提出屈赋"首、尾韵""中、尾韵"的现象，又在壮族民歌的"腰、尾韵"中得到印证。而探讨《〈招魂〉"些"字的来源》一文，又结合苗族的风习进行揭示，等等。

汤炳正教授楚辞研究的重要成果，在国内外学术界产生了极大的反响。1985年，汤炳正教授当选为中国屈原学会第一任会长后，中央人民广播电台国际广播用英、日语向海内外介绍了汤炳正教授的学术成果。《中国社会科学》《社会科学评论》《文史哲》以及香港的《大公报》、日本的《东方》都先后有专门的评论和介绍，台湾又重新出版了《屈赋新探》和《楚辞类稿》。《屈赋新探》被学者评价为"在材料和方法的运用上以及所取得的成就上，都无愧为楚辞研究中一座新的里程碑""在楚辞研究上开辟一个新纪元""细绎本书所收廿篇论文，几乎每一篇都能提出新知独见，而又持之有故，言之成理"（郭在贻《楚辞要集述评》，《郭在贻文集》第3卷，中华书局，2002年，第565—566页）。

1998年，汤炳正教授逝世了。在悼念他时，有一副挽联这样写道：

> 海内传文章卓尔不群大家规模载事载言称屈学一代泰斗
> 人心说道德和而不流长者风范成人成己写杏坛六十春秋

此或可作为汤炳正教授身后的盖棺定论吧！

我与《楚辞》

我与《楚辞》结缘，是比较晚的。记得少年读书时，家塾藏书，经史子集都有一些，然无《楚辞》。老师讲课，也不及《楚辞》。其时，一位远房叔叔从曾任京官的亲戚家得了一部《楚辞》，置诸案头，对我说："这书读起来很有趣味。"但也并没有引起我的注意。现在回忆起来，其书系古刊大本，纸色暗黄，有似现在传世的芙蓉馆《章句》本。可见，当时用以教育青少年者，唐诗宋词以外，很少涉及《楚辞》。我师事太炎先生时，先生亦未尝以《楚辞》相授。

我跟《楚辞》产生不解之缘，是在抗战时期，尤其是家乡沦陷、逃亡西南的年代。也许是我的流亡生活与屈子产生了共鸣。但其时，我正专攻语言文字之学，对屈赋还无暇顾及。虽偶尔讽诵吟咏，但与学术探讨之间，还隔着一道万里长城。

我现在体会到，对任何文化遗产的研究，是历史的，也是时代的。时代的政治、时代的思潮、时代的情趣等等，无一不渗入学术研究领域。抗战时期，郭沫若、闻一多等曾掀起研屈高潮。他们都能以新的观点、方法分析屈赋，塑造屈子的伟大形象。他们的成果，曾在当时抗日的政治斗争中，有过意想不到的影响。

当时我任教于贵阳师范学院,正值抗战刚刚结束,反内战的思潮高涨。学校要我为中文系开一门楚辞课。出乎我的意料,开课不久,其他各系的学生都纷纷参加旁听,挤满了教室,教室坐不下,就自带凳子,在室外露天听课。但我自己心里明白,这并不是由于我讲课有什么魔力,而是因为弥漫于青年当中的时代思潮,同伟大诗人屈子忧国忧民的情怀有某种默契。而正是这种客观形势,竟促使我由教语言学转到教屈赋,由对屈赋的讽诵吟咏进一步转向对屈赋进行钻研探索。这无疑是我在学术上的一个新的起点。为了讲课的需要,我写过《屈赋注》;为了厘清屈赋的思路,我又写过《屈赋新章句》。不过由于我是专攻语言文字学的,故研屈的开始,仍是从语言文字入手。

我在研屈过程中的第一篇论文,是探讨《招魂》"些"字的来源。在当时,用民族学、民俗学研究楚辞的文章,我还没有见过,自认为是开辟了屈学新路。那是1948年,我正任教于贵州大学中文系。贵州是少数民族聚居之地,耳濡目染,使我意识到屈赋与少数民族文化的关系。我当时曾搜集记录苗族词汇几大本。我对门宿舍的杨汉先君是苗族人,曾为调查苗族民俗走遍了西南各省。杨与我素有相当的友情,一天闲谈中,提到他在云南白苗中参加过几次招魂仪式。而其招词的句尾,必收以"写写"二音。此事对我启发极大,经过反复探索,得出《招魂》"些"字本为"此此"重音的结论。这篇论文,当时曾在梁漱溟主办的重庆《勉仁文学院院刊》创刊号上发表过,可作为我研屈生涯中的一个纪念。有人认为,第一篇研屈论文已显示出作者的学术倾向,那就是重视新资料(包括出土文物)的运用和长于以语言文字为突破口。但我个人的体会是,新资料固然重要,但必须与传统的旧资料相参稽,始能显其纠谬补缺之功;以语言文字为突破口固然重要,而在破门以后,还有个"升堂入室"的问题,否则就会得其精审,失其恢宏。

但是,1949年以后,我的研屈生活并没有能按照自己的设想顺利前进,几十年来,曾经有过几次长时期的中断,并碰到不少难以超越的困扰。开始是"三反""五反"和思想改造,接着又是批判俞平伯、批判胡适、批判胡风、肃清反革命等等,把我的"如意算盘"冲击得稀烂。整整十年的时间,研屈工作简直是空白。心情之苦闷,是不言而喻的。直到1962年"高教六十条"颁布之后,文化界才出现思想松动的局面。而我的第二篇研屈论文《〈屈原列传〉理惑》也于这时写成,并发表于中华书局主编的《文史》创刊号上。接着,1963年我又撰写了《〈楚辞〉编纂者及其成书年代的探索》,发表在《江汉学报》上。这两篇东西,颇得国内外屈学同仁的赞许。通过这两篇论文的撰写,我进一步体会到,新资料的运用固然有助于新结论的获得,但对人们用惯了的旧资料,如果有了崭新的理解或独到的阐释,同样会得出创造性的结论。而且离开语言文字学的范畴,而"属辞比事",纵横参验,于屈学研究同样大有用武之地。但尽管个人的信心十足,突如其来的时代劫难——史无前例的"文革",仍然使你不可能完成自己的学术使命。从此又是一个十年的空白。

在"文革"中,不仅研屈无缘,且性命难保。更不幸的是,严重的心脏病又恰恰在"文革"的末期狠狠地折磨着我。这时期,所谓的"反动学术权威",该死的死了,该病的病了,该流放的流放了,天下渐渐太平,而我也得以请假在家养病。其时,我对那部劫余的残本《楚辞》,只能抚之以慰情,未敢展卷而畅读。这不仅是因为政治气氛压人,令人心有余悸,也因为我那时的病情,连报刊上的大标题都不能读,一读病就犯。难道这正是读书人应有的下场？难道我终于不得不与屈赋绝缘？有人说，对一门学科，思维固然是重要的，而对这门学科的深厚感情与浓烈兴趣，更是绝不可缺少的因素。然不身历其境，是很难体会出其中至理的。可以这样说，"文革"十年，我与屈赋的关系，在科研上是空白，而在感情上并不是空白。它不仅填补了我在文化沙漠中思想上的虚无空寂，而且在屈子抗拒邪恶的精神的支持下，我度过了难以忍受的时期。因此，从1976年开始，我终于带着这种感情，重理旧业，拖着久病的身躯，在研屈的道路上试步前进。

记得1976年是全国地震警报频繁的年月。这年夏，我与老伴儿潘芷云带着几本《楚辞》经由溆浦，奔向她的老家湖南武冈避震。在屈子流放之地，读屈子抒愤之篇，自觉体会特深。第二年，即1977年的春末，我回到了成都，病情似乎略有好转，立即全身心地致力于研屈。从探讨《九章》后四篇的真伪问题开始，一发而不可遏止，终于于1984年出版了《屈赋新探》与《楚辞类稿》等。其书多蒙国内外学术界的肯定，并对其学术风格有所论列。但时代的局限、学识的不足给著述带来的缺陷，我是有自知之明的。如果说贡献，只能说在我个人的治屈道路上，对屈子的身世行踪、政治思想、辞赋创作、艺术特征等方面，初步建立了自己的学术体系而已。至于我的学术个性还是看得出来的，那就是乐于"碰硬"。我这里所谓的"硬"，有两层意思：第一，"硬"是指具体的史实性问题，而非抽象的观念性问题；第二，"硬"是指屈学史上的大是大非大难问题，而非一般性问题。我尝自笑，听说中国的武术有软功、硬功之别，如果说软功是靠辗转腾挪取胜，硬功则是靠体格的实力争强。而我自己似乎是选择了后者。然而由于自身的先天气质虚弱，这个选择，未必得当。而且，我虽然重在"硬功"，但在确凿可靠的事实面前，也从未忘却以理论性的剖析为归宿。这一点，细心的读者，自有体会。

这里还必须一提的是，"文革"结束以后，在振兴屈学的过程中，有三件事给我留下了很深的印象。

首先是1982年端阳节在湖北屈原故里秭归举行的首届全国性的屈学讨论会上，我的发言针对1953年以来名为纪念屈原而实则贬损屈原的极左论调，首先发难，提出了反驳（发言稿《草宪发微》，后收入《屈赋新探》）。我觉得，这在学术界刚刚开始解冻的当时，确是一次很有意义的壮举。当然，我的态度仍是以事实服人，并非单纯"以理服人"而已。

第二是1984年的端阳节在成都召开了一次全国性的屈原问题讨论会。我的目的是组织屈学界，对当时国内外有些人试图把屈原从中国历史上抹掉的"屈原否定论"的观点，进行实事求是的探讨与评价。我在大会的前夕，曾写了《〈离骚〉绝不是刘安的作品》一文，发表在《求索》杂志上（后来收入《楚辞类稿》），有针对性地驳斥了何天行的谬论。何天行是胡适的门人。记得胡适当年曾认为在文化遗产的探讨中"宁疑古而失之，不可信古而失之"；但我今天则认为，在证据不足的情况下，"与其过而弃之，不如过而存之"。我也知道，胡适的说法，是有为而发，并非无的放矢，但在古文物大量出土的今天，已不断地证明：对待历史遗产的态度，还是谨慎一点为好。

第三是我在1992年出版的中国屈原学会的会刊《楚辞研究》第2期《前言》中提出"科学研究必须创新""求新并不是目的，求新的目的在于求真""所谓真，是指历史的本来面貌和事物的客观规律"。这话的起因，是近些年来屈学界出现的"主观臆测，标新立异"之风。我觉得，这对纠正学风来说，是及时的、有益的。但我作为中国屈原学会的主持人，在这方面的工作是做得很不够的。

在《我与楚辞》这个题目下写文章,至此应当收场了。但由于我个人的一些特殊情况,如果就此搁笔,则显然是一份不及格的答卷。这就使我不得不画蛇添足,增加几句多余的话。

我承屈学同仁的厚爱,主持中国屈原学会已十多年。但循规蹈矩,不事开拓,未能做出什么轰轰烈烈的业绩,很感惭愧!我今年已八十有八矣,才力既绌,精力尤差,尸位素餐,于心难安,故引退之志,坚于铁石。自从三届年会以来,我一直寄希望于换届改选,举贤自代。而由于种种客观原因,始终未能如愿以偿。但是我长期以来所想象的最理想的领导班子的模样,却梦寐未曾忘怀。那就是:选贤举能,扩大阵营。理事会的规模,应比原来扩大一倍。凡楚辞研究卓有成就的代表人才,皆当入选(包括尚未办理入会手续者)。在此基础上产生的正、副会长,不少于五人。凡屈学界有德望、有学识、有才干的头面人物,不管是前辈或新秀,不问是什么学术流派,是什么学术个性,皆可入选。此外,年老体弱的屈学耆旧,一概聘为学术顾问,不限人数。一句话,打破门户之见,面向五湖四海。在群策群力之下,屈学的振兴,就会大有希望。至于会风方面,我认为,只要不违背科学原则,要让会员们百舸争流,异彩纷呈,绝不搞清一色的"样板"。以上所论,未必有当,刍荛之言,仅供下届年会之采撷焉。

《屈原列传》理惑

今本《屈原列传》存在的问题

《史记·屈原列传》，本来是研究屈原生平事迹最主要的资料，也是现存的较早和较系统的资料。如果以《楚世家》《新序》《国策》等互相参证，则屈原生平事迹，不难秩然得其条贯。

但今本《史记·屈原列传》却存在不少问题，致使屈原事迹前后矛盾，首尾错乱。总括前人所举者，例如：屈子赋《骚》，既叙于怀王疏原之时，又叙于襄王既立之后，则《离骚》之作，究在怀王之世，抑在襄王之时？此其一。又上文既曰"（怀）王怒而疏屈平""屈平既绌""屈平既疏，不复在位"，而下文又曰"虽放流，眷顾楚国，系心怀王"，则怀王之世，屈原究竟是被"疏"，抑或已被"放流"？此其二。"虽放流，眷顾楚国，系心怀王"到"王之不明，岂足福哉"一大段评论赋《骚》的文字之后，忽接"令尹子兰闻之大怒"，则子兰之怒，究竟是怒屈子赋《骚》，还是怒屈子之"既嫉"子兰？如果是怒屈子之"既嫉"子兰，则何以中间忽然插入一段评论赋《骚》之语，致文意扞格不通？此其三。又上文"离骚者，犹离忧也"到"虽与日月争光可也"一大段，寻其内容与语气，实与下文"虽放流"以下"其存君兴国而欲反覆之，一篇之中三致志焉"一大段紧密相承，皆对屈子赋《骚》之评语，但中间何以又插入"屈平既绌"到"屈平既嫉之"历叙数十年来秦楚兴兵的一大段，致前后互不相蒙？此其四。全传行文，何以屈原、屈平，交互错出，称谓混乱？此其五。……以上这些问题不解决，则对屈原生平事迹就无法理出一条可靠的线索，从而对屈原平生的政治活动、文学创作、思想发展等，也就无从得出一个合乎实际情况的结论。

正因为今本《史记·屈原列传》存在很多问题，故历代研究《屈原列传》的人，曾不断进行探索，企图得一合理的结论。但见仁见智，聚讼纷纭，结论各有不同。其从文学角度而为之说者，对"离骚者，犹离忧也"到"虽与日月争光可也"与"虽放流"到"岂足福哉"这两大段文字的插入，或谓此乃史迁的变体，或谓此乃史迁奇玮之妙笔，或谓此乃夹叙夹议的龙门笔法。但"变体"也好，"奇玮"也好，"夹叙夹议"也好，从行文之规律言之，则首先要求其"通"，如果章节段落之间前无所承，后无所受，首尾横决，文理龃龉，则史迁之文必不至弩劣乃尔。清梁玉绳《史记志疑》曾引于慎行《读史漫录》云："世之好奇者，求其故而不得，则以为文章之妙，变化不测，何其迂乎！"近姜亮夫同志虽极力推崇史迁《屈原列传》中这两大段文字是"以苍茫郁勃之气，发为倜傥自恣之文，不能悉以文章规矩相绳"，但又谓"此盖古人文法未甚缜密之处""此固不容阿讳"（见姜亮夫《屈原赋校注》）。总之，从文学角度来看，至今还没有得到很好的解决。

其次，从历史角度而加以探讨者，则亦有各种不同的结论。

例如屈原之作《离骚》，本在怀王时代被疏之时，亦即壮年时期。自汉以来，除《史记·屈原列传》外，如刘向的《新序·节士》，班固的《离骚赞序》，王逸的《离骚经章句序》以下，都是如此，而近古以至现代的屈原研究者，则多根据今本《屈原列传》中"顷襄王立"以下"虽放流"一大段评《骚》文字，并佐以其他论据，谓屈原赋《骚》乃在顷襄王时，亦即晚年时期。如王闿运的《楚辞释》、游国恩的《楚辞概论》《屈原》、郭沫若的《屈原研究》，都持如此主张。但亦有感到此说之不安，而游移于以上二说之间者。如姜亮夫的《屈原赋校注》、刘永济的《笺屈余义》等，皆谓《离骚》之作，当始于怀王之世，成于襄王之时。盖由于今本《史记·屈原列传》既叙屈原赋《骚》于怀王之世，又评屈原赋《骚》于襄王既立之后，故欲以此调和这个不可否认的矛盾。总之，从历史角度探讨《屈原列传》者，始终还没有做出较为稳妥精确的结论。

尤其应当注意的是，清末的廖平在他的《楚辞新解》里认为《屈原列传》全篇文义不贯，前后事实矛盾，竟以此为根据，断定并无屈原其人。而这个结论，后来却被胡适所利用，在他的《读楚辞》里，借口屈传的矛盾，否定屈原的存在，说什么屈原是后人凭空捏造出来的"箭垛式"的人物，从而在中国历史上把屈原这位伟大诗人一笔抹掉。

不难看出，由于今本《史记·屈原列传》存在很多矛盾，给屈原研究者带来不少困难和问题，致使屈原生平事迹之真相，无由大白于后世，是不可以不辨。

今本《屈原列传》之被窜乱及
原本《屈原列传》的本来面目

考今本《史记·屈原列传》中由"国风好色而不淫"到"虽与日月争光可也"一段,在班固的《离骚序》中引用时,说它是淮南王刘安《离骚传》之语。盖刘安的《离骚传》班氏犹及见之,故加引用,其言信而有征,历代对此并无异议。但是,这里却有两个问题至今没有解决:首先,对《屈原列传》里的刘安这一段话,人们始终认为是史迁自己采入《屈原列传》的,而并没有意识到它是被后人窜入的;其次,今本《屈原列传》中属于刘安《离骚传》的话,是止于上述的那一段,抑或还有其他部分,人们至今还没有明确地识辨出来。因而对屈原事迹的考证,纠葛百出,缠绕不清。如果能将以上两个问题厘清,还原史迁《屈原列传》的本来面目,则屈原的生平事迹和创作活动,自然会条贯分明,前人之所聚讼纷纭者,亦不难迎刃而解。

今按,史迁当时并未见过刘安的《离骚传》,今本《屈原列传》中所引刘语,乃后人所窜入。因为史迁的《史记》和刘安的《离骚传》都写成于汉武帝之时,刘安《离骚传》之写成虽略早于《史记》,而史迁实未得见。所以,史迁在《史记·淮南王列传》中,只云:"淮南王安为人好读书鼓琴,不喜弋猎狗马驰骋,亦欲以行阴德拊循百姓,流誉天下。时时怨望厉王死,时欲畔逆,未有因也。"而关于淮南王所著书与辞赋,则一字未及。至班固撰《汉书》时,《淮南王传》全袭《史记》,唯于"流名誉"句下,始增补下列一段:"招致宾客方术之士数千人,作为内书二十一篇,外书甚众,又有中篇八卷,言神仙黄白之术,亦二十余万言。

时武帝方好艺文，以安属为诸父，辩博善为文辞，甚尊重之。每为报书及赐，常召司马相如等视草乃遣。初，安入朝，献所作内篇，新出，上爱秘之。使为《离骚传》，旦受诏，日食时上。"（重点号都是笔者加的，下同。）高诱《淮南子叙目》亦云："初，安为辩达，善属文。皇帝为从父，数上书，召见。孝文皇帝甚重之，诏使为《离骚赋》，自旦受诏，日早食已。上爱而秘之。天下方术之士，多往归焉。"① 考史迁书例，凡前人著述，或叙其书目篇卷，或录其作品原文，或具体，或概括，总是以不同的形式反映出来。而著述宏富如刘安者，竟在《史记·淮南王列传》中一字未提，这绝不是偶然的。因为刘安的《离骚传》等，史迁并未见过。

《史记·淮南王列传》中，刘安谋反时，胶西王臣端议曰："淮南王安，废法行邪，怀诈伪心……臣端所见，其书、节、印、图，及他逆无道事验明白，甚大逆无道，当伏其法。"有的同志认为这其中的"书、节、印、图"的"书"，即指淮南王所著诸书。但我认为这样理解"书"字，是不准确的。因为这里的"书"跟"节""印""图"四者并举，事实上皆指刘安谋反时的"物证"而言。而且紧接上文，皆有所承。所谓"书"，是指刘安听伍被计所伪造的文书等，亦即上文所说："伪为丞相御史请书，徙郡国豪杰任侠。……又伪为左右都司空、上林中都官诏狱逮书，逮诸侯

---

① 高诱的这段话，跟《汉书》大致相同，但有两个错误。第一，"孝文皇帝甚重之"，"文"字显系"武"字之误。"皇帝为从父"句，因既误"武"为"文"，故世系关系不得不改。实则孝文帝时，刘安年尚幼小，所谓招致宾客著书立说等一切活动，都跟他的年龄不相适应，故应以《汉书》为是。第二，《离骚赋》也显系《离骚传》之误。荀悦《汉纪》的《孝武皇帝纪》，虽"武"字未误，而"传"亦误"赋"。此盖因《汉书》中"使为《离骚传》"之下，又叙刘安献"赋颂"，故与《离骚传》相涉而误。《汉纪》全以《汉书》为据，而顾炎武《日知录》曾谓《汉纪》"间或首尾不备，其小有不同，皆以班书为长"。误《离骚传》为《离骚赋》，当即其中之一例。荀、高都是东汉末年人，而荀悦的错误，影响较大。

太子幸臣。"所谓"节""印",是指刘安谋反时所伪造的"节"与"印"等,亦即上文所说:"王乃令官奴入宫,作皇帝玺,丞相、御史、大将军、军吏、中二千石、都官令、丞印,及旁近郡太守、都尉印,汉使节法冠。"所谓"图",是指刘安谋反时所绘用的军事地图等,亦即上文所说:"王日夜与伍被、左吴等案舆地图,部署兵所从入。"因此,下文胶西王举出"书、节、印、图",为"大逆无道,当伏其法"的罪证。如果其中的"书"指的是《淮南鸿烈》《离骚传》等,则武帝当时如此喜爱此书,怎能据此以构成"伏法"的罪状?故从《史记·淮南王列传》中,实难找到史迁曾见过《离骚传》等书的痕迹。

至于史迁当时之所以未见淮南王所著书及《离骚传》等,盖当时这些书,虽已献之武帝,而未宣布于世。故史迁并未得见,当然更无从著录于本传,更无从采入《屈原列传》。淮南王书当时之所以未布于世,推其原因,盖不外其始武帝"爱秘"之,故未予宣布。所谓"爱秘",当谓置之手边,秘不示人,或置于刘向《七略》所谓"秘室之府",并不是付之"太常、太史、博士之藏",供史官披阅。继因淮南王以谋反被诛,故又不便宣布。汉代因谋反而不传其书者,史有事例。如《汉书·儒林传》云:"世所传百两篇者,出东莱张霸。……以中书校之,非是。霸辞受父,父有弟子尉氏樊并。时太中大夫平当,侍御史周敞劝上存之。后樊并谋反,乃黜其书。"可见,由于刘安谋反被诛,其书未得宣布流传,这在当时是可以理解的。在这种情况下,史迁即使见过刘书,亦不便广为征引传播,况因上述种种原因,史迁并未得见。迨元成之世,刘向校书中秘,始得淮南王书而叙录之(见高诱《淮南子序》)。而《离骚传》亦当同时出现。故班固撰《汉书》,始得据所见以补《史记·淮南王列传》之缺。因此,史迁既未见过刘安的《离骚传》，则今本《史记·屈原列传》中所引用的《离骚传》，并非原本《史记》所固有，乃后人窜乱之文，而且由于窜乱者学识卑劣，以致前后矛盾，文理不通，历代学人，咸受其累。

其次，刘安《离骚传》语之被窜入《屈原列传》者，其实并不止于班固所引用的那一段。就今本《屈原列传》而言，由"离骚者，犹离忧也"到"虽与日月争光可也"，由"虽放流"到"岂足福哉"这两段文字，都是后人割取《离骚传》语窜入本传者。要确定这个问题，首先不能不对未被割裂的《离骚传》的原形做一番探讨。

根据班固的《汉书·淮南王传》和《离骚序》，都说刘安作《离骚传》，只有荀悦、高诱等，才说是作《离骚赋》。其实班固的说法，具有最高权威。因为他不仅在《淮南王传》里述及刘安作《离骚传》的事实，而且他确实也读过《离骚传》的原文，并在他的《离骚序》里加以引用和评价。刘勰在《辨骚》里引用《离骚传》的一段话，全系从班固的《离骚序》里转抄而来，并没有见过原文。① 因此其中对文字句的省略和剪裁，与《离骚序》完全一致。而王念孙竟认为《汉书·淮南王传》中《离骚传》的"传"字当系"傅"字之误，"傅"乃"赋"之同音借字，刘安所作乃《离骚赋》，非《离骚传》（见王念孙《读书杂志》）。王氏此说实大误，因为据班固《离骚序》中所云，刘安所作的《离骚传》，既有总叙，又有注文，并不是"赋"。他说，刘安以为"五子以失家巷，谓五子胥也。及至羿、浇、少康、贰姚、有娀佚女，

---

① 刘勰的《文心雕龙》里，有时称之为"传"，有时称之为"赋"，盖因刘安书已佚，故只得根据不同的记载而为之说。

皆各以所识，有所增损。然犹未得其正也"，这就是指《离骚传》中的注文。所以王逸在《离骚经章句序》中又称它为"淮南王安所作《离骚经章句》"。颜师古《汉书》注说《离骚传》犹如《毛诗传》之类，这说法是对的。但《离骚传》又有一个总叙，班固序引用"国风好色而不淫"一段，说是"淮南王安叙《离骚传》"的话，也就是指这个总叙而言。今本《屈原列传》中所窜入的，也就是《离骚传》的总叙部分。由此可见，刘安的《离骚传》跟后来班固、王逸之注《离骚》其体制是相同的，即注文之外，又有总叙。

现在，我们如果把被后人窜入《屈原列传》中的两大段文字联系起来（当然中间难免有所删节），更可以发现刘安、班固、王逸三家的总叙，虽论点不尽相同，而其结构层次基本上是一致的。这也许是班、王袭用了刘氏旧例的原因。例如：

(1) 解释《离骚》的命名。

　　离骚者，犹离忧也。……（刘）
　　离，犹遭也。骚，忧也。……（班）
　　离，别也。骚，愁也。……（王）

(2) 阐述《离骚》的内容。

　　上称帝喾，下道齐桓，中述汤武……（刘）
　　上陈尧舜禹汤文王之法，下言羿浇桀纣之失……（班）
　　上述唐虞三后之制，下序桀纣羿浇之败……（王）

(3) 说明赋《骚》的意图及怀王不听忠谏的结果。

其存君兴国而欲反覆之,一篇之中三致志焉。然终无可奈何,故不可以反,卒以此见怀王之终不悟也。……身客死于秦,为天下笑。(刘)

以风怀王,终不觉寤,信反间之说,西朝于秦。秦人拘之,客死不还。(班)

冀君觉悟,反于正道而还已也。……拘留不遣,卒客死于秦。(王)

从以上的比较可以看出,未被割裂的刘安的《离骚传》,其结构层次与班固的《离骚序》、王逸的《离骚经章句序》大同小异。因此,今本《屈原列传》中被后人窜入的《离骚传》的话,不仅是班固所引用的"国风好色而不淫……争光可也"这一段,而是从"离骚者,犹离忧也"直到"争光可也"这一大段。这是刘安《离骚传》的前半部。其次,从以上的比较中更可以看出,今本《屈原列传》中由"虽放流"到"岂足福哉"这一大段,也是后人窜入的《离骚传》语。这是刘安《离骚传》的后半部。前半后半不仅文笔风格完全一致,而且结构层次也脉络相通。两段合起来,犹可以看到接近完整的《离骚传》的梗概。

既然把后人窜入部分由《屈原列传》中剔除出去,则原本《屈原列传》的真面目即呈现出来。即史迁原本《屈原列传》,大体与刘向《新序·节士》篇相近。虽详略互见,而梗概略同。其"忧愁幽思而作《离骚》"之下,跟《节士》篇一样,紧接着就是秦使张仪至楚献地,迫楚绝齐。盖屈原既绌,张仪之计始得行,叙笔极为严密。这中间并没有今本"离骚者,犹离忧也"到"虽与日月争光可也"一大段文字。在怀王客死于秦,长子顷襄王立,"屈平既嫉之"之下,也跟《节士》篇一样,紧接着就是襄王听信谗言，放逐屈原。这中间也没有今本"虽放流"到"岂足福哉"一大段文字。《节士》篇的资料，其价值仅次于《屈原列传》，虽不能说他与史迁所根据者同出一源，但同为先秦古传之仅存者，则可断言。故其基本梗概是互相吻合的。

后人何以要窜入这两段文字？从前一段看，盖企图接在屈原赋《骚》之后，对《离骚》的内容做一番阐述与评价。这一段的窜入，除了史实与评语互相杂厕，文意扞格以外，倒没有别的大问题。至于第二段的窜入，盖企图说明怀王国败身亡为天下笑，是由于不纳屈原忠谏的结果。但这一段却窜错了地方。如果是窜在怀王"竟死于秦而归葬"之下，虽文理扞格，尚不大乖于史实。而不谓竟窜于"长子顷襄王立"和"屈平既嫉之"之下，遂致文理扞格，史实淆乱，造成千古疑案。除本文第一节所举者外，又如日本泷川龟太郎《史记会注考证》于屈传"终不悟也"一段下引日本学者中井积德曰："怀王既入秦而不归，则虽悟无益也。乃言'冀一悟'何也？"可见此段疑案，不仅古今同感，亦中外一致。

屈原研究中疑难问题的解决

由于揭示了今本《屈原列传》被后人窜乱的事实，恢复了原本《屈原列传》的本来面目，于是在屈原研究中一向聚讼纷纭的疑难问题，也就不难得到合理的解决。

第一，关于屈原赋《骚》的年代问题。这是由今本《屈原列传》而引起的争论焦点之一。

今按屈原赋《骚》，不是在襄王放原之后，而是在怀王疏原之时。两汉以来古说，本无分歧。刘向的《新序》、班固的《离骚赞序》、王逸的《离骚经章句序》等书，都是一致的。

由近古到现代，才有人提出《离骚》作于襄王之世的说法。这个说法的产生，当然不止一个原因，但今本《屈原列传》被后人窜入的"虽放流……岂足福哉"一大段文字，却是引起问题的重要原因。但不知原本《屈原列传》在顷襄王即位之后并没有这一段文字，与两汉诸家古说并无二致。在恢复了原本《屈原列传》的本来面目后，这一说法就失掉了它的根据。至于刘安的《离骚传》，是否有此说法呢？经过上述的探索，可知刘安也是把屈原赋《骚》放在怀王信谗之后。下文虽然涉及怀王之死，但不过是为了说明怀王之死是由于不采纳屈原在《离骚》中謇謇忠谏的结果，并不是说明赋《骚》在怀王死后，当然更没有涉及襄王放原之事。可见刘安也没有《离骚》作于襄王时的说法。未被窜乱的《屈原列传》和未被割裂的《离骚传》，皆条理明晰，毫无矛盾。浅人窜乱，乃成疑案。所谓离之则双美，合之则两伤。

当然，主张《离骚》写于襄王之世的，还有其他的证据。如游国恩同志在《楚辞概论》中曾举出《离骚》的下列词句，说明它是屈原晚年的作品，不是壮年的作品：

（1）汨余若将不及兮，恐年岁之不吾与。
（2）惟草木之零落兮，恐美人之迟暮。
（3）老冉冉其将至兮，恐修名之不立。

但游氏所举的这三例，不仅不能证明《离骚》是晚年的作品，相反地更足以证明它是壮年的作品。因为从这三句的语气看，凡两言"将"，则所谓"零落""迟暮""老"，显指将来而言，非指现在而言，凡三言"恐"，则分明是怕老之将至，而非言老之已至。另一方面，我们还可以举出与此相反的三个例子来说明这个问题：

(1) 及荣华之未落兮，相下女之可诒。
(2) 及年岁之未晏兮，时亦犹其未央。
(3) 及余饰之方壮兮，周流观乎上下。

就时间的称谓来看，其曰"未落"，曰"未晏"，曰"未央"，曰"方壮"，则显指壮年而言，就心情的表现来看，则三句凡三言"及"，则其欲乘方壮之年复兴楚国的汲汲之情，宛然如见。如果把这两组例句加以对照，不难看出，谈到"未央""方壮"等，则三言"及"，而谈到"零落""迟暮"等，却是两曰"将"，三曰"恐"。从这两种不同的语气上，完全可以证明《离骚》是作于壮年而非作于晚年。这跟《涉江》所云"余幼好此奇服兮，年既老而不衰"的思想感情是不一致的。据史实考之，《离骚》之作，当在怀王十六年以后，亦即屈原遭谗被疏之时，时屈原正三十多岁，古人所谓"三十曰壮"之年。因此，我们不仅不应当根据《离骚》内容来肯定《屈原列传》被窜入的正确性，而且应当根据《离骚》的内容进一步证明《屈原列传》的窜乱乃浅人所为。

第二，关于屈原在怀王时是被"疏"还是被"放"的问题。这也是由今本《屈原列传》而引起的论争焦点之一。

按这个问题，汉代似已两说并行。其认为怀王时屈原只是"疏"的，有史迁、班固等；认为怀王时屈原已被"放"的，有刘向、刘安等。这显然是两种不同的传说。史迁在《屈原列传》中对原在怀王时事，只曰"王怒而疏屈平"，曰"屈平既绌"，曰"屈平既疏，不复在位"，则史迁认为终怀王之世屈原只是被疏，而非被放,与班固《离骚序》的说法是一致的。而刘安在他的《离骚传》中说:"虽放流,眷顾楚国,系心怀王,不忘欲反,冀幸君之一悟,俗之一改也。其存君兴国而欲反覆之,一篇之中三致志焉。"是刘氏以为怀王之世,屈原已被流放,而且赋《骚》。这跟刘向《新序·节士》中所云"(怀王时)屈原遂放于外,乃作《离骚》"的说法是一致的。① 但不幸后人竟割取刘安《离骚传》之语,窜入史迁的《屈原列传》中,以致同是怀王之世而前言被"疏"后言被"放"。这是把两种不同的材料拼凑在一起时所必然发生的矛盾现象。因为"疏"与"放"在原则上是有区别的。《荀子·大略》杨注云:"古者臣有罪,待放于境,三年不敢去,与之环则还,与之玦则绝。"屈原当时被疏情况,盖既不在朝廷,但又并未流放,只是外居待放,故后来怀王曾一度召还使齐。到了襄王之世,才被流放。顾炎武在《日知录》中对于这个矛盾,曾谓:"太史公信笔书之,失其次序。"主张把"虽放流"一段,改在"顷襄王怒而迁之"之下。后来梁玉绳的《史记志疑》也同意这个说法。但这个改法,只不过是在字面上把"虽放流"跟"怒而迁之"统一了起来,而不知"虽放流"一段的内容是指怀王时事,"怒而迁之"是指襄王时事。把怀王事移入襄王时,不仍然是矛盾吗?故梁玉绳又自加小注云:"细玩文势,终不甚顺。"郭沫若同志在《屈原研究》中为了解决这个矛盾,主张把"虽放流"句中的"放流"解释成"放浪",认为被"疏"时仍然可以到处

---

① 王逸《离骚经章句序》的说法,与刘安、刘向相同。他说:"(怀)王乃流屈原,屈原……乃作《离骚经》。……言己放逐离别,中心愁思,犹依道径,以风谏君也。"王序"流"字,今本或改为"疏"字,非也。刘师培《楚辞考异》同意《文选》李善注引唐本王序作"流",是也。因为王逸《离骚》注有"已虽见放流,犹种莳众香"之语,则王氏以为怀王时原已被放无疑。洪氏《补注》引一本王序"流"作"逐",字异义同,亦当为古本之可据者。

"放浪",跟怀王时只是被"疏",并不矛盾。但是,如果知道"虽放流"一段乃是后人窜入之文,删之以复原本《屈原列传》的本来面目,则这个矛盾也就不存在了。

有同志认为史迁既主张怀王之时屈原被疏而赋《离骚》,为什么他在《报任少卿书》中又说"屈原放逐,乃赋《离骚》"?因谓"史迁一人亦有两说,理不可通"(刘永济《笺屈余义》,《武汉大学学报》1956年第1期)。要解决这个问题,首先要知道史迁对传记文与抒情文在行文措辞上的不同。他在传记体的《屈原列传》中,叙述严密不苟,已如前述;而对抒情体的《报任少卿书》,则以发泄其愤懑之情为主,故曾连类而及地写出了下列一段文字:

> 盖文王拘而演《周易》;仲尼厄而作《春秋》;屈原放逐,乃赋《离骚》;左丘失明,厥有《国语》;孙子膑脚,《兵法》修列;不韦迁蜀,世传《吕览》;韩非囚秦,《说难》《孤愤》;《诗》三百篇,大抵圣贤发愤之所为作也。

《史记·太史公自序》也有与此大同小异的一段话。但如果以《史记》列传考之,则此段不仅跟屈原的事迹不相合,而且吕不韦之著《吕览》,乃在迁蜀之前,不在迁蜀之后,韩非之著《说难》《孤愤》,乃在囚秦之前,不在囚秦之后。然而绝不能因此而说史迁对他们的事迹,也有两种不同的说法。因为先秦两汉对此并无异说。盖史迁因情之所激,奋笔直书,致与传记体的列传有所出入。因此,"屈原放逐,乃赋《离骚》"一语,乃史迁以概括之笔抒其情,并非以叙述之笔传其事。而且相对成文,则"疏"别于"放",如综括其事,则"放"可兼"疏"。固不能因此而疑史迁游移其词，兼采两说，更不能因此而疑今本《屈原列传》中的矛盾乃原本《史记》所已有。

第三，"令尹子兰闻之大怒"，所怒者究为何事？这也是前人对今本《屈原列传》怀疑难解的问题之一。

今既考定原本《屈原列传》并没有"虽放流"到"岂足福哉"这一段，则"令尹子兰闻之大怒"这句话，是跟上文"长子顷襄王立，以其弟子兰为令尹。楚人既咎子兰，以劝怀王入秦而不反也。屈平既嫉之"这段话连在一起的。它既上承"楚人既咎子兰"，也上承"屈原既嫉之"。特子兰对于楚国人民群众对他的责难是无可奈何的，故只得把怒气集中在屈原身上。根据《楚世家》，当时怀王归丧于楚，"楚人皆怜之，如悲亲戚"，则人民痛恨子兰之劝王入秦，可以想见。据本传上文，当秦昭王欲与怀王会时，"屈平曰：'秦虎狼之国，不可信，不如毋行。'"而"怀王稚子子兰劝王行"，则屈原痛恨子兰之劝王入秦，也是必然的。而且以当时的民情来看，既反对子兰，势必倾向屈原，这对子兰是极不利的。所以"令尹子兰闻之大怒"云云，承接上文，极为紧密。《史记·太史公自序》有云："怀王客死，兰咎屈原；好谀信谗，楚并于秦……作《楚世家》第十。"可证史迁是把"兰咎屈原"跟"怀王客死"联系在一起的。这跟原本《屈传》是相吻合的。即"屈平既嫉之"句下紧接着就是"令尹子兰闻之大怒"。自后人在中间窜入了"虽放流"一大段评《骚》的话，则似乎子兰之"怒"，是怒屈原之赋《骚》，就跟原本《屈原列传》所叙事态完全不合了。今既考定原本《屈原列传》并没有这一段，则疑难自然冰释。

第四，今本《屈原列传》中"屈原""屈平"两种称谓交互出现，这也是屈原研究者怀疑不解的问题之一。

考《史记》列传，一般来讲，篇首虽名、字并举，但篇中则或称名，或称字，前后一致。而今本《屈原列传》全文，却名、字互见，或称屈原，或称屈平。有人认为这是因为史迁杂采诸史，未暇整齐划一之故。这个说法当然也有道理，如《史记·陈涉世家》就是如此。但从《屈原列传》来讲，由于联系到上述种种复杂原因，则绝不能用史迁本人"未暇整齐划一"来解释，而应当是由于窜乱者的史料来源不同所致。

考今本《屈原列传》，在称谓上有下列四种情况：（1）被后人窜入的两大段，皆称"屈平"；（2）夹在被后人窜入的两大段之间的本传原文，亦皆称"屈平"；（3）被窜入的前一大段之前的本传原文（即"忧愁幽思而作《离骚》"以前），则或称"屈平"，或称"屈原"；（4）被窜入的后一大段之后的本传原文（即"令尹子兰闻之大怒"以后），则全称"屈原"。从这里可以推见，刘安的《离骚传》原文，皆称"屈平"，史迁的《屈原列传》原本则皆称"屈原"。自从后人以前者窜入后者，即发生了同一列传中称谓错乱的现象。而后之读者为了统一这个矛盾，就有人把夹在《离骚传》的两大段之间的本传原文，一律改成"屈平"，但在前一大段之前的本传原文，则只改了比较接近窜文的一部分，而在后一大段之后的本传原文，则又完全未改。这种改写，盖非出于一时一人之手，故古本《屈原列传》改者少，而今本《屈原列传》，则改者较多。据《文选·报任少卿书》李善注所引《屈原列传》，从"屈原名平"到"作《离骚经》"这一大段，只有接近窜入部分的"平伐其功""平病听之不聪"两句内的"原"改为"平"，其余皆仍称"原"。而今本《史记·屈原列传》，则由此上溯，将唐本未曾改的句子如"使原为宪令""原草稿未定"，也皆改"原"为"平"。不难看出，李善所据唐本《屈原列传》尚不像今本涂改之多。由此可以推见，除窜入部分外，本传原文只称"屈原"，不称"屈平"。"平""原"互见，是窜乱以后的现象，应当恢复其本来面目。

第五，今本《屈原列传》还存在着论点上的矛盾。这是一个最重要的问题，但一向没有引起人们的注意。

关于论点上的矛盾，主要表现在对屈原的行谊和《离骚》内容的评价上。本来汉代人对屈原及《离骚》的评价是极不一致的，甚至是相反的，刘安、贾谊、扬雄、班固、王逸等，论点各不相同。但刘安《离骚传》的两大段评论，如果是史迁引入本传作为正面材料而构成本传的组成部分，则其论点应当跟自己的论点完全相同（因为他并没有标出是引用谁的话，而是作为自己的意见提出的）。但考之本传赞语，史迁对屈原的评价，其主要论点却跟传内所引刘安语完全相反。这就进一步证明了刘安的两段话，绝不是史迁引用的，而是后人窜入的。

史迁的本传赞语是这样说的：

> 太史公曰：余读《离骚》《天问》《招魂》《哀郢》，悲其志。适长沙，观屈原所自沉渊，未尝不垂涕，想见其为人。及见贾生吊之，又怪屈原以彼其材，游诸侯，何国不容，而自令若是。读《鵩鸟赋》，同死生，轻去就，又爽然自失矣。

史迁在这段话里，对屈原生死去就问题的评价，有三层意思：（1）对屈原大志未遂，沉渊而死的遭遇，表示无限的同情，故云"悲其志"；（2）同意贾谊的观点，认为以屈原的才智，应别逝他国，以求有所建树，不当沉渊而死，故云"又怪"；（3）以《鵩鸟赋》

中"同死生，轻去就"的道家观点作结，说明"去"与"就"固不必过分执着，即"生"与"死"也不能绝对化，这是从另一角度对前两观点的补充，故云"又爽然自失"。

对于第一个论点，汉代人大致相同。因此，它跟刘安的意见并没有什么矛盾。但是，第二个论点，却跟刘安大不相同。刘安的《离骚传》认为屈原"虽放流，眷顾楚国，系心怀王"，虽"死而不容自疏"①，是"泥而不滓"的高尚行为，是"与日月争光"的不朽精神。可以说对屈原热爱祖国的行谊，刘安是推崇备至的。但从史迁所写的传赞来看，则显然是不同于刘安这个论点的。他所同意的，倒是贾谊《吊屈原赋》的结论，即：

> 般纷纷其离此尤兮，亦夫子之故也！历九州而相其君兮，何必怀此都也？凤凰翔于千仞兮，览德辉而下之。见细德之险征兮，遥曾击而去之。彼寻常之污渎兮，岂能容夫吞舟之巨鱼？横江湖之鱣鲸兮，固将制于蝼蚁。

这就是史迁所说的"以彼其材，游诸侯，何国不容，而自令若是"的结论之所由来。

史迁之所以同意不应轻于一死而当别有建树的论点，并不是偶然的，这跟他的个人遭遇是分不开的。他在《报任少卿书》中曾说："且夫臧获婢妾，犹能引决，况若仆之不得已乎？所以隐忍苟活，函粪土之中而不辞者，恨私心有所不尽，鄙没世而文采不表于后也。"因此，《史记》在生死去留问题上，对不轻于一死而

---

① 刘安这里所说的"自疏"，系借用《离骚》"吾将远逝以自疏"的"自疏"，即指远逝他国而言。

能别有建树的人，总是予以肯定的。如《伍子胥传赞》云：

> 怨毒之于人甚矣哉！王者尚不能行之于臣下，况同列乎？向令伍子胥从奢俱死，何异蝼蚁。弃小义，雪大耻，名垂于后世，悲夫！方子胥窘于江上，道乞食，志岂尝须臾忘郢邪？故隐忍就功名，非烈丈夫孰能致此哉？

余如他在《魏豹彭越列传赞》《季布栾布列传赞》中也都有同样的论点。这就无怪乎他同意贾谊对屈原的批评，也就无怪乎他跟刘安的评语是互相矛盾的。当然，这个论点，也是在战国的游说之风的影响下形成的，并不完全是贾、迁结合个人遭遇而对屈原所提出的独创的意见。但是，在这里，我们并不是为了评价史迁、刘安两家论点的优劣。提出这个问题，不过是用以说明今本《屈原列传》中刘安的话，并不是史迁引用的，而是后人窜入的，故出现了前后论点上的矛盾。

史迁的第三个论点，是"同死生，轻去就"，这也跟刘安的观点不同。刘安对屈原处理生死去就问题的磊落态度和坚贞意志，是表示极度赞扬的，而且认为屈原对自己的不幸的遭遇所表现出的悒郁痛伤是应当的，因为"人穷则反本，故劳苦倦极，未尝不呼天也；疾痛惨怛，未尝不呼父母也"。但史迁对此则同意贾谊"同死生，轻去就"。考史迁在人生的穷通问题上，往往以道家的观点作为最后的宽解。说者谓其"论大道则先黄老而后六经"（见《汉书·司马迁传赞》《后汉书·班彪传》），不是没有原因的。如史迁的《悲士不遇赋》，在抒写了一番"虽有形而不彰，徒有能而不陈"的愤激之情以后，终于归结到"逆顺还周，乍没乍起。理不可据，智不可恃。无造福先，无触祸始。委之自然，终归一矣"

（见《艺文类聚》卷三十）。因此，他在对屈原的评价上，也就很自然地会同意贾谊《鵩鸟赋》中"同死生，轻去就"的道家观点。道家主张顺乎自然，自适其适，生死去就，毫不执着，"适来，夫子时也；适去，夫子顺也。安时而处顺，哀乐不能入也"（《庄子·养生主》），"忠谏不听，蹲循勿争，故夫子胥争之，以残其形"（《庄子·至乐》），这跟屈原为祖国"虽九死其犹未悔""虽体解吾犹未变"（《离骚》）的以死自誓的斗争意志，以及"欲高飞而远集兮，君罔谓汝何之？欲横奔而失路兮，坚志而不忍"（《惜诵》）的坚决不肯离开祖国的爱国主义精神，是完全不同的。史迁同意贾谊《鵩鸟赋》的道家观点，这无疑跟刘安《离骚传》的论点是不一致的。

通过上述分析，也可以证明今本《屈原列传》中引刘安《离骚传》的那两大段评价，绝不是史迁的原文，而是后人所窜入的，所以才产生了论点上的矛盾。因为，汉代人对屈原的评价，意见极不一致，甚至相反，这并不足以为奇。但一个人的意见，却应自成体系。

近来学术界，往往用今本《屈原列传》中的刘安语，证明史迁对屈原的评价跟刘安是一致的，把他们两人作为西汉时代同一论点的代表者。这显然是以后人窜入本传中的文字代替了史迁的论点，因而也就把刘安和史迁两个不同的论点混为一谈，这似乎是不妥当的。由于这是中国文学批评史上的一个重要问题，故为之详加辨证如此。

关于《史记·屈原列传》中的论点跟传末史迁赞语的论点之间的矛盾，前人虽未明显地提出来，但从他们对赞语的解释上看，似乎已有所发觉。如清何焯《义门读书记》云："赞又怪屈原以彼其材云云，即赋内历九州二句，谓贾生怪之也。爽然自失，亦谓贾生。更不下一语,含蓄无尽。"何氏好像认为这是史迁在客观地叙述贾生的论点,并不代表史迁自己的看法。这显然是因为这个论点跟传内论点相矛盾,故曲为之解。但赞语中"悲其志",是史迁"悲"之,"想见其为人",是史迁"想见",为什么这个"又怪"和"自失",反而只代表贾生的论点而不代表史迁的论点呢?为什么史迁在这里竟"不下一语"呢?根据史迁在其他传赞中对远逝他国有所建树的人的赞扬以及在《悲士不遇赋》中以道家论点作结的情况看来,则"又怪"一句,分明是史迁同意贾生别逝他国的论点而"怪"屈原;"自失"一句,分明是史迁也同意贾生"同死生,轻去就"的论点而认为前面所说生死去就问题也未免太绝对化了,故感到"自失"。这都是史迁根据贾生的论点对屈原的生死去就问题所表示的态度,并不是什么"不下一语,含蓄无尽"。最近读到刘永济同志《屈赋通笺》的《屈子学术》章,对赞语"游诸侯"句,谓"太史公此语,故为跌宕之词"。好像史迁此语,只是起行文上的波澜作用,并不代表史迁任何观点。他对"同死生,轻去就"一句,又认为《鵩鸟赋》多道家言,但"屈子非不知此,特以宗臣之义,与国同休戚,且其所学与其所处,亦异贾生,故不为耳。子长读《鵩鸟赋》而自失以此"。这又好像赞语中的"自失",是史迁对"同死生,轻去就"论点的否定。刘永济同志以上的两点说法,显然是因为赞语与传内的论点互相矛盾,故曲为之解,以求统一。但以史迁在其他传赞中的一贯论点和《悲士不遇赋》中的论点证之,则前者既不是什么"跌宕之词",后者也不是对道家论点的否定。恰恰相反,它是代表了史迁对屈原生死去就问题的个人的看法。而追索何、刘二氏之所以如此解释,都是因为赞语与传内论点不一致而引起的。如果知道传内的论点只是刘安的论点被后人所窜入,并不是史迁的论点,则所有这些曲解，都是不必要的了。

结　语

　　史迁的《史记》问世以后，续补或窜乱者甚多。其续补于本书以外者，如冯商的《续太史公书》；其续补于本书以内者，如褚少孙补《日者列传》《龟策列传》；其窜乱于章句之间者，如《司马相如传赞》之引用扬雄《法言》，皆是也。即以跟屈原合传的《屈原贾生列传》而言，则除前面已经考订出的窜乱部分以外，尚有"曾吟恒悲兮，永叹慨兮。世既莫吾知兮，人心不可谓兮"四句。据王念孙考订，《楚辞·怀沙》并无此四句，乃后人根据《怀沙》下文"曾伤爰哀"等四句的异文所窜入。这个考订是可信的。又如贾传之末云："及孝文崩，孝武皇帝立，举贾生之孙二人至郡守，而贾嘉最好学，世其家，与余通书。至孝昭时，列为九卿。"《考证》引凌稚隆的话，认为史迁卒于汉武末年，此言贾嘉"至孝昭时列为九卿"，乃后人所增。清钱大昕序梁玉绳《史记志疑》曾云："自少孙补缀，正文渐淆。厥后元后之诏，扬雄、班固之语，代有窜人；或又易今上为孝武，弥失本真。"可见，《史记》被后人窜乱之处甚多，其错误显然者，已多被后人所订正，独《屈原列传》中的刘安语，却迄今被人认为是史迁原文，以致影响了对史迁作品艺术风格的评价，影响了对屈原生平事迹的考证，影响了对中国文学批评史的探讨，所关至巨，故不惮词费，为之订正如上，并希学术界不吝赐教。

（写于1962年1月）

历史文物的新出土与屈原生年月日的再探讨

探索屈原的生年月日,是把中国古代杰出的进步诗人屈原放到更为准确、更为具体的历史环境中进行评价的重要课题。因此,它曾引起古今中外文学史家的注意,并促使他们做了不少的试探工作。

本来,对先秦时期文学家的生年月日,由于资料缺乏,有可能进行深入探索的并不多。而屈原在自己的诗篇《离骚》里却为我们留下了这样一段带有自叙性的诗句:

> 帝高阳之苗裔兮,朕皇考曰伯庸,
> 摄提贞于孟陬兮,惟庚寅吾以降。
> 皇览揆余初度兮,肇锡余以嘉名,
> 名余曰正则兮,字余曰灵均。

因此,"摄提贞于孟陬兮,惟庚寅吾以降"这句话,就成了探讨屈原生年月日最有力的证据和最可靠的第一手资料。不过,由于这句话的含义涉及古代天文学、历法学上极其复杂的问题,所以从东汉直到现在将近两千年来的学术界,意见极多分歧,科学的结论，仍待人们去进一步探索。而近年来历史文物的不断出土，也使我们有可能对这个问题提出一些新的看法和对过去的结论进行一次重新评价。

从利簋的出土谈起

为了解决"摄提贞于孟陬"这句话在解释上的分歧，这里不妨首先把新近出土的利簋铭文加以考释。

1976年陕西临潼出土了一件利簋。器内有铭文四行，三十二字，叙述了周武王伐纣的过程。这是周初金文中在武王伐纣的当时直接叙述这一事件的唯一珍贵的原始资料，跟先秦其他文献根据传闻进行追叙者不同。但是，从这件铜器出土后，据我所见，包括唐兰、于省吾、徐中舒等同志在内，为之考释者计有十家之多，而对某些问题见解却不一致。（见《文物》1977年第8期及1978年第6期、《考古》1978年第1期）于省吾同志曾说："铭文的'岁贞克闻'，乃是全铭文训诂问题的症结所在。"事实正是如此。

对此，我先把总的看法提出，再做论证。第一，关于断句问题，跟其他各家不同，我认为应该以"岁鼎克"断句；第二，"岁"指岁星，古人或称"摄提"，即现在的木星；第三，"鼎"即贞字，训当；第四，"克"与"辜"同字，为月名，即《尔雅·释天》"十一月为辜"的"辜"字，各家对"克"字都是用的传统旧说，故难通。总的来说，"岁贞克"这句话是说：岁星正当十一月晨出东方。此系指木星的"会合周期"而言。铭文把"岁贞克"记于"唯甲子朝"之后，证明了周初犹袭殷甲骨文或金文先纪日后纪月的旧习。还须指出，"岁贞克"这种纪时方法，既纪了月，又纪了年。例如"岁贞克"是岁星"会合周期"的建子之月，也必然是所谓"太岁在子曰困敦"之年。《周礼》保章氏"十有二岁之相"句下，郑注云："岁谓太岁，岁星与日同次之月，斗所建之辰也。"即指此而言。下文即就上述的一些看法分别加以论证。

首先，铭文钺，除个别同志外，一般都将其释为"岁"，这是对的。但我认为在这里应该理解为岁星之"岁"（即木星），而不是祭名之"岁"。齐器子禾子釜，"岁"亦作钺。其中两点，象星辰之状；钺象钺形，在这里或系测星工具，其状如竖钺。这是根据测星辰的实际情景而造的字。但金文"岁"字又多数从"步"作岊，这是根据人们用岁星运行的躔次以纪年月的事实而造的字。甲骨文中"岁"字已钺岊二形并用。从文字的结构来看，可以证明中国用简单工具测量星辰，并根据岁星的运行以纪年月，因而以"岁"作为"年"字的同义词，其来源是很早的，而且流行的区域也是相当广泛的。《尔雅·释天》说"夏曰岁"，虽未必为实录，但远古已有其事，是没有疑问的。当然，这并不意味着当时已有精密的历法。

其次，铭文鼎即"鼎"字。但在金文里"鼎"字与"贞"字形体相近，多混用。故小徐本《说文》云："古文以贞为鼎，籀文以鼎为贞。"诸家多释鼎为"贞"，我很同意。但我不同意把"贞"字讲成贞卜之贞，而主张用《尚书·洛诰》马融注"贞，当也"这一古训，因为"鼎"与"贞"古音皆为舌头青部字，而"当"字古音则为舌头阳部字。青、阳二部为旁转。故"鼎""贞"都可与"当"字通用。因而在训诂上，既可用"当"字训"贞"，也可用"当"字训"鼎"。如《汉书·匡衡传》服虔注云："鼎，犹言当也。"这跟马融训"贞"为"当"，是一个道理。

最后，铭文𠧪，诸家皆释"克"，是对的。但囿于"克"字的传统解释，故影响了铭文的文意，也影响了铭文的断句。如于省吾同志说："如果把'岁鼎'解为岁星当前，于义可通。但'岁鼎'又以'克闻'为言，未免费解。"这就是因为对"克"字未得其解，而造成了"克闻"连读的原因。其实，"克"当与"辜"为一字之异形，当以"岁贞克"为句。（下文"䎽"读"昏"，不读"闻"，应以"昏夙有商"为句。）

从"克"字与"辜"字的形义来讲，本来是相通的。《说文》曾说："𠧪，肩也。象屋下刻木之形。"许氏对"克"字的形体解释，很不确切。因而历来的注解，诸说纷纭，莫衷一是。段玉裁则谓："上象屋，下象刻木录录形。"但是，到现在为止，地下所发现的金文中，都与《说文》的𠧪形不相似，都不能以"象屋""刻木"释之。如𠧪（曾伯簠）、𠧪（善夫克鼎）、𠧪（陈侯因𬥓錞）、𠧪（公克錞）等形，都跟《说文》不同，而跟这次出土的利簋作𠧪，属于一形的演变。可见，《说文》及段注对"克"字形体的解释是靠不住的。但是，从字义来讲，许慎用"肩也"解释"克"字，则系从古书运用"克"字的语句中总结出来的一条训诂，是比较确切的。徐锴曾对"肩也"一训，做了进一步说明："肩者，任也……负荷之名也。与人肩膊之肩义通……能胜此物谓之克。"徐说甚为通达。故《诗·敬之》毛传云："仔肩，克也。"郑笺则云："仔肩，任也。"而《说文》人部亦云"仔，克也"，与"肩"同训。《尔雅·释诂》则谓"肩，克也"，又谓："肩，胜也。"《说文》力部谓："胜，任也。"而人部又谓："任，保也。"因此，从训诂学来讲，克、肩、胜、任、保，都是一义的引申，都具有能够负荷重任的意思。从金文"克"字的形体来看，上半从"古"，当为音符，即"克"字从"古"得声；下半当为"人"字，乃"克"

字的义符，金文或作 ⟨glyph⟩ 等形，为"人"字的变体与演化。如金文凡从"页"者，下半"人"字则有 ⟨glyph⟩ 等形。战国的秦诅楚文，"克"字作 ⟨glyph⟩，虽上半已有讹变，而下半人字则极为正规。因此，"克"字的结构，当从"人"，即表示人之能够负荷重任。至于"辜"字，《说文》云："辜，罪也。从辛，古声。"从结构与训诂来看，许说也是比较确切的。因为古文字凡从"辛"得形之字，多含罪孽之义，故古人训"辜"为"罪也"。其实从"辜"字的本义来看，乃指当奴隶的罪人服劳役、肩重任而言。"罪也"乃其引申之义。因此，"辜"与"克"的字体结构是相同的，"古"字是声符，"人""辛"都是义符。其区别只在于"克"是表示一般人的肩荷重任，而"辜"则表示罪人的肩荷重任。"辜"字的这个本义，在从"辜"得声的"嫴"字上至今还保留着。如《说文》女部云："嫴，保任也。"是"嫴"即今人所谓"担保"之义，不专指为罪人"担保"而言。《急就篇》有"保辜"一词，段玉裁云："辜者嫴之省，嫴与保同义叠字，师古以坐重辜解之，误矣。"按段氏虽不知"辜""嫴"本为同义字，但谓"嫴与保同义叠字"，实为确论。可见，"辜"字跟"克"字的训诂，完全是一脉相承的。"保任"实即从"辜"字之"肩负重任"的本义发展而来。"克"字的由"肩"而"胜"，而"任"，而"保"的一系列训诂，皆与"辜"字有关。因此，"克"与"辜"，从字体结构到意义训诂，都是相通的。

至于从"克""辜"二字的音读来看，既然都是从"古"得声，就应该是一个读法。但从清代到现在的古音学家，都是把"克"字列入古韵之部，把"辜"字列入古韵鱼部，各不相属，这又是什么原因呢？

按古音学家把"克""辜"二字分属之、鱼二部，不是没有根据的。因为《诗·雨无正》中"辜"字跟"虑""图""铺"三字叶韵，故"辜"字应收入鱼部，又《诗·小宛》"克"字跟"富""又"二字叶韵，故"克"字应收入之部。但是，他们还都没有注意到鱼、之二部古音相近而且通转频繁这一重要事实。其实"克"字或本来就在鱼部，后来才转入之部，故得与之部的"富""又"二字相叶，而并不是"克"字原来就在之部。关于这个问题，要附带多谈几句。

清代顾炎武分古韵为十部，鱼部、侯部并为一部，江永虽把侯部字从鱼部分出，但又并侯部于幽部。迨段玉裁始将鱼部、侯部、幽部分立为三部。然段氏仍以为鱼部与侯部、幽部古音相近，故以鱼、侯、幽等部比次为一类，可以互相旁转。自此以后直到现代以太炎先生《成均图》为代表的凡言古韵旁转者，皆以段氏为依归，别无更定。但是，如果考之三百篇，则鱼部与侯部、幽部相叶之迹绝少，不过一二见；而鱼部与之部则通叶之迹极繁。以上述各家阴、入不分的原则计之，例如《诗·常武》以"祖""父"叶"士"，《诗·巷伯》以"者""虎"叶"谋"，《诗·小旻》以"膴"叶"谋"，《诗·绵》以"无"叶"饴""谋""龟""时""兹"，《诗·蟋蟀》以"雨"叶"母"，《诗·宾之初筵》以"呶"叶"傲""邮"，《诗·柏舟》以"愬"叶"侧""特"，《诗·菀柳》以"昵"叶"息""极"，《诗·无衣》以"泽""作"叶"戟"，《诗·民劳》以"愬"叶"息""国""极""德"，《诗·瞻卬》以"愬"叶"忒""背""极""倍""识""事""织"。故综观先秦群经、屈赋、诸子等，则鱼部与之部相叶者十之八九，与侯、幽二部相叶者，不过十之一二。据此可知，鱼部与之部古音极相近，与侯部、幽部则较远。正是由于上述原因，"克"字虽从"古"字得声，当在鱼部，而由于时地不同，却转入之部。我们应当根据形声系统，把"克"字看成鱼部字，与"辜"字形近、义通、音读相同。

我们说，利簋铭文"岁贞克"即"岁贞辜"，正是根据上述理由来判断的。《尔雅·释天》十二月名的"十一月为辜"，即"十一月为克"之异文。《尔雅》十二月名，在古籍中异文是极多的。如"正月为陬"的"陬"字，《史记·历书》作"聚"，《周礼》中"䵣蔟氏"之注引作"娵"；又"三月为寎"的"寎"字，《经典释文》谓"本或作窉"；又"四月为余"的"余"字，《经典释文》谓"余本作乎"；又"十二月为涂"的"涂"字，《周礼》中"䵣蔟氏"之注引作"荼"。不难看出，这些月名，古人的写法是不一致的。但这些异文的共同原则，都是用同一音符的字相代替。准此，则"十一月为辜"的"辜"字，古人又用同一音符的"克"字来代替，这就不难理解了。

关于《尔雅·释天》的十二月名，中国古代很早已经通行。如《诗·采薇》："曰归曰归，岁亦阳止。"毛传云："阳，历阳月也。"郑笺云："十月为阳"，即用《尔雅》原文。《诗·小明》："昔我往矣，日月方除。"郑笺云："四月为除。"即《尔雅》"四月为余"之异文。又《国语·越语》："至于玄月。"韦昭注云："《尔雅》曰：九月为玄。谓鲁哀十六年九月也。"这跟《离骚》称正月为"陬"，利簋称十一月为"克"，都是出于一个月名称谓的体系。而且，《诗·采薇》一篇，据《诗序》认为是文王西征昆夷、北伐俨狁时"遣戍役"之诗。此说虽不完全可靠，但从《采薇》《出车》《杕杜》三个姊妹篇的内容来看，其时代当在西周无疑。因此，利簋里出现"岁贞克（辜）"，而《采薇》里又出现"岁亦阳"，都用了当时通行的纪年月的惯语，是完全可以理解的。

尤其应当注意的是：1949年前长沙出土的战国楚帛书，其中所标十二月名，跟《尔雅·释天》完全一致。不过文字的形体略殊。如《尔雅》以正月为"陬"，帛书则"曰取"；《尔雅》十一月为"辜"，而帛书则曰"姑"。这就不仅证明了《离骚》称正月为"孟陬"是楚俗，而且也证明了"辜"月既可作同音字"克"，也可作同音字"姑"。利簋的"岁贞克"，实即"岁贞辜"的异文，即指岁星正当十一月晨出东方。

这里准备再从利簋铭文"唯甲子朝，岁贞克"这两句话所指的具体年月做一些探索。本来，关于武王伐纣的年月，古今说法极其纷繁，直到现在，也没有得出统一的结论。但是，可以这样说，在利簋出土以前，只能根据后人的追叙进行研究；而利簋的出土，却为我们提供了武王伐纣的当时所记录下的第一手材料。这一点，是利簋独具的权威性。用它来作为衡量后世追叙记载的准则，是很有必要的。不少古籍记载，都说武王伐纣之战，是开始于"甲子朝"。从利簋的"唯甲子朝"这句话来看，古籍记载的日、时，是有根据的。但是古籍记载的年月，却异说纷纭，很难定于一是。不过，《史记·周本纪》记武王伐纣经过的下列一段叙述是值得注意的："十一年，十二月戊午，师毕渡盟津，诸侯咸会。……二月，甲子昧爽，武王朝至于商郊牧野，乃誓。"从上文武王九年"观兵"来看，这个"十一年"，当然是指周的十一年，"十二月戊午"当然是指周的十一年"十二月戊午"。因此，下文的"二月甲子昧爽"，从时间上看，不可能在会师盟津、兵迫商郊之际，又驻军一个多月之久到十二年的"二月甲子"才跟纣宣战。所以对"二月甲子"这句话的"二月"，《史记集解》引徐广曰："一作'正'。此建丑之月，殷之正月，周之二月也。"考徐广此语，对了一半，也错了一半。他说"二月"的"二""一作正"，这是对的；但他把"正月"讲成"建丑之月"，又说是"殷之正月,周之二月",则是错的。因为从《史记》上文看,周在这以前,早已"改法度,制正朔"。因此《史记》前后文既用周的正朔以纪年,不当又用殷的正朔以纪月。所以这里的"二月"虽为"正月"之误,而这个"正月甲子",却是周的十二年"正月甲子",亦即建子之月,并非指殷代建丑的正月。周的"正月甲子"上距周的"十二月戊午",只有七天,这个时间距离是比较合理的。周以农业兴国,为了适应农业生产,虽以建子之月为岁首,但言及时令,犹多用夏正纪月①。《尔雅·释天》的十二月名,以及上文所引周《诗》的十二月名,历来说者都是用夏正来解释的。夏正的"十一月为辜",即周历的正月。因此,利簋的"岁贞克",即指当时岁星正当周正的正月晨出东方。这样,利簋的"珷征商,唯甲子朝,岁贞克,昏夙有商……"就跟《史记》的"二月甲子昧爽,武王朝至于商郊牧野"的记载,完全吻合。

再从当时的天文现象来看:岁星十二年而一周天,岁星所当

---

① 周代虽以建子之月为岁首,仍与夏正的月数纪月并行。这主要是由于周以农业兴国,而夏正的十二月序跟农业生产关系很密切。从大量事实看,从西周以来,凡叙季节的文字,多用夏正月数。如《诗·七月》一诗,虽不一定如《诗序》所说乃周公"陈王业"之作,但它是周代作品,当无疑问。其中如"七月流火,九月授衣"等凡言月份之处,用夏历来解释,才合乎时令。尤其如"四月秀葽,五月鸣蜩"等,皆与《夏小正》的内容完全一致。又如《诗·四月》"四月维夏,六月徂暑",如指周正"六月",则系夏正四月。四月就"徂暑",未免过早。又如《周礼·天官·冢宰》:"凌人掌冰,正岁十有二月,令斩冰。"杜注:"正岁季冬,火星中,大寒,冰方盛之时……正,谓夏正。"疏云:"正岁季冬者,周虽以建子为正,行事皆用夏之正岁。若据殷周,则十二月冰未坚;若据夏之十二月,冰则坚厚。故正岁据夏也。"《逸周书·周月》又云:"亦越我周王,致伐于商,改正异械,以垂三统。至于敬授民时,巡狩祭享,犹自夏焉。"又如《国语·周语》单子对周景王一边说"先王之教曰,雨毕而除道,水涸而成梁",一边又说"夏令曰:九月除道,十月成梁"。孔丘作《春秋》是用周正的,但另一方面又主张"行夏之时"。这都是当时周的正朔与夏的月序并行的反映。据近年出土的《元光元年历谱》得知汉初承秦制,虽以建亥之月为岁首,但《历谱》却从上年的夏正"十月"排至下年夏正的"九月"为一年,仍用夏正的月数纪月。此当犹承先秦的古制。

之月，即岁星的"会合周期"，亦即指岁星在这个月里，晨出东方。我们说利簋的"岁贞克"是指岁星在周的正月晨出东方，是有根据的。据利簋言"甲子朝"以及古籍所说"甲子昧爽"，都是指甲子之日天色刚刚要亮的时间与纣接战。因此，《荀子·儒效》说："武王之诛纣也，行之日以兵忌，东面而迎太岁……厌旦于牧之野。"《淮南子·兵略训》也说："武王伐纣，东面而迎岁。"①当时周在西而殷在东，武王伐纣，自是从西向东而行，"东面而迎岁"，当然正是天色刚亮岁星晨出东方之月。这就证明了利簋的"岁贞克"这句话，是跟当时岁星运行的实际情况相符合的。

根据上述的情况，可以得出这样的看法：利簋的"岁贞克（辜）"这句话，跟屈赋的"摄提贞于孟陬"，说的是同一范畴的问题，都是以岁星的运行标记年月。以屈赋例之，铭文可以引申为"摄提贞于仲辜"；以铭文例之，屈赋也可以简化为"岁贞陬"。而在纪日方面，利簋的"唯甲子"在纪年纪月之前；而《离骚》的"惟庚寅"则在纪年纪月之后。但是，虽然它们所标记的具体年月不同，而且由于习惯不同，文体各异，序有先后，句有繁简，而从句子的结构上看，是没有什么区别的。对此，下文再做论证。

"摄提贞于孟陬"应当怎样理解

最早接触屈原生年月日问题的是东汉王逸，他的《楚辞章句》说："太岁在寅曰摄提格。孟，始也。贞，正也。于，于也。正月为陬。""庚寅，日也。降，下也。""言己以太岁在寅，正月始春，

---

① "东面而迎岁"，是历史事实；所谓"兵忌"，则系战国时期兵家对历史的解释。

庚寅之日，下母之体而生。"而宋代朱熹则对王逸的解释提出了不同的看法。他在《楚辞集注》中说："摄提，星名，随斗柄以指十二辰者也。贞，正也。孟，始也。……正月为陬。盖是月孟春昏时斗柄指寅……降，下也。原又自言此月庚寅之日，已始下母体而生也。"上述王、朱两家之说，在月、日问题上没有分歧，其主要分歧在于："摄提"究竟指的是什么？王逸认为"太岁在寅曰摄提"的"摄提"指"摄提格"，是以岁星所当的年次而言；朱熹认为"摄提，星名，随斗柄以指十二辰"，则是以与岁星无关的摄提星所指的月份而言。如果以为"摄提"即"摄提格"，乃纪年之称，则十二年一个"摄提格"，相当于后世的所谓寅年；如果以为"摄提"是指纪月而言，则十二个月就有个"摄提贞于孟陬"，即指夏历的正月。也就是说王逸认为屈原是自述其生年、月、日，朱熹则认为屈原只述其出生的月、日，而没有提到出生之年。可见王、朱二说之间是有分歧的。因此，历代治屈赋者在这个问题上就形成了两大派：主王说的有钱杲之、王夫之、龚景翰、陈本立、蒋骥、朱骏声、戴震等人，以及当代的郭沫若、游国恩等；而主朱说的则有陈第、毕拱宸、屈复、林云铭、王萌、董国英、沈云翔等人，以及当代的谢无量、林庚等。两派的意见，并没有得到统一。

因此，《离骚》所说的"摄提"究竟指的是什么，必须首先解决，否则对屈原生年月日的探索工作，就会失掉科学基础。为了解决这个问题，有必要把朱熹反对王逸、别立新说的理由摘录于下：

> 王逸以太岁在寅曰摄提格，遂以为屈子生于寅年、寅月、寅日，得阴阳之正中。补注因之为说，援据甚广。

以今考之，月、日虽寅，而岁则未必寅也。盖摄提自是星名，即刘向所言"摄提失方，孟陬无纪"，而注谓"摄提之星，随斗柄以指十二辰"者也。其曰"摄提贞于孟陬"，乃谓斗柄正指寅位之月耳，非太岁在寅之名也。必为岁名，则其下少一格字，而贞于二字亦为衍文矣。故今正之。（见《楚辞辩证》上）

按朱氏所引刘向语（见《汉书·楚元王传》），所引"注谓"，即对此传注文孟康语的概括。其实，与"摄提失方，孟陬无纪"相同的话，早已见于刘向以前的《史记·历书》《大戴礼记·用兵》等，其注解也都与孟康相同，认为摄提是星名，"随斗柄以指十二辰"者。而且应当注意的是：司马贞的《史记索隐》已用这个定义来解释《离骚》"摄提贞于孟陬"的"摄提"。可见朱熹对屈赋"摄提"的解释，并不是自己首创的新说，而是袭用唐人司马贞的结论。其次，所有上述的注解，都来源于《史记·天官书》里下列的一段话："大角者，天王帝廷。其两旁各有三星，鼎足勾之，曰摄提。摄提者，直斗杓所指，以建时节。"又《韩非子·饰邪》篇也把"摄提"跟"岁星"并举，可证这个"摄提"与岁星无关，可能即指大角旁的六星而言。由此可见，朱熹的说法是有事实根据的。（我们可以简称这个摄提为"大角摄提"。）

但是，从孟康直到朱熹，他们却没有注意《史记·天官书》中的另一段话："岁星一曰摄提，曰重华，曰应星，曰纪星，营室为清庙，岁星庙也。"从这段话里可以看出，除了用以纪月的大角两旁各有的三星被古人称为"摄提"外，用以纪年的岁星，也有"摄提"之名。（我们可以简称为"岁星摄提"。）这是古书上常常碰到的同名异实之例，毫不足怪。故《淮南子·齐务训》云："摄提、镇星、日、月东行。"以"摄提"与"镇星"（土星）并列，则"摄提"亦指岁星而言。又《开元占经》引《石氏星经》云："岁星他名曰摄提。"石申战国人，则称岁星为"摄提"，战国已如此。因此，我们可以说，"摄提"一名，可以指"大角摄提"，也可以指"岁星摄提"，并不像朱熹所说的只能指"大角摄提"，而不能指"岁星摄提"。这一点首先应当确定下来。

那么，《离骚》的"摄提"究竟是指"大角摄提"还是指"岁星摄提"呢？

这一点很重要。因为如果认为"摄提贞于孟陬"的"摄提"是指"大角摄提"，那么屈原的这句话就只叙述了自己的生月，我们就无法探讨他的生年问题；如果认为是指"岁星摄提"，则除了可以探讨他的生月，更可以探讨他的生年。因为岁星的"会合周期"如在夏历正月，则这个月一定是建寅之月，而这一年也必然是后世所谓"太岁在寅"之年。

为了解决这个问题，我们首先应当回顾一下前面对利簋的考释。我们知道，利簋的"岁贞克（辜）"跟屈赋的"摄提贞于孟陬"，所谈的是属于一个范畴的问题。利簋所说的是岁星正当夏历十一月晨出东方，同时也就是所谓"太岁在子曰困敦"之年，屈赋所说的是摄提正当夏历正月晨出东方，同时也就是所谓"太岁在寅曰摄提格"之年。所不同的是利簋直名岁星为"岁"，而屈赋则代之以岁星的另一名称"摄提"。从这两处二名交替使用的情况看，则屈赋的"摄提"必然是指"岁星摄提"，而绝不是指"大角摄提"。这是很清楚的。而且，《石氏星经》与屈原《离骚》是同一时期的产物，可证屈原称岁星为"摄提"，是有根据的。

对上述的结论，我们还要做进一步的考察。顾炎武《日知录》卷二十"古人必以日月系年"条说："自春秋以下记载之文，必以日系月，以月系时，以时系年。此史家之常法也。……《楚辞》'摄提贞于孟陬兮，惟庚寅吾以降'，摄提，岁也，孟陬，月也，庚寅，日也。屈子以寅年寅月庚寅日生。……或谓摄提星名，《天官书》所谓直斗杓所指以建时节者，非也。岂有自述其世系生辰，乃不言年而止言日月者哉。"这话是对的。

此外，我们还可以用同情屈原的为人并学习屈原辞赋的贾谊的诗篇为例。贾谊在《鹏鸟赋》里曾写道："单阏之岁兮，四月孟夏；庚子日斜兮，鹏集予舍。"这显然是从《离骚》"摄提贞于孟陬兮，惟庚寅吾以降"的叙述方法而来的。这里所叙述的年、月、日是齐全的。其中所谓的"单阏之岁"，即指岁星在卯之年，是很清楚的。这除了反映上距屈原之死不过百年左右的贾谊对《离骚》的"摄提"是用岁星纪年的正确理解以外，同时也反映了春秋战国以来在诗歌里以日、月系年的传统习惯。

尤其重要的是结合《离骚》首段自述生年月日的上下文意来理解。这段诗，首先是叙述其远祖"高阳"及父亲"伯庸"，接着就是叙述自己的生年月日，最后叙述父亲对他命名的情况。对此，我们不妨看看古代的风俗礼教。《周礼·地官·司徒》："凡男女自成名以上，皆书年、月、日名焉。"注引郑司农云："成名，谓子生三月父名之。"疏云："'子生三月父名之'，《礼记·内则》文。按《内则》，三月之末，父执子右手，孩而名之。……书曰，某年某月某日某生，而藏之。"可见古代礼俗很重视命名之礼，这跟《离骚》所谓"肇锡余以嘉名"的叙述是一致的，而在命名的同时必记录诞生的时日，这时日必须是年、月、日三者齐全，这也就是《离骚》所谓"摄提贞于孟陬兮，惟庚寅吾以降"。则"摄提"指年，"孟陬"指月，"庚寅"指日，更与中国古代的礼俗相符合。如果说这里的"摄提"是指"大角摄提"，而不是指"岁星摄提"，那就是说只纪月日而不纪年，则不仅跟古代礼俗不合，也跟《离骚》首段上下文意相乖离。

当然，我们同意王逸这一派的说法，只是同意他们把"摄提"纳入纪年的范畴这一点，至于他们把"摄提"跟"摄提格"等同起来，我们并不同意。因为"摄提"是岁星的星名，而"摄提格"则是岁星纪年的年名。二者之间虽关系密切，但有区别。故《史记·天官书》及《淮南子·天文训》等，凡言星名则称"摄提"，凡称年名则言"摄提格"，其区别是很清楚的。其次，我们不同意朱熹这一派的说法，只是不同意他们把"摄提"解释为"大角摄提"，至于他们把"摄提"纳入星名的范畴这一点，还是对的。所以朱熹认为《离骚》的"摄提""必为岁名则其下少一格字，而贞于二字亦为衍文矣"，从这个意义上讲，朱熹的意见是合理的。清戴震《屈原赋注》认为"太岁在寅曰摄提格，亦通称摄提"，把二者混为一谈，与事实不符。而当代不少屈赋研究者，又往往认为"辞赋有修辞的限制"，故省去"格"字。其实，古代诗篇中由于字数限制而减缩词语的例子是有的。但屈赋的特征之一，就是句法上的参差错落、舒卷自如，"格"字绝无删除的必要。这样，我们就既纠正了司马贞乃至朱熹以来以"大角摄提"解释《离骚》"摄提"而造成了只标月日而不标生年的错误，同时也纠正了王逸乃至戴震以来把"摄提"跟"摄提格"混为一谈的偏颇。

根据以上的理解，《离骚》里"摄提贞于孟陬兮，惟庚寅吾以降"这句话的意思就是说：岁星恰恰出现于孟春正月的那个月，庚寅的这一天，我降生了。这里虽然没有正面提出诞生之年，但从上文的论证中我们可以知道：凡夏历正月岁星晨出东方，正标志着这一年必然是后世所谓"太岁在寅"之年。故古人亦即以此纪年。

屈原在具体历史时代的生年月日

从上述情况看,无论是王逸还是朱熹,都只是在"摄提"这个词的含义上做了一番抽象的解释,并没有能结合具体历史年代来确定屈原的生年月日。对这项研究工作来讲,这虽然是不可缺少的第一步,但仅仅是个开端,还没有能接触问题的实质。真正进行实质性探讨,则是从清代以来的学者开始的。

根据我所接触到的资料来看,推算屈原具体生年月日的就有七种不同的结论。(1)生于楚宣王四年乙卯(前366)夏历正月(清·刘梦鹏《屈子纪略》)。但本年正月并无庚寅日。(2)生于楚宣王十五年丙寅(前355)夏历正月(清·曹耀湘《屈子编年》)。但本年正月也无庚寅日。(3)生于楚宣王二十七年戊寅(前343)夏历正月二十一日庚寅(清·邹汉勋《屈子生卒年月日考》,刘师培《古历管窥》同)。(4)生于楚宣王二十七年戊寅(前343)夏历正月二十二日庚寅(清·陈玚《屈子生卒年月考》)。(5)生于楚宣王三十年辛巳(前340)夏历正月初七日庚寅(郭沫若同志《屈原研究》)。(6)生于楚威王元年壬午(前339)夏历正月十四日庚寅(浦江清同志《屈原生年月日的推算问题》)。(7)生于楚威王五年丙戌(前335)夏历正月初七日庚寅(林庚同志《屈原生卒年考》)。①

---

① 诸家皆谓夏历正月,是正确的。因为楚用夏历,已为云梦睡虎地出土的《秦楚月名对照表》所证明。而且屈赋所描写的时令状态,皆与夏正相合。如《怀沙》云:"滔滔孟夏兮,草木莽莽。"《抽思》云:"望孟夏之短夜兮,何晦明之若岁。"《思美人》云:"开春发岁兮,白日出之悠悠。"《招魂》云:"献岁发春兮,汩吾南征;菉蘋齐叶兮,白芷生。"皆与殷正、周正、秦正不相合。

可见，由于人们所依据的资料不同和采用的推算方法各异，所得到的结论是不一致的。如果用《史记·屈原列传》《史记·楚世家》等资料进行考核，就会发现不少问题。如刘梦鹏定屈原生于楚宣王四年，就把时间提得过早；林庚同志定屈原生于楚威王五年，又把时间推得过迟。这中间的差距就有三十一年之久。各家结论的不一致，一方面说明了问题的复杂性，另一方面也说明了科学的结论还有待于学术界的不断探索。

对这个问题，在依据的资料和探索的方法上，我曾有过这样的设想，在周秦之间，是中国历法漫长的形成时期，又是诸侯各国的分立时期。各个时期和各个国家的试探性的历法是极不一致的。故企图以历法来推屈原的生年月日，由于资料的限制，很难得到合乎实际的结论。但有一点应当注意，即岁星纪年法的产生很早，它开始与历法并无一定的关系，后来才逐渐结合起来。正由于这样，当时人们一般的纪年方法，往往是以岁星的实际运行为主要根据。如古籍所谓的"岁在玄枵""岁在星纪"，这是以岁星所在的黄道十二宫来标记年月的；又如"岁贞克""摄提贞于孟陬"，则是以岁星晨出东方的十二个月来标记年月的。从人类的认识过程来讲，第二种方式更为原始一些。因此，屈原既然是根据第二种方法记录他的出生年月，则我们最可靠的探索方法是：找到一个跟具体历史年代相结合的、以实测的岁星晨出东方的年月为标志的原始资料，再用岁星的"恒星周期"和"会合周期"进行推算，则不管各国的历法如何不一致，朝代如何更替，所得到的结论总是比较可靠的。值得庆幸的是，1972年临沂银雀山汉墓出土的《元光元年历谱》跟1973年长沙马王堆三号汉墓出土的帛书《五星占》，恰恰满足了这个需要。

根据上述的出土文物，当前天文学家的研究结果表明：周显王三年（前366）正月，木星的位置恰恰是晨出东方，即所谓"摄提格"之年。（见《中国天文学史文集》，科学出版社，1978年）

我们知道，天文学家把黄道周围平分为十二"次"，木星每年行一"次"，约十二年行一周天（11.8622年），名为"恒星周期"；木星每年跟太阳会合一次，名为"会合周期"。"会合周期"约一年零一个月一次（398.8846日），所以今年在正月，明年在二月……古人用木星"会合周期"所在的月份以纪月，亦即以木星所在的月份纪年。例如木星今年的"会合周期"在夏历正月，则这一年就是木星"恒星周期"的第一年，即所谓"摄提格"之年；木星明年的"会合周期"在夏历二月，则这一年就是木星"恒星周期"的第二年，即所谓"单阏"之年……所以《离骚》所说的"摄提贞于孟陬"，即指木星正当孟春正月晨出东方的"摄提格"之年。也就是说，这一年是木星"恒星周期"的第一年，是木星"会合周期"的第一月。

现在，我们打算利用夏历正月木星晨出东方的周显王三年（前366）为坐标，再用木星的"会合周期""恒星周期"等规律，并结合《史记·屈原列传》《史记·楚世家》等有关屈原政治活动的历史资料，来推断屈原的出生年月。

推算的结果即：从周显王三年起，木星经过两个"恒星周期"，即二十四年的运行，于楚宣王二十八年（前342）正月，又晨出东方。这一年应当就是"摄提贞于孟陬"的"摄提格"之年。又根据日本学者新城新藏的"战国长历"中这年正月朔乙丑进行推算，这一年的正月二十六日，又恰恰是"庚寅"日。因此，我们的结论是：屈原应当是生于公元前342年夏历正月二十六日，即楚宣王二十八年乙卯，夏历正月二十六日庚寅。

上述结论，跟历来所有的旧结论都是完全不同的。虽跟其中的邹、陈、刘三家的结论有些相近，但仍相差一年之久。因此，在这里我们有必要回顾一下清代邹汉勋、陈玚、刘师培三家的推算方法：邹汉勋的《屈子生卒年月日考》，用殷历推算，定为屈原生于楚宣王二十七年（前343）戊寅，夏历正月二十一日庚寅；陈玚的《屈子生卒年月考》，用周历推算，定为屈原生于楚宣王二十七年（同上）戊寅，夏历正月二十二日庚寅；刘师培的《古历管窥》，又用夏历推算，定为屈原生于楚宣王二十七年（同上）戊寅，夏历正月二十一日庚寅。刘的结论跟邹说完全相同，由于历法不同，跟陈说只差一天。以上三家的这一共同结论，如果用屈原所经历的一系列历史事件进行考察，基本上是符合的。因此历来的文学史家，多以此为定论，并据以评价屈原的生平活动。

但是，我们的结论为什么会比上述各家的结论整整地推迟了一年多呢？

这主要是由于他们过分地相信后世的"历史年表"。我们知道，后世的"历史年表"是用干支纪年的。而这个干支纪年法，是汉代人废除岁星纪年之后才应用的。包括战国在内的古代干支纪年，都是后人用逆推的办法排列上去的。由于他们只以六十年一个轮回的干支逐年推排，并没有考虑岁星超辰等条件，因而它跟岁星实际运行的情况完全脱了节。所以对战国时代岁星纪年法的名称"摄提格"，我们只能说它相当于后世干支纪年法的寅年，而绝不能认为它就是寅年。而且古代只用干支纪日，不用干支纪年。所以，屈原所说的"摄提贞于孟陬"，只是根据当时岁星实际运行的情况，用朴素的岁星纪年法叙述的。我们只能说他生于"庚寅"日，而绝不能说他是生于寅年。邹、陈、刘三家，在推算中由于受到屈原生于"三寅"的旧况的影响，所以不得不在后世的"历史年表"上找出个"戊寅"年，就认为屈原是生于此年。这是不对的。而我们根据岁星实际运行情况所考出的屈原生年在"历史年表"上却不是"戊寅"，而是"乙卯"，就是这个原因。因此，上文所引用的顾炎武《日知录》直到当代高亨同志等的《楚辞选》等所谓屈原生于寅年寅月寅日的"三寅说"，只是后人的误解。屈原当时所知道的只是：他生于岁星纪年的第一个年头、岁星纪月的第一个月份的庚寅日。他并没有什么"三寅"的概念。

屈原的生年月日与"正则""灵均"

从屈赋来看，屈原是很注意天文星象的。除上述《离骚》首段外，《天问》曾以大量篇幅对"盖天"学说中有关天体、星象运行等问题，提出了探索性的疑问。又如《东君》："举长矢兮射天狼，操余弧兮反沦降，援北斗兮酌桂浆。"《少司命》："登九天兮抚彗星。""天狼""北斗""弧""彗星"等都是指星象而言。他在抒发愤懑时，常以星象为比喻，如《惜往日》："情冤见之日明兮，如列宿之错置。"他在颠沛流离之际，又常借星象以辨方向，如《抽思》："曾不知路之曲直兮，南指月与列星。"由此可见，"博闻强志"（《屈原列传》语）的屈原，对天文星象是极其熟悉的。这都说明了他以岁星运行的情况来记载自己的生年月日，绝不是偶然的。

古人很重视年月日的吉凶问题。如上所述，屈原出生的年月是很奇特的，即岁星"恒星周期"的第一年，"会合周期"的第一月。至于"庚寅"日也是如此。《离骚》曾说"历吉日乎吾将行"，《东皇太一》又说"吉日兮辰良"，这都是楚俗日有吉凶之证。姜亮夫同志的《屈子之生》曾统计金文以"庚寅"为吉日而大量出现的事实，有力地证明了"庚寅"也是当时人们心目中的吉日。尤其在一个人出生的年月日上，古人更特别重视吉凶。如《史记·孟尝君列传》说田文出生的月日不吉利，其父不准留养他，认为五月生子"将不利其父母"。又如《诗·小弁》"天之生我，我辰安在"。毛传云："辰，时也。"郑笺云："此言我生所值之辰安所在乎。谓六物之吉凶。"《正义》引："昭七年《左传》，晋侯谓伯瑕曰：'何谓六物？'对曰：'岁、时、日、月、星、辰是谓也。'服虔以为：岁，星之神也，左行于地，十二岁而一周；时，四时也；日，十日也；月，十二月也；星，二十八宿也；辰，十二辰也。是为六物也。"屈原的父亲生在那个时代，很注意屈原生年月日的不平凡，是完全可以理解的。

春秋战国时期，以人们诞生时的事物命名的习俗是很盛的。如郑的燕姞梦天与己兰，生穆公，名之曰兰（《左传》宣公三年）。晋穆侯以条之役生太子，名之曰仇，其弟以千亩之战生，名之曰成师（《左传》桓公二年）。当时楚国同样有此风俗：如楚令尹子文初生时，被弃之梦泽，虎乳之，楚人谓乳曰谷，谓虎曰于菟，故名之曰谷于菟（《左传》宣公四年）。因此，由于屈原出生年月日的不平凡，其父命以"嘉名"，"名余曰正则兮，字余曰灵均"，这完全是合乎他们的生活逻辑的。

关于屈原的名"正则"，字"灵均"，历来的研究者，有的说是化名，有的说是乳名或小名，但在当时的历史条件下，我总怀疑他的名字跟他的生年月日的不平凡是有关系的。在这个问题上，我们不妨引《史记·秦始皇本纪》的一段话作为旁证：

秦始皇帝者，秦庄襄王子也。庄襄王为秦质子于赵，

见吕不韦姬，悦而取之，生始皇。以秦昭王四十八年正
月生于邯郸。及生，名为政，姓赵氏。

关于"名为政"的"政"字，实即"正"字，古字通用。故《史记集解》引徐广曰："一作正。"宋忠云："以正月旦生，故名正。"《史记正义》又说："始皇以正月旦生于赵，因为政。后以始皇讳，故音征。"① 关于秦始皇的生年月日问题，我们如果用岁星纪年来考察，他恰恰是生于岁星在正月晨出东方之年。因为我们仍用上文所据以推算屈原生年的周显王三年（前366）为基点，再往下推到秦昭王四十八年（前259），乃系岁星运行的第九个"恒星周期"，共一百零八年。以岁星约八十六年（86.0827年）超辰一次推算，则秦昭王四十八年正月，正是岁星晨出东方之月，这跟《离骚》"摄提贞于孟陬"的含义是一致的。（至于生日，诸家皆曰正月"旦生"，盖系元旦之日。）秦始皇因为生于岁星纪年的第一个年头、岁星纪月的第一个月份的"正月"，故命名曰"正"。可见，古人并不是生于一般的"正月"即可名"正"，而必须是生于岁星十二年一个"恒星周期"的"正月"，才可能由于奇异而以之命名。因此，屈原所谓"名余曰正则"的"正"，显然跟他出生的年月有关。"则"是"正"的附加词，当与《离骚》"依彭咸之遗则"的"则"字义相近。

至于"灵均"的"灵"，古字与"令"通，故古人"灵""令"都训"善"，而"吉日"的"吉"字也训"善"。《仪礼·

---

① 古籍"正"与"政"通，例不胜举，故徐、宋等说是可靠的。但《正义》又谓正月的"正"，"后以始皇讳，故音征"，此说并不可靠。因为"正""征"古音同，故远在秦始皇以前的父甲鼎，就把"正月"写成"征月"，可见后世读"正月"如"征月"，只是古音之遗，与秦讳无关。

士冠礼》"令月吉日",郑注云:"令、吉,皆善也。"因此,屈原字曰"灵均"的"灵",可能跟他生于"令月吉日"有关。"均"是"灵"的附加词,大概是说明他的生年月日全都吉祥的缘故。而且《仪礼·士冠礼》又云"以岁之正,以月之令","正"与"令"(灵)对举成文。郑注云:"正,犹善也。"则名"正则"字"灵均",也合乎古人名、字相应的习俗。可见屈原的父亲所给予屈原的名与字,都跟屈原的生年月日互相联系着。

因此,在这里应当注意的是:从秦始皇的出生年月及命名的情况来看,屈原生于公元前342年,正是周显王三年之后岁星运行的第二个"恒星周期",而秦始皇出生于公元前259年,则正是周显王三年之后岁星运行的第九个"恒星周期",年代完全相合。此外,屈原自称"正则",而始皇则命名为"正",都是从岁星于正月晨出东方这一有意义的天文现象而来的。这样来理解《离骚》首段的诗句,则会感到更为朗澈而亲切!

结　语

对屈原生平的研究,跟对屈原辞赋的研究是分不开的。为了把屈原及其作品摆在更为准确的历史年代里来探讨,学术界的前辈们,曾对屈原的生年月日问题,付出了很多的心血。但由于所根据的资料不同与推算的方法各异,得出的结论是各不相同的。

不过,屈原的时代距离我们太远了,留下的资料也确实太少了,因而要想在短期内得出科学的"定论",看来现在还为时过早。因此在共同探讨的过程中,只要能提出新的论点,并且持之有故,言之成理,都是值得欢迎的。

我对天文历算是门外汉，而利簋与《五星占》的出土，却给了我新的启发，故对屈原的生年月日提出了如上的论点。这个探索性的论点，只不过是在屈赋研究领域中略抒一孔之见，深望不久的将来科学界会结出"定论"式的硕果。到那时，错误的观点自然会在学术史上被抹掉，而正确的东西将被永远地流传下去。这是科学发展的规律，也是真理发展的规律！

（写于1978年8月）

"左徒"与"登徒"

《史记·屈原列传》云:"屈原者,名平,楚之同姓也。为楚怀王左徒。"张守节《正义》认为左徒"盖今(在)左右拾遗之类"。又《文选·赋癸》收有宋玉的《登徒子好色赋一首并序》,李善注:"登徒,姓也;子者,男子之通称。"因而,用传统的观点来看,"左徒"是官名,"登徒"是人称,两者之间是没有任何联系的。除上述两处外,"左徒"之名又出现于《史记·楚世家》,"登徒"之名又出现于《战国策·齐策三》,但由于先秦典籍残缺不全,上述各书又叙述简单,对这个问题的真相,无从做进一步的探索。也就是说,"左徒"与"登徒"这两个称谓之间到底有无联系,有着怎样的联系,楚国当时的"左徒"这个官职究竟属于什么等级,是怎样的性质,等等,都得不到确切的解释。

现在由于历史文物的大量出土,我们才有可能意识到:"左徒"与"登徒"都是楚国当时的官职名称,而且二者之间有着不可分割的密切关系。这就不但可以纠正李善以"登徒"为人称之误,而且可以纠正张守节以"左徒"为"左右拾遗之类"的揣测之词。

当然,"左徒"问题,是关系到研究屈原的政治活动与创作实践的重要问题。故当代学术界也曾做过不少有益的探索。因此，现在对这个问题的提出，是为了跟研究屈原的同志们共同讨论。

"左徒"与"登徒"是一个官职的两种不同的简称

要解决这个问题，首先必须从最近曾侯乙墓新出土的竹简谈起。

1978年6月湖北随县曾侯乙墓的考古发掘，出土了大量战国早期的历史文物。其中有竹简两百余枚，总计约六千六百字。这些简文，记载着在曾侯乙葬礼中赗赠车马者的官衔名称。经初步整理，发现这些官衔中如"左司马""右司马""左尹""右尹"，"太宰""少师""宫厩尹"等，皆为楚国官衔名称之见于《左传》者。据判断，这种情况有两种可能性。第一，这部分车马是楚国臣僚们的赗赠，因为在墓葬中也发现了以"楚王酓章"的名义赠送的一只大铺，可以证明楚国君臣当时对曾侯乙的葬事的赗赠之盛。第二，可能楚、曾两国由于文化交流，官衔名称，多相同者，故这部分赗赠者不一定是楚人。因为楚、曾两国不仅比邻，而且曾国作为一个小小的邻邦，春秋以来，早已成为楚国的附庸。其官职多与楚国相同，这也是意料中事。但是，不管属于上述哪种情况，对我们研究楚国的官制，都具有极其重要的参考价值。可惜的是，这批珍贵文物至今还未见全部公布于世。对于"左徒"问题，现在只能引用裘锡圭同志《谈谈随县曾侯乙墓的文字资料》中所提出的片断资料作为出发点，进行一些探讨。

该文里有这样一段话：

左𨀣（？）徒、右𨀣（徒）——左𨀣徒疑即见于《史记》的《楚世家》《屈原列传》等篇的左徒。（见《文物》1979年第7期）

按裘锡圭同志的这段话，首先提出"左𨀣徒"疑即"左徒"的问题，这是一个具有卓见的论点，无疑是正确的，但是由于他对这个极其奇僻的"𨀣"字应当如何解释抱着"存疑"态度，而加了"？"，这就使我们不得不对"𨀣"字做进一步的探索。因为要证明我们所提出的"左徒"即"登徒"这一新的论点，首先必须解决"𨀣"字的问题。

考"𨀣"当即"升"的本字。"𨀣"的结构应当是形声字。即"止"是形，"升"是声。它虽然未曾见于古代典籍或彝器，但从"止"的"止"，是足趾的古字。故"𨀣"应当是表示"升高"之义的本字。现在通行的"升"字，据《说文》，其本义乃升，斗容器的名称，象形。它跟"升高"之义无关。其用作"升高"的"升"，乃同音假借字。对于这个假借字，古人往往由于含义稍有差别而加上不同的形旁。如表示太阳高升，则或加"日"作"昇"（见《说文》新附）；表示攀登丘陵，则或加"土阜"作"陞"（见《韵会》）；表示以手高举之义，则或加"手"作"抍"（见《广韵·蒸》）；表示升高必用足，则或加"足"作"跉"（见《集韵·蒸》）。以同样的原因，也有加"止"（趾）作"𨀣"的，这就是曾侯乙墓简书"𨀣"字的来源。战国时代，往往在表示举足走动的文字上加"止"以示义。如最近中山王墓出土的鼎铭，"使"加"止"作"徥"，"降"加"止"作"踲"，圆壶铭，"去"加"止"作"𢓤"。这都跟曾侯乙墓简文"升"加"止"作"𨀣"，是同样的道理。因此，我们说"升"是表示升高的假借字，而"昇""陞""扻""跘""䒦",则都是表示升高而含义又略有区别的本字。这样解释应当是没有什么问题的。简言之,曾侯乙墓简文"䒦"字,事实上就等于古代典籍中所习用的假借字"升"字,音义都无区别。

其次,谈谈"升"与"登"的关系:凡表示升高的"升"字,在古代典籍中,跟表示登高的"登"字多以同音关系通用无别。因为以声纽言,"登"在舌头端纽,"升"在正齿审纽,而审纽"三等"字,古音多读舌头端纽;以韵部言,"登"字古韵在蒸部,"升"字古韵亦在蒸部。也就是说,"升"字古音跟"登"字完全相同,故得互相通假。至于从"登"字的形义来讲,《说文》云:"登,上车也。从癶、豆,象登车形。"可见"登"字跟"昇""陞""扻""跘""䒦"等字同义,不过由于登车跟登山等,略有区别,故又别造"登"字耳。如果说,"登"字跟"升"字是本字与借字的关系,那么,"登"字跟"昇""陞""扻""跘""䒦",则是同义异形的关系。正是由于这个原因,在古代典籍中,"登""升"通用。略举几例如下。(1)《左传》僖公二十二年:"及邾师战于登陉。"《释文》云:"登陉,本亦作升陉。"(2)《书序》:"有飞雉升鼎耳而雊。"《汉书·五行传》作"有蜚雉登鼎耳而雊"。(3)《礼记·乐记》:"男女无辨则乱升。"《史记·乐书》作"男女无别则乱登"。(4)《礼记·文王世子》:"登俊献受爵。"《公羊传》宣公六年何注作"升俊受爵"。(5)《集韵·蒸》:"扻"从"升"得声,而"扻"的异文作"撜",则又从"登"得声。

从上述情况看,可知古人"升""䒦"同用,"升""登"无别。因而曾侯乙墓简文中的"左䒦徒"即"左登徒","右䒦徒"即"右登徒"。这个结论似乎是可以成立的。

但在先秦,楚国又有"左徒"之称,如《史记·屈原列传》

及《楚世家》都出现过"左徒"。这个"左徒",当即"左登徒"的省称。由于省"登"字,故只称"左徒"。其次,在先秦,楚国又有"登徒"之称,如《战国策·齐策三》有郢之"登徒",《文选·赋癸》有"登徒子"。这个"登徒"当亦为"左登徒"或"右登徒"之省称。省去"左""右",即称"登徒"。这种对官职的省称,在古代是屡见不鲜的。例如曾侯乙墓简文的"大攻(工)尹",又见于"鄂君启节",但《左传》凡数见,皆简称"工尹",省"大"字;又如曾侯乙墓简文的"新赂(造)尹",传世楚铜戈铭则简称"新造",省"尹"字;又如近年临潼秦始皇墓出土陶瓦文"左司空"或作"左司",省"空"字;又如后世的"左拾遗""右补阙",有关记载则多省"左""右"而只称"拾遗""补阙"。这都跟"左登徒"简称"登徒"有些相似,可以作为旁证。尤其是按《金石粹编》汉十八收有"右空"瓦当,又《关中秦汉陶录》卷二下收有"右空"瓦片。据陈直同志《汉书新证》,"右空"即《百官公卿表》中"左、右司空"的"右司空",省去中间的"司"字,故简称"右空"。又谓西安汉城遗址出土有"左将""右将"两瓦当,即《百官公卿表》的"左中郎将""右中郎将"之省,省去中间的"中郎",故称"左将""右将"。今按陈说极是。这对古人可以把"左登徒"中间的"登"字省去而简称"左徒",是最有力的旁证。但《齐策》只称"登徒",而《文选》则称"登徒子",这个"子"字或系后人不理解"登徒"的本义者所增加。因此,号称渊博典实的《文选》李善注把作为官职名称的"登徒"误为人的名称,不是没有原因的。

"左徒"的级别与职责问题

屈原曾在楚怀王时任"左徒"之职,《史记·屈原列传》是有记载的。但"左徒"究竟是什么级别的官职,学术界并没有得到一个确切有据的结论。例如唐代张守节所谓"盖今(在)左右拾遗之类",显系揣测之词。因为从屈原一系列的重大政治活动来看,绝非唐代闲散官员的"拾遗"之类所能比拟;至于当代学者,则多据《史记·楚世家》黄歇从"左徒"升为令尹、又封为春申君这一事实,认为"左徒"是仅次于令尹的较高级官员,但这也是仅凭间接材料所做出的推断。现在既然知道"左徒"即"左登徒"的省称,因此,据宋玉《登徒子好色赋》的第一句"大夫登徒子侍于楚王"这句话,不管他指的是"左登徒"还是"右登徒",也就不难断定"左徒"这个官职在楚国朝廷上是属于大夫的级别。据《史记·屈原列传》云"上官大夫与之同列",看来司马迁对"左徒"是大夫级别的问题,还是比较清楚的。如果再参以楚黄歇"以左徒为令尹"这件事,则"左徒"很可能是上大夫之职。即屈原当时在楚国,其政治地位是比较高的。关于以表示官级通称的"大夫"与表示职守别称的"登徒"连举而称"大夫登徒",这在古代是有其例的。固然,因为古代"大夫"一级,职守各有不同,故多冠职守于"大夫"之前,以示区别,如春秋战国时的"公族大夫""三闾大夫"等;但由于古代职官繁多,而级别各有不同,故又或冠"大夫"于职守之上,以示等级。如《魏策》信陵君欲官缩高,而以"五大夫"与"持节尉"并举,"五大夫"以示级别,"持节尉"以示职守;又如《元和姓纂》称楚国的斗克黄为"大夫箴尹","大夫"以示级别,"箴尹"以示职守。又《姓解》三,引《风俗通义》有"楚大夫工尹齐"之称,"大夫"以示级别,"工尹"以示职守。这都跟宋玉赋以"大夫登徒"连举,前者以示级别,后者以示职守,是同样的称谓习惯。

至于"左徒"的职责是什么,我们只能从屈原在"左徒"任期内的具体事迹来考察。《屈原列传》云:"屈原……为楚怀王左徒。博闻强志,明于治乱,娴于辞令。入则与王图议国事,以出号令;出则接遇宾客,应对诸侯。王甚任之。"从这段叙述看,"左徒"在楚国是兼掌内政、外交的要员。下文"怀王使屈原造为宪令,屈平属草稿"是他参与内政改革的具体事实,屈原又佐怀王"为从长",几次出使于齐,这又是他参与外交斗争的具体事实。可见,除了楚王和令尹以外,屈原是相当有影响、有权位的人物。

在这个问题上,我们还可以用曾任过楚顷襄王"左徒"的春申君黄歇的事迹做个对比。《史记·春申君列传》有云"春申君者,楚人也。名歇,姓黄氏。游学博闻,事楚顷襄王。顷襄王以歇为辩,使于秦",并"上书说秦昭王",后来楚与秦平,"楚使歇与太子完入质于秦"。而《楚世家》则云:顷襄王二十七年,太子为质于秦,是"楚使左徒侍太子于秦"。据此,则这时正是黄歇以"左徒"的身份陪同太子质秦数年。

从上述资料中可以看出两个问题。第一,担任"左徒"的人才,其重要条件,必须如屈原的"博闻强志""娴于辞令",必须如黄歇的"游学博闻""王以为辩"。而这些都是屈原与黄歇的共同点。第二,"左徒"虽兼管内政、外交,但从《屈原列传》,尤其是《春申君列传》来看,他们的主要活动多在外交方面。如屈原的几次使齐及其与张仪斗争,黄歇的几次使秦及其侍太子为质,等等，都可以看出这一倾向。而且从这次出土的曾侯乙墓简文中还可看出，作为"左徒"，不仅要参加国与国之间的重要政治斗争，也要参加诸侯的葬礼并赗赠车马等等应酬性的活动。

正是通过上述的分析，我们对下列《战国策·齐策三》所记载的楚"登徒"向孟尝君献象床的事件，就有了新的理解：

> 孟尝君出行（五）国，至楚。（楚）献象床，郢之登徒直使送之。不欲行。见孟尝君门人公孙戌曰："臣，郢之登徒也，直送象床。象床之直千金，伤此若发漂（标），卖妻子不足偿之，足下能使仆无行，先人有宝剑，愿得献之。"公孙曰："诺。"入见孟尝君曰："君岂受楚象床哉？"孟尝君曰："然。"公孙戌曰："臣愿君勿受。"孟尝君曰："何哉？"公孙戌曰："小国所以皆致相印于君者，闻君于齐能振达贫穷，有存亡继绝之义，小国英桀之士；皆以国事累君，诚说君之义慕君之廉也。今君到楚而受象床，所未至之国，将何以待君？臣戌愿君勿受！"孟尝君曰："诺。"

这段故事，现在看起来至少可以说明下列两个问题。

第一，齐国的孟尝君到了楚国，在接待工作中送象床的是楚国的"登徒"。这个"登徒"，过去在李善《文选》注的影响下，人们一直把他看成是人的名称。现在根据《屈原列传》的记载，则"接遇宾客，应对诸侯"，正是"左徒"的分内任务。因此，可以证明这个接待孟尝君并且送象床的"登徒"，即"左徒"之职，也就是曾侯乙墓简文所记载的在曾侯葬事中赗赠车马的"左壾徒"之职。而且从"臣，郢之登徒也"一语来看，在执行任务时对外宾讲话的语言环境中,首先应当自我介绍的是个人的官职与政治身份,而绝不会突如其来地只称个人的名字是"郢之某人"。显而易见,《齐策》的"登徒"与宋赋的"登徒"一样,都应当是官名而非人名。

第二,孟尝君相齐跟黄歇任楚顷襄王"左徒"的时间,基本上是一致的。因此,当时孟尝君至楚,办接待工作的"登徒"很可能就是"左徒"黄歇。他跟顷襄王在惧秦疏齐的外交方针支配下,表面上声称要赠孟尝君以极其珍贵的礼品象床,以敷衍这位声势赫赫、周行各国的外宾,而又从中大耍手段,说了不算,以免惹起秦国的注意。这个事件,已把楚国当时的外交方针和国际处境,表现得极其生动而深刻。据《淮南子·兵略训》云:楚国之强,中分天下,"然怀王北畏孟尝君,背社稷之守,而委身强秦,兵挫地削,身死不还"。可见,楚国当时确实是一面不敢不敷衍孟尝君,一面又怕秦国加兵于己,处境极其狼狈。试问,像这样有关赠送礼品的邦交大事,岂会如过去所理解的那样,由于一个名叫"登徒"的一般官员怕负责任而擅自借故推脱、临时改变计划?

这里,还要附带谈谈:宋玉也是仕于楚顷襄王之世,据古籍资料看,他虽曾居大夫之职,但很不得志,而且经常受到人们的毁谤,因而他的作品往往是牢骚满腹,"口多微言"。他在《登徒子好色赋》中所说"大夫登徒子侍于楚王,短宋玉曰……"颇有同列相嫉之意。但这个"登徒",究竟是指谁,不得而知。因为这时黄歇虽任"左徒",即"登徒",但出现于宋玉笔下的形象性格,尽管有些片面夸张,总觉得跟《春申君列传》所述黄歇的行径不大相似。对此,只有两个解释:首先,可能宋玉笔下的"登徒",是别有其人的"右登徒",并不是"左登徒"黄歇;其次,更大的可能是，宋玉是在托言讽喻，如子虚、乌有之流，并非实有其人，只不过是借用这个空头官衔以鸣不平，并不是在指名道姓地谩骂对方。

结　语

　　从上述的结论来看，曾侯乙墓出土简文中的"左䢈徒""右䢈徒"，无论他是曾国的官员，还是楚国的官员，对解决屈原任"左徒"这一历史事实，都是极其珍贵的新资料。因为它跟现存的有关楚国这一时期的文献互相印证，一方面丰富了历史内容，另一方面也使我们弄清了过去悬而未解的许多问题。因而对我们应当怎样理解屈原的政治生活与评价屈赋的民族风格，是有很大帮助的。

　　关于楚国的官制问题，学术界早已有人从事研究，进行探索，而且有不少的创获。这确是稽古之快事。看起来，楚国的官名，有一部分是与周民族同一类型的名称，如"左司马""右司马"等；有的是以楚民族所特有的语言命名的，如"连敖""莫敖"等；也有的由于史籍简称，真相不明，造成千古以来以讹传讹的历史性误会，如"登徒"等。现在，由于曾侯乙墓竹简的大量出土，关于楚国官制问题的研究，可能会出现一个跃进式的发现与突破。

（写于1979年12月）

《九章》时地管见

关于《九章》的写作时地,自汉以来,学术界的结论各异。因而,对屈原当时的流放路线、政治态度和生活情感等等,也就不容易得到一个统一的看法。

汉班固的《离骚赞序》云:"至于襄王,复用谗言,逐屈原在野,又作《九章》赋以风谏,卒不见纳,不忍浊世,自投汨罗。"这里只言写作时间是在襄王之世,而放逐地点则未明言。汉王逸《离骚序》则云:"襄王复用谗言,迁屈原于江南。屈原放在草野,复作《九章》。"这里又提出写《九章》的地点是在江南,时间仍为襄王之世。迨至宋洪兴祖《楚辞补注》又引《史记·屈原列传》为证,认为:"上官大夫短屈原于顷襄王,王怒而迁之,乃作《怀沙》之赋。则《九章》之作在顷襄时也。"但洪氏以《怀沙》概括全部《九章》,未做具体分析,说服力是不够的。而宋朱熹的《楚辞集注》则谓:"屈原既放,思君念国,随事感触,辄形于声,后人辑之,得其九章,合为一卷,非必出于一时之言也。"朱熹之言虽未详其时地,但较前人为灵活,因而为近代以来学术界所信奉,而且也启发学术界对《九章》的写作时地提出了不少的新观点,对《九章》的目次前后,亦各有新的安排。其中有代表性的,列举如下。

林云铭是：《惜诵》《思美人》《抽思》《涉江》《橘颂》《悲回风》《惜往日》《哀郢》《怀沙》（见《楚辞灯》）。蒋骥是：《惜诵》《涉江》《哀郢》《抽思》《怀沙》《思美人》《惜往日》《橘颂》《悲回风》（见《山带阁注楚辞》）。近人，如游国恩是：《惜诵》《抽思》《思美人》《哀郢》《悲回风》《涉江》《橘颂》《怀沙》《惜往日》（见《楚辞论文集》）。郭沫若是：《橘颂》《悲回风》《惜诵》《抽思》《思美人》《哀郢》《涉江》《怀沙》《惜往日》（见《屈原研究》）。但郭氏晚年所定篇次，又改变为：《橘颂》《惜诵》《抽思》《思美人》《悲回风》《涉江》《哀郢》《怀沙》《惜往日》（见《屈原赋今译·解题》）。从上述情况不难看出，探索《九章》写作时地的问题，确实是很复杂的。

但是，1950年以来到现在，由于"鄂君启节"及楚王子午墓文物的出土，为《九章》的研究提供了新的资料，给我们以新的启发，使我们有可能对《九章》的写作时地及屈原流放所经过的路线，产生新的体会。例如：（1）传统的看法认为，屈原放逐，乃彷徨山泽，出入荒凉之境，而现在看来，他的主要行程走的全是楚国当时的交通干线、边疆要塞；（2）传统的看法认为，屈原被放后，只是愤懑彷徨，无目的地四处流浪，而现在看来，他的行踪，表现了他既关心宗国的命运，更关心敌国的动态；（3）传统的看法认为，屈原放居汉北，乃楚怀王时事，而现在看来，乃是顷襄王时东达陵阳以后才回头去汉北的；（4）传统的看法或认为，《九章》乃写于怀襄两代，而现在看来，可能全是襄王时期的作品，班固、王逸的看法是有根据的。

现在，根据新的认识更定目次如下：（1）《橘颂》（写于顷襄王元年被谗之时），（2）《惜诵》（写于顷襄王元年被放将行之前），以上两章写于郢都。(3)《哀郢》(写于顷襄王十年,即由郢都至陵阳九年之后,又欲折而西行之时),此章写于陵阳。(4)《抽思》(写于顷襄王时溯汉而上,到达汉北之时),(5)《思美人》(写于顷襄王时由汉北折而南下之时),以上两章写于汉北及南下途中。(6)《涉江》(写于顷襄王时由鄂渚而西南到达溆浦之时),(7)《悲回风》(写于顷襄王时西至溆浦欲暂停留之时),以上两章写于溆浦。(8)《怀沙》(写于顷襄王时由沅水东渡资水,又溯湘而上之时),(9)《惜往日》(写于顷襄王时溯湘北上抵达汨罗之时),以上两章写于沅湘流域。

从上述情况看,班固、王逸认为《九章》皆作于襄王时,是对的,而王逸认为《九章》皆写于"江南",是不合乎事实的。现略抒己见于下,以就正于学术界。

《橘颂》《惜诵》

这两章是写于顷襄王元年遭谗之后,以及被流放而犹未启行之前。

王逸《楚辞章句》列《橘颂》为第八。而主张把它提为第一章的,以郭沫若同志为代表。他在《屈原研究》中说:"《橘颂》作得最早,本是一种比兴体。前半颂橘,后半颂人,所颂者不知究系何人。这里面找不出任何悲愤的情绪,而大体上是遵守四字句的古调。"在《屈原赋今译》中又说:"《九章》中,《橘颂》一篇,体裁和情趣不同,这可能是屈原早期的作品。"看来郭沫若同志前后两次的主张,对《橘颂》的看法一致,是"作得最早"的"早期作品"。原因只是两点:其一,体裁不同,"遵守四字句的古调";其二,情趣不同,"找不出任何悲愤情绪"。后来詹安泰同志的《屈原》,则完全同意郭沫若同志的这个结论。

但我认为,"四字句"的形式,不一定能说明它是早期的作品,因为"四字句"散见于《九章》他篇者不少,并不影响其为晚年作品,《招魂》为"四字句",并不影响其为怀王死后的作品,《天问》为"四字句",也不影响其为顷襄王时被放后的作品。可见,屈赋的体裁,是因不同内容而赋予的不同形式,不能以此为判断时代的根据。

其次,依情趣言,《橘颂》中是否就"找不出任何悲愤的情绪"呢?不然。我们读了《橘颂》以后,突出的感受有两点:首先是"受命不迁,生南国兮"的深厚的爱国主义与强烈的民族感情,再就是"行比伯夷,置以为像兮"的守志不移、以死自誓的高尚情操。因此,它绝不会是早期受怀王信任时的作品,而应当是顷襄王初年令尹子兰、上官大夫进谗言时的作品。由于不幸的事件虽然还没有表面化,却大有"万木无声待雨来"之势,所以他在《橘颂》中才流露出决不会由于失意而远逝他国的"深固难徙"的爱国意志,从而把不食周粟而死的伯夷,作为自己的典范和榜样。如果说关于屈赋经常提到的愿遵其"遗则"的彭咸的事迹,大家的印象还有些模糊的话,那么对伯夷的为人及其史实,我们应当是再清楚不过的。而屈原之所以要"置以为像"的情怀不是昭然若揭的吗?而且《离骚》里的"忽临睨夫旧乡",这只不过是被疏时拟想式的自我抒情,而《橘颂》里的"受命不迁"则显然是被"迁"前矢志式的沉痛誓言。像郭沫若同志所说"找不出任何悲愤的情绪",或像詹安泰同志所说"没有表露出一些悲郁愤恨的情思",都是不符合事实的。

当然,也有人认为《橘颂》中有"嗟尔幼志,有以异兮"等句，可以证明这是屈原少年时期的作品。但《橘颂》虽然是屈原运用"拟人"手法的自我写照，所取的角度却不同于一般。即诗人并不是直接以橘树自况，乃是以"拟人"手法赋予橘树以崇高的品质，进而把橘树作为自己学习的对象、仿效的典范。故其中的"嗟尔幼志"的"幼"、"年岁虽少"的"少"，皆指橘树，而非自指。否则，"年岁虽少，可师长兮""行比伯夷，置以为像兮"，要别人以自己为"师长"，向自己学习，不仅立言不谦逊，而且也把诗人在诗篇中的主客地位搞颠倒了。故绝不应当把《橘颂》中的"幼""少"跟诗人的年龄混为一谈。当然，前人从另一极端来理解的又有蒋骥。他说："然玩卒章之语（按指'行比伯夷'），愀然有不终永年之意焉，殆亦近死之音矣。"故列《橘颂》于末章《悲回风》之前，此则又未免失之过晚。因为《橘颂》乃作于遭谗未放之际，故展现的意境，是爆发前的沉静，奔流前的漩涡，跟《悲回风》等的激昂悲愤是有很大距离的。

再谈谈《惜诵》。

《惜诵》一章，学术界大都认为是楚怀王时被谗见疏之作。但是从全部《九章》来看，对怀王时的往事回忆跟顷襄王时的现实斗争，在抒写上往往是互相交叉、互相融合的，因而很容易引起研读者的误会。读《九章》，首先应当注意这一点。

拿《惜诵》来讲，前半篇，即从开始到"中闷瞀之忳忳"，主要是追叙怀王时遭谗被疏之事，抒写以忠事君与因忠遇罚之感。但是后半篇，即从"昔余梦登天兮"到篇末，则是写顷襄王时重新受谗并遭放逐的现实斗争。这里一开始就出现了"昔""初""曩"等词，全是把现实与回忆相结合的口气。而且，下面一段话尤其值得注意：

> 终危独以离异兮,曰君可思而不可恃。
> 故众口其铄金兮,初若是而逢殆。
> 惩于羹者而吹齑兮,何不变此志也。
> 欲释阶而登天兮,犹有曩之态也。

这就是说,"初"在怀王时之"逢殆",是由于众口铄金,惩于前当戒于后,为什么现在还不改变过去的理想呢?既然孤立无援,理想难现,为什么仍旧抱着"曩"时的态度呢?这显然是说怀王时被疏的旧事,应当引以为戒,为什么还走老路?这正是承上文怀王时事抒写顷襄王时又遭放逐的原因和情景。尤其是"吾闻作忠以造怨兮,忽谓之过言,九折臂而成医兮,吾至今而知其信然",就是说过去被疏,今天被放,都是因为"作忠以造怨"。对过去常常"闻"的这句老话,由于一而再、再而三地受到现实的打击,这才懂得了它的确可信。这话如果放在怀王时初被废黜时来说,就未免格格不入。此外,如"恐情质之不信兮,故重著以自明"的这个"重"字,也说明了这是遭到二次打击之事,而不是初遭疏弃之言。或认为,"欲高飞而远集兮,君罔谓汝何之"不像是放逐以后的话。其实,从篇末来看,此篇乃写于遭放临行之前,非写于放逐出走以后。而且"高飞远集"显指远逝他国而言。虽遭谗而犹欲自白,虽被放而不愿远逝他国,这正是屈原一贯忠君爱国的思想表现,没有什么不可理解的。

篇末的"梼木兰""繄申椒""播江离""滋菊"以为临行时的"糇芳",可见自顷襄王的流放令下达之后,屈原已做好"春日"起程的充分准备。如果以《离骚》"吾将远逝以自疏"跟本篇之末"愿曾思而远身"相比,前者不过是浪漫主义的悬想之笔,而后者则是现实斗争的决绝之词。蒋骥《山带阁注楚辞》认为

《惜诵》乃"作于骚经之前",固属误解;而游国恩同志《楚辞论文集》又认为《惜诵》"找不出丝毫有放逐的迹象",也未免千虑之一失。

《哀郢》

《哀郢》一章,写于放居陵阳的第九年,并追叙被放时于顷襄王二年启行的情况。

第一,关于顷襄王初年被放的时间问题。

《哀郢》的"方仲春而东迁",跟上篇《惜诵》的"愿春日以为糗芳",在时间上是紧相承接的。也就是说,屈原在顷襄王时被放启行,是在"仲春"之月。究竟是哪一年的"仲春"?

《史记·屈原列传》在这个问题上,由于后人的窜改(详《〈屈原列传〉理惑》),叙述不够明确。但参以他篇如《楚世家》等,则屈子被放启程,当在顷襄王二年之春。即元年之末被放,二年的"仲春"启程。

《哀郢》一开始就追述了当时屈原启行之日所见到的情景:

> 皇天之不纯命兮,何百姓之震愆,
> 民离散而相失兮,方仲春而东迁。

为什么恰在这时百官震动而惊惶,人民离散而相失呢?古今说者不一。例如,或谓屈原流放时,"适会凶荒,人民离散"(朱熹《楚辞集注》),或谓正值白起破郢,顷襄王迁陈之际(王夫之《楚辞通释》),或谓适当"庄蹻之乱"(谭戒甫同志《屈赋新编》），或谓"屈原东迁，疑即当顷襄元年，秦发兵，出武关，攻楚，大败楚军，取析十五城而去。时怀王辱于秦，兵败地丧，民散相失"（戴震《屈原赋注》附《音义》）。我认为朱说过于笼统，其他各说年代不确，只有《音义》之说颇与当时形势相吻合。（《史记·楚世家》载秦取析之战在襄王元年，"斩首五万"，未纪月，《六国年表》亦未纪月，《秦本纪》未载取析之战。疑此役当在顷襄王元年岁末，故二年"仲春"犹有局势紧张之感，民多逃走。）当时，屈原就是在怀王被拘于秦，秦又大败楚军之际，混在"离散"的民众中一起沿江东下，开始了他的流亡生活。至于《哀郢》的写作，则在"至今九年而不复"的九年之后，故这里所描述的被放出走情景，乃追述之笔。

第二，关于屈原这次放逐之后东西南北长期流浪的路线，准备先在这里做个全面的分析。

1957年4月，我国出土了楚怀王时的珍贵文物"鄂君启节"。节为两件：一件是车节，详记当时官商通行的陆路路线；一件是舟节，详记当时官商通行的水路路线。专家们经过考证，认为这是世界上详记两千多年以前交通要道的唯一珍贵实物。

关于舟节所记的水路地名、路线先后，系以鄂为中心，（1）首先走向西北，是以汉水为干线，直达"鄀"及"苍阳"等汉北地区；（2）再回折而东南，是以长江为干线，直达"彭蠡""泸江"流域；（3）最后又折而西南，则横绝"湘""资""沅""澧"，到达郢都。这三条干线，无疑是楚国在历史上所形成的东连吴、越，西通秦、蜀的国际通商路线。（至于车节，则是东北与陈、蔡相连的国际路线。）

现就《九章》考之，则屈原在顷襄王时被放后，所走的全是水路，跟舟节的干线完全相合。只是由于种种特殊原因，屈原对这三条路线，并没有按照旧习惯的先后行走。即屈原是：（1）先从郢都沿江东下，到达"泸江""陵阳"；（2）再溯江而上，溯汉而行，直达汉北；（3）又沿汉而下，西南溯沅，直抵溆浦，最后又东济资、湘，到达汨罗。这里应当注意的有两个问题：（1）屈原并不是按舟节惯例先去汉北，而是先东走陵阳、泸江；（2）屈原并不是按舟节惯例由湘而资而沅，而是由沅而资而湘。第二个问题留在《怀沙》《惜往日》中分析，这里只谈第一个问题。

关于第一个问题，这是完全可以理解的。当顷襄王元年屈原被放启程之际，正是秦兵大举入侵，攻打汉北诸地之时，边关吃紧，威胁首都，使屈原不可能像舟节那样先走汉北，而只有根据秦楚战局的发展，随着百官和民众沿江而东，走舟节中的第二条干线（后来的迁陈、迁寿春，都是由于同一原因而向东）。这就是屈原在《哀郢》里所说的"方仲春而东迁"时西"背夏浦"、东达"陵阳"的流亡路线。

第三，这里需要附带说明的是东行经过的几个问题。

首先是《哀郢》里的"过夏首而西浮"的"西浮"问题。这里的"夏首"，即夏水分江而出之处。"夏首"在郢都之东。（《水经注》云："夏水出江，流于江陵县东南。"）过夏首而东去，为何反而"西浮"？王逸《楚辞章句》谓："言己从西浮而东行，过夏水之口。"牵强不通。朱熹《楚辞集注》谓："浮，不进之而自流也。"既是"自流"，怎会逆流而西？王夫之《楚辞通释》谓："西浮，西望汉水浮天际也。"但"西浮"与"西望"不是一个概念。蒋骥《楚辞余论》谓："此舟行之径，小有曲折，而西面郢城，故感叹于龙门之不得见耳。"其实，"过夏首而西浮兮，顾龙门而不见"，乃表现屈原离开郢都时，三步一回首，五里一徘徊的留恋之情。其人东行，其心西向，故过夏首时，又回舟而西浮，但顾视龙门,已不可见。犹《抽思》所记,本向汉北行进,但有时却"狂顾南行,聊以娱心",都是同一心境的深刻抒发。

还有,"将运舟而下浮兮,上洞庭而下江",指行至洞庭入江之口时的情景。从路程来讲,"上洞庭而下江",即:欲南行,则溯洞庭而上;欲东行,则沿长江而下。这时本有南去、东去的两条路可走,而屈原这时则是随着人民群众顺江东下。

再有是"当陵阳之焉至兮,淼南渡之焉如"。这是屈原东行的终点。"陵阳"在大江之南,故曰"南渡"。《汉书·地理志》"庐江郡"原注云:"庐江出陵阳东南,北入江。"当即屈原所至之处。故《招魂》又谓"路贯庐江兮左长薄",盖屈原东行,到达陵阳之后,适值顷襄王三年怀王客死于秦的消息传来,故作《招魂》以吊之。《招魂》的"乱曰"往往由于现实与回忆融合抒写,多被人们所误解。

第四,现在我们再看看"鄂君启节"中舟节的东行路线:"逾颃(夏)入邔。逾江,庚彭猇(蠡),庚松易(阳)。入瀰(泸)江,庚爰陵。"当然,这个"夏"乃汉水入江之前所经过的"夏",跟《哀郢》的"夏首"不同。至于"邔"地何指,"松阳"在何处,"爰陵"跟"陵阳"有无关系,学术界尚无定说。但"彭猇"之为"彭蠡",意见一致,"瀰江"即"泸江",商承祚、谭其骧等同志之说亦确。而彭蠡、泸江,恰为屈原所至的"陵阳"一带。可见怀王之世,楚国沿江东下的交通要道,跟屈原当时沿江东行的路线,基本上是一致的。

屈原到达"陵阳"一带,共过了九年徘徊悒郁的悲愤生活。《哀郢》曾谓"忽若不信兮,至今九年而不复",这是时间的纪实,也是忧思的抒发。"信"字古人多歧解,今谓古人"一宿曰宿,再宿曰信"。"忽若不信兮,至今九年而不复"者,言恍惚没有住到几夜的工夫,哪知却已过了九年的流亡生活。那么,屈原之写《哀郢》,从顷襄王二年"仲春"算起,大约即在顷襄王十年。这时正住在泸江一带的"陵阳"。

第五,这里应当注意的是:当时吴、越早已灭亡,楚之东境,毫无后顾之忧。如屈原仅为个人计,则优游卒岁,"陵阳"一带正是最理想最安全的大后方。而楚之西北与西南,则与秦境犬牙交错,强邻压境,兵戈不息,楚所遭到的是西南与西北的钳制之势。可见,当时屈原不肯身处安全之域,反而从西北走向汉北,又从西南走向溆浦等边疆要塞,其用心所在,绝非偶然。这正是值得我们根据《九章》的内容做进一步探索的问题。

从屈原在《哀郢》里所流露的思想感情来看,则有两点应当注意。(1)关心祖国安危,反对顷襄王所执行的媚秦求和的外交路线,所谓"外承欢之汋约兮,谌荏弱而难持",殆即指顷襄王七年迎妇于秦,秦楚和好。(2)系念故都宗社、缅怀先辈遗烈的虽死不变的民族感情,即所谓"鸟飞反故乡兮,狐死必首丘"。这两点,正是促使他由陵阳转向汉北,又由汉北折向辰、溆的原因。下面我们准备结合《抽思》《思美人》两章,对此做具体的分析。

《抽思》《思美人》

《抽思》是写于从陵阳西上,又溯汉而行到达汉北之时。《思美人》则写于由汉北折而南下之时。

首先谈《抽思》。

这一章的写作时地,古无明确说法。如王逸对"有鸟自南兮"注云:"屈原自喻生楚国也。"对"来集汉北"注云:"虽易水土,志不革也。"看来王氏也以为是屈原放居他地之作,但"汉北"一语,显然跟王氏《九章序》"放于江南之野"相矛盾,故他并未明注放地。迨王夫之《楚辞通释》、屈复《楚辞新注》、林云铭《楚辞灯》、蒋骥《山带阁注楚辞》以及近人郭沫若、游国恩、陆侃如、姜亮夫、刘永济诸同志,皆认定为屈原放居汉北之作。至于放居汉北的时间,则皆认定为怀王时期。但关于屈原的这段经历,并不见于古籍,大家所依据的只是《抽思》中"有鸟自南兮,来集汉北;好姱佳丽兮,牉独处此异域"这一段自喻式的诗句。此外,从《九章》本身来看,并无坚实的证据能确定屈原到汉北是在怀王时代。因此,在这个问题上,我认为《抽思》并不是怀王时屈原放居汉北的作品,而应当是顷襄王时屈原被放后由陵阳转走汉北的作品。其理由如下:

第一,我们首先应当上承屈原身处陵阳又将转向汉北时所写的《哀郢》,以考察其北上的动机。《哀郢》的结尾说:"曼余目以流观兮,冀一反之何时?鸟飞反故乡兮,狐死必首丘。"对这节诗,近代的屈赋研究者多从一般意义上理解为屈原思念郢都、欲返故乡之语。现在看来,"鸟飞反故乡兮,狐死必首丘",这是具有特定历史含义的诗句,而不是泛泛的抒情之笔。

《礼记·檀弓上》云:

> 太公封于营丘,比及五世,皆反葬于周。君子曰:乐,乐其所自生;礼,不忘其本。古之人有言曰:"狐死正丘首",仁也。

关于"狐死首丘",《淮南子·说林》亦云:"鸟飞反乡,兔走归窟,狐死首丘,寒将翔水,各哀其所生。"《后汉书·寇荣传》载,荣被谗逃窜，上书云："不胜狐死首丘之情，营魂识路之怀。"以上都是用古人"狐死首丘"之语作为归死故乡的譬喻。可见《檀弓》所述"太公封于营丘，比及五世，皆反葬于周"的古老习俗，特别应当注意。它证明了屈原所说"狐死必首丘"，跟这一古老习俗是有关的。《礼记·檀弓·正义》云"此一节论忠臣不欲离王室之事"，不过这只是谈了问题的一般意义。至于屈原，则九年于外，不得赦回，故有还乡之念，这是极其自然的。但当时的郢都，既是顷襄当政，投降派擅权，屈原亦自知不得如愿。因而，楚先祖开国辟疆、陵墓所在的旧都丹阳，就很自然地成了他的向往之地。这才是屈赋"狐死首丘"的特定含义。

楚先祖熊绎封于丹阳，其地究竟在何处，古人说者不一，至今不得统一。但我认为清宋翔凤《过庭录》卷九所做的结论，比较精确。他说："战国丹阳在商州之东，南阳之西。当丹水、淅水入汉之处，故亦名丹淅。鬻子所封，正在于此。"按这里的"鬻子"，当即《史记》"熊绎"之误。但他认为楚始都之丹阳在汉北丹淅之地，是可信的。其所以可信，是由于近年来考古发掘的结果可以证明。

从近年来的考古发掘来看，1978年在河南淅川丹江水库的下寺，发现了春秋时期楚王子午墓，出土了楚叔鼎及王子午鼎，并有铭文。"王子午"，即楚令尹子庚，初曾为司马，数见于《左传》。如《左传》襄公十二年，"楚司马子庚聘于秦"。杜注云："子庚，庄王子，午也。"但王子午卒于楚康王八年夏，其时楚早已都郢，北距丹淅之地千余里，为什么王子午会葬于丹淅？说者认为，此实楚之旧都丹阳，王子午死于郢而葬于丹阳，乃古人"归葬"之遗俗。（古代民族迁移，死后多归葬故地。故北魏孝文帝犹有"迁洛之民，死葬河南，不得还北"的规定。）可证，楚熊绎所都丹阳，即在丹淅，地处丹水之阳，故名丹阳。宋翔凤的考证是正确的。因为丹水、淅水由此南流入汉，地处汉北，故亦总名汉北。

当时屈原流浪"陵阳"九年之久，无时无刻不在怀念着郢都的"州土之平乐""江介之遗风"。但事与愿违，在顷襄王执政、群小擅权之下，赦免既不可望，归郢自不可能，因而先烈陵墓所在的汉北丹阳废都，也竟成了他向往的目的地，从而发出了"鸟飞反故乡兮，狐死必首丘"的悲叹。他才决定走向汉北，希望能够瞻仰先烈的遗迹。这既是借以抒发其怀念故国之忧思，亦合乎楚民族归葬祖墓之遗风。这就是《哀郢》的"狐死必首丘"跟次篇《抽思》的"来集汉北"的内在联系。屈原的流亡路线，如果说开始的东走"陵阳"是由于战局失利所导致，那么这时的"来集汉北"，则是由于思念故国的强烈感情所驱使。王逸《章句》的《九章》篇次凌乱，但以《哀郢》《抽思》相次，却是合理的。

第二，从《哀郢》来看，其转走汉北的动机，可能比上述情况还要复杂得多。

《哀郢》曾说："外承欢之汋约兮，谌荏弱而难持；忠湛湛而愿进兮，妒被离而鄣之。"这话是有其历史内容的。考汉北丹淅一带，乃楚国的边疆要塞，为秦楚交战的必争之地。据《史记·楚世家》谓，楚怀王十六年曾受秦国商於六里之骗。这个"商於"即在丹淅附近。故《集解》云："商於之地在今顺阳郡南乡、丹水二县。"《楚世家》又云怀王十七年春，"与秦战丹阳，秦大败我军，斩甲士八万，虏我大将军屈匄"。而《屈原列传》则谓怀王"大兴师伐秦，秦发兵击之，大破楚师于丹淅，斩首八万，虏楚将屈匄"。可见"丹阳"即丹、淅一带。① 尤其值得注意的是，《史

---

① 《索隐》云："丹、淅，二水名也。谓于丹水之北，淅水之南。丹水、淅水皆县名，在弘农。所谓丹阳、淅。"

记·楚世家》又云，楚顷襄王元年，秦拘怀王要地不得，竟"发兵出武关，攻楚，大败楚军，斩首五万，取析十五城而去"。《正义》引《括地》谓楚析邑"因析水为名也"。是析即丹浙之浙。可见，丹浙之地，除为楚先公先王的陵墓所在之外，又为楚国西北的门户，并屡遭秦国的袭击，而且正当屈原被放离郢都赴陵阳之时，曾由于丹浙大败，危及郢都，人民离散。作为爱国主义者的屈原，即使身遭流放，对此也绝不会淡然忘却。而且，正在屈原放居陵阳之后，顷襄王七年，又迎妇于秦，以求媚秦苟安，这更使屈原放心不下。我们从《哀郢》中所说"外承欢之汋约兮，谌荏弱而难持"看来，他对顷襄王为了"承欢"暴秦所实行的和亲软弱政策是极为忧虑的。屈原不远数千里由陵阳到汉北，绝不完全是为了聊慰故都之思，而当隐然有关心祖国安危、观察边疆动态的曲衷在内的。《史记·项羽本纪》："楚南公曰：'楚虽三户，亡秦必楚。'""三户"之说不一，但《左传》哀公四年"以畀楚师于三户"，杜注云："今丹水县北三户亭。"是三户亦在汉北丹浙。南公报秦之语，实为从楚民族发祥地的角度而流露出的民族意识。这跟屈原的奔向汉北，在思想感情上或有其相通之处。

第三，《抽思》是到了汉北之后所写的。屈原到汉北之后，触景生情，使他不能不想起楚怀王西出武关而不返竟至身死于秦的惨痛事实。这就促使他在《抽思》前半篇写下了怀王时对自己前信而后疏的回忆，这里也是用"昔""初"等追叙语来抒写的。尤其是"初吾所陈之耿著兮，岂至今其庸亡"，更为悲痛之语。"庸亡"即"用亡"，当指怀王亡身于秦而言；则"所陈之耿著"，当指怀王入秦前屈原谏以"秦虎狼之国"不可受骗之语。意思是说：当初如采纳我所陈说的极其明白的道理，怎会遭到后来的亡身之祸呢？

第四，屈原由陵阳溯江西行之后，又转而溯汉北上的路线，跟"鄂君启节"中舟节溯汉北上的路线基本相同。其原文云："自鄂圭（往），逾沽（湖），让（上）滩（汉）；庚屑（郧），庚苎昜（阳），逾滩（汉），庚邔（黄）。"舟节为鄂君官商路线，故其出发地点在"鄂"。先通过鄂地附近的小湖，然后北向"上汉"，到达汉北各地。至于屈原当时则是从陵阳出发到达"鄂渚"以后，然后从"鄂渚"北上溯汉而行，到达汉北。舟节下文的郧、邔等地，虽学术界对其的意见还不完全一致，但其地当皆属汉北一带。例如谭其骧同志释"邔"为"黄"，即"黄棘"。当时"黄棘"乃楚国汉北重镇。至于"屑"字，诸家皆释为"郧"，而黄盛璋同志认为其字从"肙"不从"员"，"以声求之"，此字是"鄢"。"'肙'在古韵元部，'鄢'亦在元部，不仅韵同，声类亦同。"谭其骧同志竟放弃了自己释"郧"之说而从黄说（见《中华文史论丛》第5辑）。其实，谭氏释"郧"是对的。因为"员"与"肙"，"以声求之"，并无差别。根据《说文》，"员"从"口"声，"肙"亦从"口"声，其声符古音，皆在脂部，只是"员"则由脂部转谆部，"肙"则由脂部转寒部。故从"肙"从"员"，不是问题的焦点，因而此字仍当释为"郧"①。但谭其骧同志置郧于今汉水下游的潜江境内，则不确切。其地当在今湖北西北部丹淅附近的郧县、郧阳一带，战国时系秦楚交界处。因为舟节溯汉而上的地名，都是接近楚国国境线的，故"屑"既不应当是鄢，也不会属潜江流域。由此可见，屈原当时溯汉北上直达汉北等地的路线，跟舟节的官商大道也是一致的。

---

① 舟节中沅、湘、澧之"资"下部亦省从"月"，不从"贝"，则"员"之作"肙"，当为楚书之常例。

第五，附谈《抽思》篇末的"低徊夷犹，宿北姑兮"。其中的"北姑"，学术界多强求其所在而不可得。实则"北姑"当即"北岵"，"姑""岵"互借耳，乃山无草木之通称，而非一地之专名。《诗·陟岵》："陟彼岵兮，瞻望父兮。"毛传云："山无草木曰岵。"《山海经》"岵"多作"姑"，如《北山经》："姑灌之山，无草木。"又《东次二经》："姑射之山无草木。"又曰："北姑射之山，无草木，多石。"又曰："南姑射之山，无草木。"这些"北姑""南姑"，乃由通称变为专名者。"岵"有时也写作"胡"。如《东次三经》云："胡射之山，无草木，多沙石。""岵""姑""胡"皆为山无草木之通称，故《抽思》篇末之"宿北姑"，亦不必强求其确为何地，知为屈原在汉北时曾跋涉经过的地方即可。据《南阳府志》，内乡县有"屈原冈"，或与此有关①。古籍无屈原到汉北的记载，后人无从附会，盖口口相传之遗说欤？

其次，谈《思美人》。

这章的写作时地，说者不同。如林云铭、蒋骥、方晞原等，认为是怀王时屈原在汉北所作；王逸、王邦采以及游国恩同志等，认为是顷襄王时屈原被放江南所作。今谓此章的写作，时间上是顷襄王时，而非怀王时，地点仍在汉北，而非在江南。

第一，从时间上讲，我们如果上承《抽思》来看，则可以发现屈原虽由陵阳走向汉北，仍系念郢都，从未忘怀，乃至对顷襄王也不是完全绝望。故《抽思》的后半篇所谓"望南山而流涕兮，临流水而太息""惟郢路之辽远兮，魂一夕而九逝""曾不知路之曲直兮，南指月与列星"，有时甚至"狂顾南行，聊以娱心"。从

---

① 《史记·楚世家》"取析十五城"句下，《正义》云："《括地志》云：邓州内乡县城，本楚析邑。"是此"屈原冈"，即在丹淅地区附近。

"望南""南指""南行"来看,这跟初离郢都时"过夏首而西浮"的彷徨顾恋,正是同样的心情。前人多认为屈原只对怀王表示留恋,而对顷襄王则只有绝望,并无希望。其实不然。这是因为,在当时的历史条件下,屈原要救国,只有通过君王对他的信任,才能达到目的。屈原对顷襄王寄以希望,正是他炽烈的爱国思想的曲折反映。

因此,我们在《思美人》的前半篇(开头到"与曛黄以为期"),仍然可以看出屈原对于顷襄王的上述态度。如"独历年而离愍""宁隐闵而寿考""知前辙之不遂""勒骐骥而更驾"等语,完全表现了屈原虽长期以来一再遇到政治上的挫败,但并没有放弃他被再度起用、"更驾"而驰骋的壮志。因而像"媒绝路阻兮,言不可结而诒"这样的对待顷襄王的心情,即使他晚期作品直斥顷襄王为"壅君"时,也还有时流露出来。当然,在《思美人》里更重要的是表现出一切都是为了贯彻自己的政治理想,绝不是"变节从俗""易初屈志",而是"未改此度""何变易之可为"。

第二,从空间来看,前半篇之末有"指嶓冢之西隈兮,与曛黄以为期"。当然,这不过是屈原上溯汉水继续西进的悬想之词。因为嶓冢山乃汉水发源之地,《禹贡》所谓"嶓冢导漾,东流为汉"是也。但嶓冢属秦之腹地,由眼前的汉水而想到遥远的嶓冢,也许不是偶然的。清戴震《屈原赋注》对《九歌》中"举长矢兮射天狼,操余弧兮反沦降"句注云:"天狼,一星,弧,九星。皆在西宫……《天官书》:'秦之疆也,占于狼弧。'此章有报秦之心,故举秦分野之星言之。"但不料"嶓冢"问题,亦竟与此暗合。

《文选·思玄赋》(张衡):弯威弧之拨剌兮,射嶓冢之封狼。"李善注云:"扬雄《河东赋》曰:'玃天狼之威弧。'"《汉书》

曰："狼下有四星曰弧。……《河图》曰：嶓冢，山名。此山之精，上为星，名封狼。"可见《九歌》的"天狼"指秦，《思美人》的"嶓冢"也指秦。而且嶓冢、天狼的古说是互相联系的。屈原明于星象之学，也曾斥秦为"虎狼之国"，则《思美人》所说"迁逡次而勿驱兮，聊假日以须时，指嶓冢之西隈兮，与曛黄以为期"，是否也表现了屈原有假以时日终必"报秦"之心，也未可知。故提供出来，作为学术界的参考。

第三，《思美人》的后半篇（从"开春发岁兮"以下），是写将由汉北沿汉而南下。这里首先提出了"吾将荡志而愉乐兮，遵江夏以娱忧"，叙述身居汉北，心向郢都之情。看来这次所谓"遵江夏以娱忧"的"遵江夏"，跟《哀郢》的"遵江夏以流亡"的"遵江夏"，心情各有不同。《哀郢》的"遵江夏以流亡"，是因为要沿江东行，"去故乡而就远"，而《思美人》的"遵江夏以娱忧"，则是要沿汉南下，瞭望郢都，"荡志而愉乐"。而且这也并不见得只是一种聊以慰情的"娱忧"之举，这从"吾且儃徊以娱忧兮，观南人之变态"中可以看出一些消息。即沿汉从北而来，故称郢之"党人"为"南人"。"变态"，乃指改变态度而言。即欲在接近郢都之际，借以觇视"党人"的政治态度是否有所改变。其结果当然是失望。而他自己呢，则是"广遂前画兮，未改此度也"，绝不肯自媒以求容。这跟篇首所谓"媒绝路阻"的想法是完全不同了。知国事已无可为，故只有"茕茕南行"，踏上更遥远的征途——到辰阳、溆浦。

《涉江》《悲回风》

《涉江》是由汉涉江，又转而西行，过洞庭口，溯沅而达溆浦所作。《悲回风》则系到达溆浦之后的作品。

首先谈《涉江》。

第一，这里要谈谈"哀南夷之莫吾知兮"的"南夷"指谁。过去不少学者认为，屈原不应称楚人为"南夷"，故指辰、溆之间少数民族而言。但从本篇行程看，这句话显然又是未济"江湘"以前的话，不得谓指"辰溆"蛮夷。故此解似有矛盾。事实上，这应当是屈原在鄂都的外围地区徘徊了短时间之后，决定南走辰、溆之前的抒情之笔。意谓鄂之党人既未"变态"，而辰、溆"南夷"又岂是知己。但为关心国防前线的爱国思想所驱使，只有"济乎江湘"，掠过鄂都，向西南直赴辰、溆。

第二，"旦余济乎江湘"句。所谓"济江"，是指从汉北沿汉入江到达对岸的"鄂渚"（即今武昌）而言，所谓"济湘"，"湘"指江南的主流湘水经洞庭入江之处，济江而西行，故又"济湘"。篇题称为"涉江"，殆即指沿汉而下渡江而南的总称。如果像旧说，屈原是从陵阳直走辰、溆，则陵阳已在江之南，固然不必"涉江"；即从陵阳浮江溯流而西，则所谓"济"、所谓"涉"，亦皆不吻合。"鄂君启节"中舟节路线，即系由泸江流域溯江而上，经过洞庭而入湘水，故其铭文为：

逾（上）江，内（入）湘。

所谓"上江",即溯江而上,跟屈赋的"涉江"不同;所谓"入湘",即由江至于湘,也跟屈赋的"济湘"不同。这个区别是极其重要的。因为过去研究《九章》者,都认为屈原是东从陵阳直到沅水流域的辰、溆。果尔,则与"鄂君启节"一样,应当是"上江,入湘",而不应当是"涉江""济湘"。这证明了屈原这时是从汉北而南下,绝不是从陵阳而西上。因为他要掠郢都而过,以便观察政局,故"涉江"而南,又"济湘"而西。

第三,屈原的西南之行,是涉江而后,又渡过洞庭口,然后西掠郢都的对岸地带,才南入沅水。因为从"济湘"到"上沅",郢都的南岸是必经之地。入沅以后,即所谓"乘舲船余上沅兮,齐吴榜以击汰";又由枉陼达辰阳,即所谓"朝发枉陼兮,夕宿辰阳";最后到达溆浦,即所谓"入溆浦余儃佪兮,迷不知吾所如"。这里已属楚之黔中郡地带,即与秦接壤之极以西的国际线。

其次,谈《悲回风》。

第一,《悲回风》写于何地?从王逸《楚辞章句》列《悲回风》于《九章》之末,后世亦有用其说者,认为是屈原的绝笔。但是,这里篇末虽有"骤谏君而不听兮,重任石之何益",也不过是悬想,并不是事实。意思是说,由于谏君不听而怀石自沉,对国家又有何益呢?这显然是度量轻重利害之词,定为绝笔,并不妥当。况且以地望求之,似乎屈原这时仍徘徊于西境溆浦一带,并非湘水流域。例如"冯昆仑以瞰雾兮,隐岷山以清江",这是因为楚之黔中与蜀接壤,故有此想象。这里的"岷山",即《禹贡》"岷山导江"之岷山,故与"清江"并举。因而这里的"昆仑",也跟《离骚》等篇的神话境界不同,而是跟"岷山"一样,均系蜀中实地。如《文选·蜀都赋》(左思)云:"于后则却背华容,北指昆仑,缘以剑阁,阻以石门。"五臣注云:"华容,水名,在江由之北,昆仑,山名也。扬雄《蜀都赋》曰:北属昆仑。"是古人以昆仑为蜀地山名,故屈赋得与"岷山""清江"并举。此盖屈原身居楚之西南国境,故驰骋遐思以抒怀。可见《悲回风》之作,应仍在溆浦一带,而非湘水流域。这跟《思美人》身居汉北而想到"幡冢",有些相似。①

第二,谈谈屈原流亡西南的原因。传统的说法,以为屈原当时是被放于"江南之野",但从整个《九章》来看,其说并不可靠。盖顷襄王时屈原被放在外是事实,但并没有规定他必须住在哪里。因而,除了《哀郢》描写开始出发是迫于当时战局,不得不跟流民一起东下之外,其余的行踪,都是由他自己决定,有他自己的想法的。前文所谈远抵汉北的情况是如此,而这次西入溆浦,同样是如此。

据《史记·楚世家》,怀王三十年,怀王用子兰之言,北会秦王于武关,被拘于秦,"要以割巫、黔中之郡"。怀王不许,结果病发而死于秦。就在秦要怀王割"黔中"的第二年,即顷襄王的元年,屈原即被放。作为怀有强烈爱国感情的屈原,对此后黔中的命运如何,绝不会恝然忘怀。因此,他之由西北与秦接壤之汉北国境转到西南与秦接壤的溆浦国境,绝非没有目的。因为这两个国境要塞,在他被放的时刻都发生过严重的危机。因而他转到西南,不去别处而远极黔中边界,同样是为观察边疆动静的爱国心情所驱使。

第三,从战国时期楚国与秦国的关系来看,所谓"横则秦帝,纵则楚王",确实是如此。但自怀王时屈原被疏以后,纵势已破,

---

① 洪兴祖《考异》"瞰雾"一作"澄雾露",即澄清雾气,又王逸注"以清江"为"欲清澄邪恶"。则屈原身处国防前线,此语有无"报秦之心",可供参考。

楚国渐弱，尤其是怀王二十四年，秦昭王初立，与楚和亲，第二年楚又与秦盟于"黄棘"。自此以后，楚国国势一蹶不振，处处被动，每战必败。不难看出，作为外交政策，"黄棘之会"是楚国由强到弱的转折点。屈原到了西南国境，想起了外交失策的往事，故在《悲回风》里写道："借光景以往来兮，施黄棘之枉策。求介子之所存兮，见伯夷之放迹。"洪兴祖《补注》对"黄棘"之义，不同意王逸的曲解，而主张指怀王二十五年的"黄棘之会"，这是对的。介子之有功于晋文而被遗忘，伯夷由于不食周粟而被饿死，这些前人的往事，怎能不让屈原想到在国家危亡之际的自处之道呢？

《怀沙》《惜往日》

这两章，乃写于由沅水流域的溆浦东北走向湘水流域的汨罗的时期。

第一，关于《九章》的篇次，郭沫若、游国恩同志都把这两章列在最后，认为是屈原的绝笔，我跟他们的意见是一致的。从具体时间来讲，《史记·楚世家》载楚顷襄王"二十一年，秦将白起遂拔我郢，烧先王墓夷陵""二十二年，秦复拔我巫、黔中郡"。屈原可能即在黔中失守时离开了溆浦所在的黔中郡，东北赴湘，自沉于汨罗，时在前342年到前277年之间，屈原年六十五岁。屈原的死，从当时的战局来讲，无疑是殉国，但从作品内容来看，毋宁说是殉道。因为他的政治主张，正是国家兴亡的关键。《怀沙》既自誓以"前图"之未改，《惜往日》又反复强调"法度"之失败，其中苦衷，隐然可见。而且，屈原当时，未死于郢都陷落之日，而死于黔中不守之时；未死于黔中所属的溆浦之地，而死于湘水流域的汨罗。从这个过程来看，很可能郢都虽陷，屈原犹有兴国之志；黔中虽失，屈原犹存收复之心。故直至到达湘水流域，接近祖国腹地，耳闻目见，感到一切无望，才自沉于汨罗。如果仅仅是殉国，则在溆浦听到郢都陷落，即可一死，又何必东到汨罗耶？

第二，这里必须着重说明的是，"鄂君启节"中舟节的路线跟屈原这次所走的由沅水到湘水的路线的异同问题。

《怀沙》开始所谓"汩徂南土"，乃叙其流亡西南的概括之词。而下文所谓"进路北次"，则指由溆浦一带折而东北，横跨资水向湘江进发。至于《怀沙》所谓"浩浩沅湘，分流汩兮"，《惜往日》所谓"临沅湘之玄渊兮，遂自忍而沉流"，皆沅、湘并举，则系概括叙述之语，泛指所经过的沅、湘流域的广大地区。故从其路线来讲，是上承"涉江""济湘""上沅"之后，住了一段时间，由于黔中失落，才又离开沅水流域，东北渡资水，入湘水，直达汨罗。亦即由沅入资，入湘，入汨罗。而"鄂君启节"中舟节的路线则为："辻（上）江，内（入）湘……内（入）澬（资）、沅、澧，灘（澹）。辻（上）江……庚郢。"这段舟节铭文中，还有不少地名至今未得到确认，如"灘"等。但是"湘""资""沅""澧"四水，学术界是无异议的。这里先要谈的是"内（入）"字问题。从中国古代记载水道的《禹贡》来看，凡渡过此水陆行至彼水，亦可曰"入"。如《禹贡》云："逾于沔，入于渭。"传云："越沔而北入渭。"疏云："计沔在渭南五百余里，故越沔陆行而北入渭。"可以证明舟节所谓"入湘""入资、沅、澧"，皆指横渡而过，并非水路通转。而屈原当时由沅入资入湘，也指横跨三江流域而言。因此不难看出，屈原所走的路线跟当时官商所走的路线，基本上是相同的。只是屈原乃是由西南而东北，舟节则是由东北而西南。其所以方向不同，是因为舟节乃根据经济流通的需要，而屈原则是根据政治形势的变化。

据《九章》内容来看，屈原当时由汉北到达鄂渚之后，如欲向西南觇视国境前线沅水溆浦一带情状，这从楚国的交通惯例来看，本来可以遵循当时官商大道，溯江而上，由洞庭"入湘""入资、沅"而到达溆浦。但屈原却是逆江行于南岸，过了洞庭口才溯沅而上。这正如上文所说，他可能欲借机接近郢都，以慰其"魂一夕而九逝"的故国深情，也同时欲达到"观南人之变态"的政治目的。正由于屈原是首先绕道到了沅水，因而他由沅水流域的溆浦出发往东北走向湘水流域，虽然走的也是当时官商大道，而方向却是相反的。即舟节是由湘入资入沅直向西南，而屈原则是由沅入资入湘直向东北。屈原此行，除了迫于黔中战局以外，这也正如上文所说，或跟屈原怀有救国苦衷而欲借此一瞻国内政治动态是分不开的。但结果只是失望，终于自沉汨罗。

结　语

《九章》的篇次，是屈赋研究中的一大疑案。与此相联系的问题，如：（1）屈原流亡的具体路线是怎样的？（2）屈原东到陵阳以后，为何不在这安全地带住下，反而西走祖国前线？（3）屈原到汉北，是怀王时期还是顷襄王时期？等等。也就是说，从《九章》看屈原的流亡路线，这不仅仅是时地的考证问题，而且对进一步理解屈原作为伟大爱国主义诗人的内心世界、精神面貌，也是很重要的。

游国恩同志在《屈原作品介绍》中曾说，关于《九章》的写作时地，"到今天已经完全解决了"。但学术研究是不断发展的。尤其由于出土文物的新发现，更不能不使我们对过去的结论进行重新考虑。故略抒所见，以就正于学术界。而且本文对某些问题只是作为参考意见提出的，希望屈赋研究者能做进一步的探讨。

（写于1980年11月）

《楚辞》成书之探索

《楚辞》是中国文学史上的"总集之祖",它对研究屈赋及屈赋在中国文学史上的深远影响,具有极其重要的意义。

传统的说法都认为《楚辞》是西汉刘向编纂的。这个说法,是《楚辞章句》的著者东汉王逸首先提出的。他在《楚辞章句》的序中说:"逮至刘向,典校经书,分为十六卷。"自此以后,历代著录及《楚辞》传本,皆题为刘向所辑。清《四库全书提要》曾有下列一段总结性的叙述:

> 裒屈宋诸赋,定名《楚辞》,自刘向始也。……初刘向裒集屈原《离骚》《九歌》《天问》《九章》《远游》《卜居》《渔父》,宋玉《九辩》《招魂》,景差《大招》,而以贾谊《惜誓》,淮南小山《招隐士》,东方朔《七谏》,严忌《哀时命》,王褒《九怀》,及向所作《九叹》,共为《楚辞》十六篇,是为总集之祖。

不难看出,《楚辞》编纂于刘向,已成学术界的定论,历代迄无异议。例如游国恩同志在《楚辞讲录》的《楚辞的编辑过程》中曾肯定地说:"做这种楚辞的编辑整理工作的,头一个就是纪元前1世纪末的刘向。"(见中华书局《文史》第1辑)但是,如果追本溯源,加以研讨,则这个结论是存在很多问题的。只因几千年来囿于传统,习非成是,遂使历史真相无由大白。本文即拟对此做一初步探索。

古本《楚辞》的篇次

要探索这个问题,首先不能不对《楚辞》篇目编排的原始顺序做一番研究。因为宋代以来的篇次,是经过后人改编过的,不足为凭。只有原始篇次,才能反映出历史真实。《楚辞》的原始篇次见于古代著录的主要有下列几项。

宋,晁公武《郡斋读书志》卷十七云:

> 《楚辞释文》一卷。未详撰人。其篇次不与世行本同。盖以《离骚经》《九辩》《九歌》《天问》《九章》《远游》《卜居》《渔父》《招隐士》《招魂》《九怀》《七谏》《九叹》《哀时命》《惜誓》《大招》《九思》为次。按今本《九章》第四,《九辩》第八,而王逸《九章》注云"皆解于《九辩》中",知《释文》篇第,盖旧本也,后人始以作者先后次第之尔。或曰:天圣中陈说之所为也。

宋,陈振孙《直斋书录解题》卷十五云:

《离骚释文》一卷。古本，无名氏。洪氏得之吴郡林虑德祖。其篇次不与今本同。……首《骚经》，次《九辩》，而后《九歌》《天问》《九章》《远游》《卜居》《渔父》《招隐士》《招魂》《九怀》《七谏》《九叹》《哀时命》《惜誓》《大招》《九思》。洪氏按王逸《九章》注云"皆解于《九辩》中"，则《释文》篇第盖旧本也，后人始以作者先后次序之耳。朱侍讲按，天圣十年陈说之序，以为旧本篇第混并，乃考其人之先后，重定其篇第。然则今本说之所定也。

除了上述二书外，宋洪兴祖《楚辞补注》目录也附注《楚辞释文》的篇次，与晁、陈二氏所著录者相同。兹将《楚辞释文》的篇次跟宋代以来经过更定的《楚辞章句》篇次对比如下：

《楚辞释文》篇次		今本《楚辞章句》篇次	
《离骚》	第一	《离骚》	第一
《九辩》	第二	《九歌》	第二
《九歌》	第三	《天问》	第三
《天问》	第四	《九章》	第四
《九章》	第五	《远游》	第五
《远游》	第六	《卜居》	第六
《卜居》	第七	《渔父》	第七
《渔父》	第八	《九辩》	第八
《招隐士》	第九	《招魂》	第九
《招魂》	第十	《大招》	第十
《九怀》	第十一	《惜誓》	第十一
《七谏》	第十二	《招隐士》	第十二

《九叹》	第十三	《七谏》	第十三
《哀时命》	第十四	《哀时命》	第十四
《惜誓》	第十五	《九怀》	第十五
《大招》	第十六	《九叹》	第十六
《九思》	第十七	《九思》	第十七

从以上的资料，可以看出四个问题。

第一，《楚辞释文》的篇次，跟宋代以来通行王逸《楚辞章句》的篇次是极不相同的。宋代以来《楚辞章句》的篇次，是依作者的年代先后排列的；而《楚辞释文》的篇次，则比较混乱。

第二，《楚辞释文》的篇次，却跟王逸《楚辞章句》的原始篇次相合。因为这个篇次是《九辩》在前，《九章》在后，所以王逸的《九章》注云："皆解于《九辩》中。"洪氏的这一重要发现，也见于他的《楚辞补注》目录后。凡见于前者即略于后，乃王逸《楚辞章句》的惯例。如《七谏》注云："已解于《九章》篇中。"又《哀时命》注云："已解于《七谏》也。"通贯全书，例不胜举。因此，王逸《楚辞章句》的原始篇次，乃《九辩》在前，是毋庸置疑的事实。近来刘永济同志的《屈赋通笺》又有一个新的发现，他认为王逸的《楚辞章句》，于《九歌》《九章》的序文中都不释"九"字之义，而在《九辩》的序文中则曰："九者，阳之数，道之纲纪也。故天有九星，以正机衡；地有九州，以成万邦；人有九窍，以通精明。"这更证明了王逸《楚辞章句》的原始篇次，《九辩》不仅在《九章》之前，而且在《九歌》之前，跟《楚辞释文》的篇次相同。据此可知，《楚辞释文》的篇次虽较混乱，却是王逸《楚辞章句》的原始面貌。

第三，《楚辞释文》究竟成书于何时，晁、陈二氏已不得其详。但近人余嘉锡的《楚辞释文考》则根据《宋史·艺文志》及

《通志·艺文略》确定其为南唐王勉所撰。并谓其书"当南宋之初,已在若存若亡之间"。这个考证是极精确的。据此可以推知,王逸《楚辞章句》的原本,南唐时期还通行于世,故王勉得以据之而作《释文》。

第四,宋代以来通行的以时代先后为篇次的《楚辞章句》,据晁、陈二氏的说法,是始于宋代天圣中的陈说之。这项记载,也见于朱熹的《楚辞辨证》,应当是一项可靠的资料。但这是否说明改定篇次只有陈说之一人,或者只始于宋代初年,而这以前的本子都跟《楚辞释文》一样呢?恐怕也不尽然。据《宋文鉴》卷九十二载黄伯思《校定楚辞》自序云,曾得"先唐旧本",校定异同。但他并没有说所得的唐本篇次与宋时通行本有何不同。又洪兴祖著《楚辞考异》时,所据东坡手校本以下旧本十数种,其中亦有唐本。今洪氏《补注》于《天问》"中央共牧,后何怒"句下注云:"牧,唐本作牧,注同。一作枚。"可证洪兴祖是见过唐本的。但洪氏在《补注》目录之下,则只注《楚辞释文》的篇次与宋时通行本不同,并没有提到唐本的篇次也跟通行本不同。以此推之,可能黄、洪二氏所见的唐本,或跟当时通行本的篇次没有什么两样。则是以时代顺序为篇次的本子,唐时或者已经有了,只是跟古本并行,不是唯一的本子,故《楚辞释文》的作者得以古本为据。特经过宋初陈说之重加整理之后,新本遂畅行于世,而古本也因之而绝迹。

根据以上的分析,可以这样判断:从汉代直到唐代,原本《楚辞章句》的篇次,跟《楚辞释文》是相同的,而唐到宋初则新旧两本并行,宋以来则新本通行古本完全失传。因此,魏晋南北朝时期的《楚辞章句》篇次,也应该跟《楚辞释文》的篇次相同。如梁刘勰的《文心雕龙·辨骚》中有这样一段话:

故《骚经》《九章》，朗丽以哀志；《九歌》《九辨》，绮靡以伤情；《远游》《天问》，瑰诡而惠巧；《招魂》《招隐》①，耀艳而深华；《卜居》标放言之致；《渔父》寄独往之才。故能气往轹古，辞来切今，惊采绝艳，难与并能矣。自《九怀》以下，遽蹑其迹，而屈、宋逸步，莫之能追。

从刘氏的这段评述中，可以看出两个问题。

第一，刘氏所列举的由《骚经》到《渔父》的篇次，既不同于《楚辞释文》，也不同于今本《楚辞章句》。但这并不足以证明他所根据的是第三种本子，而说明了他是根据屈、宋作品的艺术风格来归类排列的，不是依篇次来排列的。但从这个排列中也可以看出，当时流传的本子，这十篇的次第跟《楚辞释文》同样是集中在一起的，而且《招隐士》与《招魂》并列，不与《大招》并列，致使刘氏或传抄者连类而及，以《招魂》与汉人作品《招隐》并举，造成了错误。如依今本篇次，则《招隐士》厕于汉人的《惜誓》与《七谏》之间，而《大招》即次于《招魂》之下，必不致有此错误。以前的校者多认为《辨骚》中的"招隐"当作"大招"②，但这只是据今本的《楚辞》篇次或古本《文心雕龙》来纠正刘文的错误，而未能据古本的篇次指出刘文致误之由。

第二，刘氏在历述屈、宋作品的艺术风格以后，接着写道："自《九怀》以下，遽蹑其迹，而屈、宋逸步，莫之能追。"这就非常清楚地看到了刘氏所据的本子，对汉人的作品不像今本那样

---

① 传本或作《大招》。
② 范文澜同志《文心雕龙注》："冯云：招隐，楚辞本作大招。下云：屈宋莫追，疑大招为是。孙云：唐写本招隐作大招。铃木云：洪本亦作大招。"

以贾谊的《惜誓》起首，依年代顺序排下来，而是跟《楚辞释文》的篇次一样，以王褒的《九怀》起首。所以才用"自《九怀》以下"一句概括汉人的作品。如果依今本篇次，则《九怀》以下，只有《九叹》《九思》，而《九怀》以前的汉人作品还有贾谊的《惜誓》、东方朔的《七谏》、严忌的《哀时命》等，难道这些作品不是"遽蹑"屈、宋之"迹"的吗？难道这些人独能"追""屈、宋逸步"吗？这显然不是刘氏立论的本旨。只有根据《楚辞释文》的篇次，才能正确理解刘文的意义。由此可以证明，梁代刘勰所据《楚辞章句》的篇次，也跟《楚辞释文》的篇次相同。

从上述的情况看，《楚辞释文》的篇次，的确反映了由汉代到宋初《楚辞章句》篇次结构的原始面貌。

但是，从另一方面看，《楚辞释文》的篇次虽古，却极凌乱，这是不可否认的。例如据王逸今本《楚辞章句》，从《离骚》到《渔父》皆标为屈原作品，而《释文》却在中间窜入宋玉的《九辩》一篇，《九辩》与《招魂》同标为宋玉的作品，却又分列在第二、第十两卷，《大招》既标为屈原或景差所作，反而列在汉人作品的最后，从第十一到第十五，同是汉人作品，而作者时代，先后错乱，不可究诘，尤其是相传为《楚辞》编纂者刘向的《九叹》，竟杂在东方朔的《七谏》和严忌的《哀时命》之间，而不是放在全书的最后，更与古书的通例不合。正由于它存在着以上的种种矛盾，就无怪乎当陈说之依时代先后更定篇次以后，很快就为世人所接受，有宋以来所遗留下的旧刊《楚辞章句》皆改从陈氏的篇次。也由于它存在着上述的种种矛盾，所以曾引起后来很多人对它的怀疑和否定。如《四库全书提要》说："必谓《释文》为旧本，亦未可信。"孙志祖《读书脞录》卷七，又认为"《释文》旧本自误"，游国恩同志甚至在《楚辞论文集》中说

"所谓《释文》的次第，乱七八糟，绝无道理"，并说它是"颠倒凌乱的烂本子"。当然，从篇次的时代顺序上看，这些说法也不是完全没有理由的。

但是，如果这种凌乱的篇次，只出现于《楚辞释文》一书，这还可以说它是个别本子的错误现象，可是这个篇次从汉代直到宋初，一直通行于世，这就很难以个别本子的错误来解释了。而如果说它的确是刘向纂辑的原始篇次，则典校群书的刘向，为什么在体例上会存在这样多的常识性的问题呢？这就不能不引起人们的深思。现在根据初步的探索，其根本原因是：《楚辞》一书的纂成，既非出于一人之手，也不出于一个时代，它是不同时代和不同的人们逐渐纂辑增补而成的，故造成上述的凌乱现象。至于它是哪些时代的哪些人所纂辑的，我将在下面提出个人不成熟的看法。

由古本篇次看《楚辞》的纂辑过程

今考，古本《楚辞章句》的篇次，如果作为一个首尾完备的整体来看，它似乎是非常凌乱的。但是如果把它分为五组来看，则每组基本上是自成篇次，各以时代为序的，只有个别问题需要说明。至于每篇的作者，虽为王逸所标定，但在一定程度上也反映了先秦两汉的传统看法。现在分为五组，附以作者，列表如下：

第一组：

《离骚》	第一	屈原
《九辩》	第二	宋玉

第二组：

《九歌》	第三	屈原

《天问》	第四	屈原
《九章》	第五	屈原
《远游》	第六	屈原
《卜居》	第七	屈原
《渔父》	第八	屈原
《招隐士》	第九	淮南小山

第三组：

《招魂》	第十	宋玉
《九怀》	第十一	王褒
《七谏》	第十二	东方朔
《九叹》	第十三	刘向

第四组：

《哀时命》	第十四	严忌
《惜誓》	第十五	贾谊
《大招》	第十六	屈原或景差

第五组：

《九思》	第十七	王逸

按先秦诸子百家之流传于今者，多为其门弟子纂辑遗篇或其同一学派的后学补续旧说而成书，而且纂辑者或补续者往往又把自己的作品也附在后面，这几乎是古书的通例。《楚辞》一书的形成，也正是如此。世传王逸《楚辞章句》十七卷本，乃先秦到东汉这一较长的历史时期中累积而成的，并不是刘向一人所纂辑的（当然刘向也是其中的一个）。前表所列的五个组成部分，正标志着《楚辞》逐步成书的五个不同的时期和不同的纂辑者。

首先谈第一组作品。

第一组的纂成时间，当在先秦，其纂辑者或即为宋玉。此为屈、宋合集之始。

关于《离骚》第一、《九辩》第二的篇次,自宋代王应麟的《汉书艺文志考证》以来,曾引起学术界极大的纠纷。这其中分成两大派。第一派认为《楚辞释文》的篇次列《九辩》于《离骚》之下,是正确的;但却以此证明《九辩》是屈原的作品,而王逸将其标为宋玉的作品,是错误的。提出这一意见的有明代的焦竑,他在《笔乘》第三、四卷中曾详言之,清代吴汝纶的《古文辞类纂校勘记》也同意焦氏的说法,后来梁启超的《楚辞解题及其读法》也有同样的意见,而近来刘永济同志在他的《屈赋通笺》里,则主张以此为定论。第二派则认为王逸标定《九辩》的作者为宋玉,是正确的;但却以此证明《九辩》当跟宋玉的作品列在一起,而《楚辞释文》的篇次列于《离骚》之下,是错误的。提出这一意见的有清代孙志祖的《读书脞录》,张云璈的《选学胶言》也有同样的看法,近来姜亮夫同志的《屈原赋校注》也同意此说,而游国恩同志在他的《楚辞论文集》中则认为当以此说为定论,《楚辞释文》的篇次是"颠倒凌乱"。今天看来,这两派的争论是各不相下的。

今按,引起这场争论的主要原因之一,是《楚辞释文》既列《九辩》于《离骚》之下,又定《九辩》为宋玉的作品。好像这是一个无法统一的矛盾。但是,实际上这二者并无矛盾。因为从《楚辞》编纂过程的初期阶段来讲,《离骚》与《九辩》两篇当时是辑在一起而独立成书的。篇次既不是"颠倒凌乱",作者也不是"张冠李戴"。因此,关于篇次问题,当从刘永济同志的结论,肯定《九辩》第二的篇次,确为古本,而不能同意游国恩同志的看法;而关于作者问题,则当从游国恩同志的结论,肯定《九辩》为宋玉的作品,而不能同意刘永济同志的意见。因此,现在的结论是:《楚辞》古本,《九辩》的篇次确居第二,《九辩》的作者确为宋玉。在这方面,刘、游两同志的意见,皆各有其正确的一面,而且阐述极为详尽。原著俱在,兹不复述。这里只谈谈造成《楚辞》古本篇次与作者之间的矛盾的历史原因。

前面已经说过,第一组作品,乃先秦时代《楚辞》的雏形,本是屈、宋合集,独立成书,后来逐渐增补,它才成了世传《楚辞》的第一组。其纂辑者,或即为宋玉本人。关于宋玉的事迹,古籍语焉不详,只零星散见于《史记·屈原列传》《韩诗外传》《新序·杂事》《楚辞章句》《襄阳耆旧记》《渚宫旧事》《水经注》等书。其较早的记载是《史记·屈原列传》。它说:"屈原既死之后,楚有宋玉、唐勒、景差之徒者,皆好辞而以赋见称。然皆祖屈原之从容辞令,终莫敢直谏。"其较有系统的记载有《襄阳耆旧记》,在屈、宋关系问题上,它说宋玉"始事屈原,原既放逐,求事楚友景差",又说"玉识音而善文,襄王好乐爱赋,既美其才,而憎之似屈原也"。习书虽晚出,乃综合前人之记载而成。其称宋玉为屈原弟子,汉王逸已有此说。从以上事迹中,可以看出宋玉跟屈原有极密切的关系,他的身世也有些似屈原,他的创作也是继承了屈原的传统。以后学的身份而纂辑其前辈的著述并附以己作,乃先秦学术界惯例。因此,宋玉把屈原的代表作《离骚》提出来,并把自己学习屈赋的代表作《九辩》附在后面,成为一个集子,以资流传,这在当时的历史条件下,可能性是很大的。其只选取屈原的《离骚》而不选取屈原的其他作品,并不是偶然的。盖《离骚》当时流行最广,影响最大,它是最足以代表屈原的精神面貌和艺术成就的诗篇。所以单独研究《离骚》,直到汉代犹存此风。如王逸《离骚》序云:"至于孝武帝恢廓道训,使淮南王安作《离骚经》章句,则大义粲然。""孝章即位,深弘道艺,而班固、贾逵，复以所见，改易前疑，各作《离骚经》章句，其余十五卷阙而不说。"（直到近代，仍然有此情况。）可以看出，即在屈赋全部结集以后，而学者仍以《离骚》为单独研究的对象，则在先秦时代宋玉只选录了屈原的代表作《离骚》和自己的代表作《九辩》结为一集，并不是没有原因的。

关于《九辩》的作者问题，这里还须附加说明。《九辩》本来为宋玉所作，汉王逸《楚辞章句》、晋潘岳《秋兴赋》而下，皆无异说。后世之所以有人认为它是屈原所作，除了因为《九辩》的篇次跟《离骚》连在一起，其另外的证据，是曹子建曾把《九辩》作为屈原的作品加以引用。如清代吴汝纶在他的《古文辞类纂校勘记》中说："曹子建《陈审举表》引屈平曰'国有骥'云云……则子建固以《九辩》为屈子作，不用王氏宋玉闵师之说。"近来刘永济同志，也同意吴氏的说法，定《九辩》为屈原的作品（见《屈赋通笺》）。今按，吴氏的证据是靠不住的。因为古人引书往往只凭记忆，其中偶有误引，是常见的事。曹子建之误引宋玉语为屈平语，即其一例。而曹氏所以致误之故，主要是由于古本《楚辞章句》的篇次，《九辩》一篇杂厕于屈原许多作品之间，以致造成记忆上的模糊，不能据此遽易旧说。古人引书，由于记忆不确而误引者极多。这里只举跟曹氏的错误情况有些相似的来谈谈。如《论语》是孔丘门人后学纂辑孔丘的话而成书的，但其间也夹杂着记了一些门人弟子自己的话。因此，后人在引用时，也多把门人弟子的话误记为孔丘的话。如《后汉书·蔡邕传》云："上封事曰……小能小善，虽有可观，孔子以为致远则泥。"按"致远恐泥"是子夏的话，而误引为孔丘的话。又应劭《风俗通义·过誉》引"孔子称：'可寄百里之命，托六尺之孤'"，这是曾参的话，也误引为孔丘的话。这是不是他们当时所据的古本《论语》就是如此呢？

不是的。例如王充《论衡》的《命禄》《辩祟》，两引"孔子曰：'死生有命，富贵在天'"。把子夏的话，误为孔丘的话。但是，他在《命义》篇，却又把它作为子夏的话来引用。可见这完全是由于一时记忆不确而造成的错误，绝不应根据这些引文而变易旧说。曹子建把宋玉的话误忆为屈平的话，其性质正与此相同，不能据此孤证，断《九辩》为屈原的作品。

次谈第二组作品。

第二组作品的增辑时间，当在西汉武帝时。其增辑者为淮南王宾客淮南小山辈，或即为淮南王刘安本人。

这一组由《九歌》第三到《渔父》第八的六篇作品，是继第一组之后西汉人所能搜集到的而且断定其为屈原作品的全部。其卷末则附以增辑者本人的作品《招隐士》一篇。这一组共七篇作品，是第一组的续编。它跟第一组合在一起，是淮南王以后到刘向以前的《楚辞》通行本。

据《汉书·淮南王传》云："淮南王安，为人好书鼓琴，不喜弋猎狗马驰骋。亦欲以行阴德，拊循百姓，流名誉。招致宾客方术之士数千人，作为内书二十一篇，外书甚众，又有中篇八卷。"汉高诱《淮南子》叙目亦谓："天下方术之士多往归焉。于是遂与苏飞、李尚、左吴、田由、雷被、毛被、伍被、晋昌等八人及诸儒大山小山之徒，共讲论道德，总统仁义，而著此书。"可以看到淮南王当时招致宾客著书立说之盛况。淮南王都寿春，其地曾为楚之故都。由于屈原的高风亮节深入人心，其佚事佚作之流传于人间者必甚广泛。因此，淮南王及其宾客曾把屈原的作品作为研究学习的对象。淮南王喜屈赋，曾著有《离骚传》（见《汉书》本传）。其宾客所著的《淮南子》，也都受到屈原作品的影响。如《俶真训》云："今矰缴机而在上，罦罟张而在下，虽欲翱翔，其势焉得。"《氾论训》云："而以知矩蒦之所周者也。"（今《离骚》"周"作"同"，与调字不韵，误。）又云："是犹持方枘而周员凿也。"又云："尧有不慈之名。"《说林训》云："猛兽不群，鸷鸟不双。"可见淮南王及其宾客对屈赋是有深刻研究的。他们不仅是屈赋的研究者，而且是屈赋的拟作者。王逸《楚辞章句》的《招隐士》序云："招隐士者，淮南小山之所作也。昔淮南王安，博雅好古，招怀天下俊伟之士，自八公之徒，咸慕其德而归其仁。各竭才智，著作篇章，分造辞赋，以类相从，故或称小山，或称大山。"其流传下来的作品，《汉书·艺文志》著录有《淮南王赋》八十二篇，《淮南王群臣赋》四十四篇。但是，他们在研究学习的同时，对屈赋必然有一番搜集整理的过程。上述由《九歌》到《渔父》这一组作品，正是淮南宾客当时所搜集到的流传于寿春乃至广大楚国旧域里的屈原作品的一个结集。所以这一组作品的纂辑，乃历次增补过程中收获最大的一次。凡当时所认为是屈原的作品，几乎全部被收入。

也可能有人疑惑：《招魂》一篇，当时史迁曾在《史记》中与《离骚》《天问》《哀郢》并提，为什么在这次的补辑中没有收入？这首先应当知道当时补辑的体例，其次应当知道，汉代对屈赋的作者，看法还不一致。这次补辑的体例，跟第一组相同，即主要是结集屈原的作品，而纂辑者本人的作品也附在卷末。至于《招魂》一篇，史迁虽与屈原作品同列，但王逸的《楚辞章句》却认为是宋玉的作品。可以看出，对《招魂》的作者问题，当时是有分歧的。淮南王的宾客，并不是没有见到《招魂》。《招隐士》先述山林艰险，最后说"王孙兮归来，山中兮不可以久留"，就是拟《招魂》。但是，因为他们的看法与王逸一致，认为这是宋玉的作品，所以在补辑屈原作品时，就没有把它窜入。这个情况，跟

《卜居》《渔父》二篇有些相似。史迁在《史记》中虽然采用了《渔父》的原文，但只作为资料用，并没有跟《怀沙》一样说成是屈原作品，而王逸在《楚辞章句》里却认为《渔父》《卜居》都是屈原作品。至于淮南王宾客，也同样跟王逸的看法一致，把它作为屈原作品而收入本组。因此，第二组的作品，除了卷末附入纂辑者的作品《招隐士》一篇外，其余全是作为屈原的作品而收入的。

还有本组附录的《招隐士》一篇的作者问题。这篇作品，王逸的《楚辞章句》定为淮南小山所作，而昭明《文选》却题为刘安所作。为什么题为刘安所作？这有两种可能性：第一，是援《淮南子》之例，把淮南宾客的集体著作，归之于刘安个人，故淮南小山等的作品，也改题为刘安；第二，是根据另外一种资料，《招隐士》确系刘安所作，而不是小山之作，故改题刘安。这两者当中，第二种可能性似乎比较大。因为根据《招隐士》的内容来看，乃招致贤人俊士之遁居山林者。这个内容，跟刘安当时招致宾客的事迹是相吻合的，跟刘安当时礼贤下士的心境也是相吻合的。王逸说它是"闵伤屈原"的作品，显然是有些牵强的。自抒胸臆之作而附在屈赋之末，这跟《九辩》乃宋玉自悼之作而附在《离骚》之后，是同样的体例。因为这些作品，都是继承屈赋传统的骚体，是属于一个文学流派。如果《招隐士》是刘安所作的说法可以成立，则《楚辞》第二次的增辑者，不是小山之流而是刘安本人了。

关于《汉书·艺文志》的"屈原赋二十五篇"究竟包括哪些作品的问题，后世争论很多。从上述的情况看，这一组作品跟第一组作品相结合，就是刘安以后、刘向以前《楚辞》的通行本。因为《汉书·艺文志》承刘向父子之旧而著录的《屈原赋》二十五篇，可能就是这两组里除《九辩》《招隐士》外所包括的屈原作品的全部。在这个问题上，我们还可以从刘安的《离骚传》窥见其梗概。窜入今本《屈原列传》中的《离骚传》有这样一段话："其文约，其辞微，其志洁，其行廉，其称文小而其旨极大，举类迩而见义远。其志洁，故其称物芳；其行廉，故死而不容自疏。濯淖污泥之中，蝉蜕于浊秽，以浮游尘埃之外，不获世之滋垢，皭然泥而不滓者也。推此志也，虽与日月争光可也。"这段话虽然谈的是《离骚》，但同时也是概括了屈原其他作品而做了综合性的分析。当然，"死而不容自疏"以上主要是概括的《离骚》。但从"濯淖污泥之中"以下，则进一步概括了《远游》《渔父》等作品的中心思想在内。尤其是"推此志也，虽与日月争光可也"一句，更应当注意。因为《九歌》里的《云中君》有"与日月兮齐光"之句（《考异》云"齐一作争"），《九章》里的《涉江》也有"与天地兮同寿，与日月兮同光"之句（《考异》云"同光"一作"齐光"）。从《离骚传》所说的"虽与日月争光可也"这句话来看，显然是把"与日月争光"作为屈原自己的现成论点而提出的，而"可也"则是刘安对上述论点的肯定。又《离骚传》云："夫天者，人之始也；父母者，人之本也。人穷则反本，故劳苦倦极，未尝不呼天也……"此言似与《天问》有关。据此则刘安不仅读过屈原的《离骚》《远游》《渔父》等篇，而且也读过屈原的《九歌》或《九章》《天问》等。可见，刘安这次对屈原作品的纂辑，是相当全面的。关于这个问题，还可以从太炎先生的一段考据得到证明。太炎先生《訄书·官统中》曾说："屈原称其君曰灵修，此非诡辞也。古铜器以灵终为令终，而《楚辞》传自淮南，以父讳，更长曰修，其本令长也。"以"令长"释"灵修"，是一大发明，而这一结论的根据之一，是"《楚辞》传自淮南"，故讳

"长"曰"修"。先生自注又云:"《楚辞》传本非一,然淮南王安为《离骚传》,则知定本出于淮南。"这就不仅为"灵修"一词提出了崭新的定义,同时也为《楚辞》纂辑于刘安增加了有力的证据。

最后是《楚辞》名称始于何时的问题。清戴震《屈原赋注》序云"汉初传其书,不名楚辞",而游国恩同志的《楚辞论文集》则云:"屈原的作品,本是名为楚辞,并未自命为赋。"二说恰恰相反。但是,以理揣之,如果一个集子只包括一个人的作品,则应标以作者个人的名字。如《汉书·艺文志》称《屈原赋》二十五篇,《宋玉赋》十六篇是也。如果某种特殊文学样式起源于一个地域并形成了流派,则应冠以地名为合理。如《汉书·地理志》于列举屈原、宋玉、唐勒、枚乘、严夫子诸作家之后说"故世传楚辞",是也。根据前段的考证,则西汉武帝时,刘安已将屈原的作品跟宋玉的《九辩》及自己的《招隐士》辑在一起,加以传播,则《楚辞》一名,这时当已通行,尤其是通行于淮南封域及其附近地区。证之史实,也确是如此。如《史记·酷吏列传》说:"朱买臣,会稽人也,读《春秋》。庄助使人言买臣,买臣以《楚辞》与助俱幸。"《汉书·朱买臣传》则说:"会邑子严助贵幸,荐买臣。召见。说《春秋》,言《楚词》,帝甚说之。"又《汉书·王褒传》说:"宣帝时,修武帝故事,讲论六艺群书,博尽奇异之好。征能为《楚辞》。九江被公召见诵读。"有人认为这些地方所提到的"楚辞"都是指文体,而不是指书名。但是,这里把《楚辞》跟《春秋》并举,并且把它包括在"六艺群书"之内,则显系指书名,而不是指文体。至于所谓"言"和"诵读",也绝不是指对某种文体的创作,而是指对《楚辞》的讲解与传诵。据此可以证明《楚辞》的传播,在西汉武帝时已极盛;《楚辞》的名称,在西汉的前期已经确定。《四库全书提要》所谓"裒屈、宋诸赋，定名《楚辞》自刘向始也"，是错误的结论。但是，这个错误的结论，至今仍为学术界所袭用。有人且谓《汉书·朱买臣传》与《王褒传》中所称的《楚辞》，乃"因为《汉书》是班固所著，班固是刘向以后的人，不过借用了刘向所创造的'楚辞'这个名词罢了"，而不知《汉书·朱买臣传》之称《楚辞》，乃上承《史记·酷吏列传》而来，并非因袭刘向。由此观之，《楚辞》之名不仅不是起于元、成之际，而且远在武帝时期刘安纂辑屈赋之时已经盛行。而这时《楚辞》的内容，就是包括上表所列的第一、二组的全部作品。所以《楚辞》的纂辑不始于刘向，《楚辞》的命名也绝不是始于刘向。

再谈第三组作品。

第三组作品的增辑时间，当西汉元、成之世，其增辑者即为刘向。

这一组的增辑体例与前两组不同。前两组的纂辑对象，主要是屈原的作品，只是纂辑者本人各附己作一篇。但经过宋玉与淮南王的两次纂辑，先秦到汉初被认为是屈原的作品，已全部收入。所以刘向这次的增辑，只收了当时被认为是宋玉的作品《招魂》一篇以及汉人的作品两篇，最后附刘向自己的《九叹》一篇。而且前两组所附录的屈赋以外的作品各一篇，只是继承骚体形式的作品，不一定在内容上跟屈原有什么密切关系。而刘向这次则是择要选录了跟伤悼屈原有关的作品，由《招魂》到《九叹》四篇。所以，即以宋玉的作品而言，《汉书·艺文志》虽著录十六篇之多，也并没有全部入选。《招魂》一篇的作者及被招的对象，至今虽无定论，但在汉人看来却是宋玉悯屈之作。王逸的意见在当时是有代表性的。

其次，王褒的《九怀》和东方朔的《七谏》两篇，都是西汉中期前后辞赋家的作品，而且都被认为跟悼屈原有关，故继《招魂》之后连类收入。但是，东方朔的《七谏》，由于不见于《汉书·东方朔传》，曾引起人们的怀疑。按《汉书·东方朔传》有这样一段话："朔之文辞，此二篇最善（按：指上文所录的《答客难》《非有先生论》）。余有《封泰山》《责和氏璧》，及《皇太子生》……《八言七言上下》《从公孙弘借车》。凡刘向所录朔书具是矣。世所传他事，皆非也。"据此，则刘向《别录》并没有东方朔《七谏》，为什么刘向纂辑《楚辞》反而会收入《七谏》一篇？这个问题，前人也探索过。如王先谦《汉书补注》引沈钦韩曰："《楚辞章句》有东方朔《七谏》，疑即'八言七言'。不然，不应遗于刘向也。"但是，沈氏以"八言七言"为《七谏》，跟《七谏》的句式不完全相合。所以只能从《七谏》的内容进行解释。考《七谏》里有这样的话："悲楚人之和氏兮，献宝玉以为石，遇厉武之不察兮，羌两足以毕斫，小人之居势兮，视忠正之何若。"下文又云"和抱璞而泣血兮，安得良工而剖之"等等。从悼念屈原"怀瑾握瑜"而不见用来看，这几句反复强调的话，的确可以概括《七谏》全篇的中心主题。因此，《汉书》所举的《责和氏璧》一篇，当即《七谏》的原名。因此，刘向所录的《责和氏璧》跟《楚辞》所收入的《七谏》，事实上应当是一篇东西，名异而实同。班固在《两都赋》的叙里，曾以东方朔与司马相如、枚皋、王褒、刘向等并列为西汉的辞赋家，跟《东方朔传》的叙述也完全是一致的。所以刘向把东方朔的《七谏》收入《楚辞》，跟他的《别录》是没有矛盾的。

最后，经过刘向增辑的这个《楚辞》传本，共十三卷，直到后汉班固时期，其篇目并没有什么增减。洪兴祖《楚辞补注》目录附考云:"鲍钦止云:'……班孟坚二序,旧在《天问》《九叹》之后。'今附于第一通之末云。"按洪氏《补注》,曾参校了很多唐、宋旧本。这里所征引的班序篇次,当是古本的形式。班固曾著过《离骚章句》,今佚,只剩下这两篇序文。但这两篇序文为什么古本会附在《天问》《九叹》之后呢?其附在《天问》之后,至今令人无法理解。① 而附在《九叹》之后,那完全是可以理解的。这是因为古人的书序皆附在全书之末。以此推之,则班固当时所见的《楚辞》,当即刘向的增辑本,其最后一篇,就是刘向的《九叹》,共十三卷。所以旧本《楚辞》才残留下班序竟在《九叹》之后的这样一个痕迹。自从后人把班氏的序文移在《离骚》之后,刘向增辑本的《楚辞》原形,就更不容易看到了。

从以上的考证中可以看出,自汉代王逸以来都认为十六卷本《楚辞》乃刘向所辑,而这是不可信的。实则刘向只是在第一、二组作品的基础上增加了四篇作品而已。

再谈第四组作品。

这一组作品的增辑,既不出于一人之手,也不在同一个时期,而是在较长的时期里由不同的人一篇一篇地增辑起来的。增辑者已不可考,增辑的时期当在班固以后,王逸以前。

正由于上述的原因,所以这一组有三个特点。第一,不仅作者的时代顺序不合,而且是逆溯而上,由近及远,由汉代以至战国。这显然是本组的第一个增辑者上承第三组加上了一篇认为是悼屈的作品《哀时命》,接着又有人增加了一篇认为是悼屈的作品《惜誓》,最后又有人把后来发现而被认为是屈原作品的《大招》收了进去。这三篇作品,由于增补者各不相谋,后来增补的作品

---

① 《四库全书提要》引鲍钦止语,并没有《天问》二字,可能古本无此二字。

只能附在原来的作品之后。因此，这一组作品的篇次，乃是增补时代的顺序，而不是作者时代的顺序。第二，这一组所收的作品，作者多不明确。如王逸《惜誓》序云："《惜誓》者，不知谁所作也。或曰：贾谊。疑不能明也。"《大招》序云："《大招》者，屈原之所作也。或曰：景差。疑不能明也。"这种存疑的篇目，在王逸《章句》中只有这两篇，尤其是关于《大招》的作者，后世的争论很多。近来一般的结论，以为它不仅不是屈原的作品，也不是景差的作品，乃是汉人模拟《招魂》之作。其论据不复述。这里只根据其收入《楚辞》的年代最晚这一点来看，似乎不会是屈原的作品。因为战国时代的作品，在一般情况下，不会沉没了这样久的时间到了东汉末年才突然出现。第三，前三组作品，最后都附有纂辑者的作品一篇，而这一组并没有。因为这些增补者，各自加入一篇，并没有以纂辑者自居，所以也就没有援引旧例，加入己作。总之，这一组的纂辑情况是相当复杂的。

其情况的复杂性，还表现在增补的篇数，直至王逸以后，仍有所增加。据宋黄伯思《校定楚辞》序云："按此书旧十有六篇，并王逸《九思》为十七。而伯思所见旧本，乃有扬雄《反骚》一篇，在《九叹》之后。此文亦见雄本传，与《九思》共十有八篇。"（《宋文鉴》卷九十二）这就不难想象到，在刘向之后王逸之前，这第四组的增补情况，正是这样逐渐进行的。这一组跟上述的三组合为一集，就是王逸作《楚辞章句》时所根据的十六卷本。

最后谈第五组作品。

这一组只有王逸的《九思》一卷。它跟以前的十六卷合并，就是后世流传的王逸《楚辞章句》十七卷。把《九思》附入《楚辞章句》的，乃王逸自己，其序及注文，乃后人所为。

按《后汉书·王逸传》云，逸"著楚辞章句行于世"，没有注明卷数。而王逸《楚辞章句》自序云："今臣复以所识所知，稽之旧章，合之经传，作十六卷章句。虽未能究其微妙，然大指之趣，略可见矣。"是逸所为《章句》，只有十六卷，并不包括《九思》在内。但《隋书·经籍志》却说，王逸的《章句》，除屈、宋、汉人作品外，"逸又自为一篇，并叙而注之。今行于世"。是王逸的《章句》又包括《九思》在内，共十七卷。考之唐、宋著录，则有时称为十六卷，有时称为十七卷。如《旧唐书·经籍志》《新唐书·艺文志》皆称"《楚辞》十六卷"，而《宋史·艺文志》则称"《楚辞》十七卷，后汉王逸章句"，《通志·艺文略》亦称"《楚辞》，十七卷，后汉校书郎王逸注"。是隋、唐以降，有的本子有《九思》一卷，有的则没有《九思》一卷，二本并行于世。姚振宗《隋书经籍志考证》云："王逸自序称臣，则当时尝进于朝。其十六卷本自序言之甚明，是为经进本；其十七卷者，盖私家别行本也。"按姚氏的说法似为合理。今世传本如《楚辞补注》，前十六卷，每卷皆题"校书郎臣王逸上"，而《九思》一卷则题为"汉侍中南郡王逸叔师作"。这个题名的款式，犹保存了《楚辞章句》的原始面貌。它说明了前十六卷，是献进本，附有《九思》的十七卷本，则是私家别行本。至宋代以来，则只有十七卷本行世，十六卷本不传。过去，关于《九思》一篇是王逸自附于十六卷之后，还是后人加进去的，意见极不一致。今以第一组附有《九辩》、第二组附有《招隐士》、第三组附有《九叹》例之，则王逸的私家别行本自附《九思》，也是继承了旧的传统，并不是他个人的独创。并且注骚者亦以己作附后，如宋代以来，黄伯思自附《洛阳九咏》、陆时雍自附《短招》、王夫之自附《九招》等，则已成为注骚者的惯例。

这里需要附带说明的是,《九思》一篇的序文和注解,究竟是王逸所自为或他人所为?根据《隋书·经籍志》所说"逸又自为一篇,并叙而注之",则似乎序文和注解都是王逸所自为。但细绎序文语气,此说恐不可靠。序文有云:"《九思》者,王逸之所作也。逸南阳人。博雅多览……窃慕向褒之风,作颂一篇,号曰《九思》,以裨其辞,未有解说,故聊叙训谊焉。"首先,"博雅多览"等语,不似自序语气,而且又明言"未有解说,故聊叙训谊",这显然是说王逸并未自作注解,而作叙者为之作"训谊"。洪兴祖《楚辞补注》云:"逸不应自为注解,恐其子延寿之徒为之尔。"虽是否延寿所作并无确证,但十七卷既为其私家别行本,则其子孙后代叙而注之,传布于世,那是很可能的。顾炎武《日知录》二十七卷云:"《九思》:'思丁文兮圣明哲,哀平差兮迷谬愚;吕傅举兮殷周兴,忌嚣专兮郢吴虚。'此援古贤不肖君臣各二,丁谓商宗武丁,举傅说者也。注以丁为当,非。"曲园先生《俞楼杂纂》据此谓:"丁者武丁也,文者文王也……文义甚明,而注者乃不知丁为武丁,以当释之。使逸自作自注,何至有此谬乎。"我们认为顾、俞的说法是对的。而且注释《九思》的是后来的人,而不是王逸自己,我们从注例上也可以看出,王逸注《楚辞》,释于前者略于后,已成通例。但如吕望、傅说的事迹,在《离骚》《天问》里王氏已作注解,故在《惜往日》里王注云:"见《骚经》《天问》。"因此《九思》里出现的"吕傅",按例不应重作注解,而且既注"吕傅"于上文,又注"傅说"于下文,一篇之中重复出现。又如"芷"字屡见于屈赋,王注已解于《离骚》,而《九思》又注"芷"为"香草"。如系王逸自注《九思》,不应如此自乱其例。可证不仅《九思》的序文不出于王逸,注文也系后人所作。《隋志》之误,显而易见。

总之，王逸取第一、二、三、四组合集的《楚辞》十六卷本为之注解，并附以自作的《九思》一卷，即今世流传的《楚辞章句》十七卷。

结　语

通过以上的考证，可以看出《楚辞释文》中所保留下来的篇目次第，就是汉代古本《楚辞》的本来面貌，从这里，完全反映出了《楚辞》一书的纂辑过程和纂辑者的主名。它证明了《楚辞》一书是由战国到东汉这一漫长的历史时期中经过很多人的陆续编纂辑补而成的。至于刘向则不过是纂辑者之一，而且不是重要的纂辑者，他只是增补了四篇作品。对屈原作品搜集最多的是淮南王或其宾客，经过这次纂辑，已奠定了《楚辞》一书的基础，此后不过是零星增补而已。这个结论不仅纠正了《楚辞》成书于元、成之世的片面看法，而且纠正了《楚辞》是刘向一人所集的错误传说，并且对确定某些篇章的作者也提供了新的论据。

王逸的《楚辞章句》十七卷，经过上述的五个纂辑阶段，已成为汉魏以来直到今天的定本。但其间由魏晋到隋唐，是《楚辞》研究的遇冷时期，也是《楚辞》篇目篇次比较稳定的时期。至于宋代以来，则《楚辞》的注释研究者辈出，而《楚辞》版本的变化也就特别剧烈，其间的改编、增补，始终没有停止过。举其大者言之，自陈说之"考其人之先后重定其篇"以后（见朱熹《楚辞辩证》），如晁补之的《重编楚辞》、朱熹的《楚辞集注》、陆时雍的《楚辞疏》、王夫之的《楚辞通释》、林云铭的《楚辞灯》等，其篇目的增添、篇次的更定，纷纭淆乱，不可究诘。当然像陈说之那样依作者时代顺序改定《楚辞章句》篇次，是完全合理的，他的整理古籍之功，是不可磨灭的。但是另一方面，由于王勉《楚辞释文》和洪兴祖《楚辞补注》等保存了古本的篇次，使我们今天犹能追本溯源，探索《楚辞》成书的原委和战国两汉之际对屈原作品搜辑传播的情况，也不能不说是具有历史意义的。特揭而出之，以就正于高明。

（写于1962年6月）

释"温蠖"

司马迁的《史记·屈原列传》，曾引录了屈赋的《怀沙》《渔父》两篇。把这两篇跟传世的王逸《楚辞章句》本相比较，其中异文异句极多。这些异文异句，有的虽然可用音近而转或形近而误来解释，但不少的字句，显系来自两个不同体系的传本，而不是后世辗转传写所致。例如《楚辞章句》的《渔父》中"安能以皓皓之白而蒙世俗之尘埃乎"，《史记·屈原列传》作"又安能以皓皓之白而蒙世俗之温蠖乎"。很显然，"尘埃"之作"温蠖"，绝不是由于音近或形似所造成的。虽然史迁引用古籍，有用浅近语言译述深奥文字之例，但"尘埃"之作"温蠖"，则正好相反，绝不能认为这是史迁对屈赋的译述。因此，这里只能归之于传本来源的不同。据我所知，千百年来的屈赋研究者，对"温蠖"一语，始终未得到确切的解释，甚至斥为讹误而置之不理。本文即准备对"温蠖"的来历及其含义做些探索，并借此谈谈先秦汉初之际屈赋传本中的两个不同的体系。

《渔父》传本的异文及"温蠖"的来历、含义

在这里,先把先秦及汉初典籍引用过与《渔父》"温蠖"一词有关的文字摘录如下,跟世传《楚辞章句》本做一番对比:

(1)《荀子·不苟》:

> 故新浴者振其衣,新沐者弹其冠,人之情也。其谁能以己之潐潐受人之掝掝者哉。

(2)《韩诗外传》卷一:

> 故新沐者必弹冠,新浴者必振衣。莫能以己之皭皭容人之混污然。

(3)《史记·屈原列传》:

> 吾闻之,新沐者必弹冠,新浴者必振衣;人又谁能以身之察察受物之汶汶者乎!宁赴常流而葬乎江鱼腹中耳,又安能以皓皓之白而蒙世俗之温蠖乎!

(4)《楚辞章句·渔父》:

> 吾闻之,新沐者必弹冠,新浴者必振衣;安能以身之察察受物之汶汶者乎!宁赴湘流葬于江鱼之腹中,安

能以皓皓之白而蒙世俗之尘埃乎！

上述《荀子》及《韩诗外传》引用《渔父》的那段话，寻其文义，都是仅凭记忆而采用了一些句子，并不是按照原文的顺序而抄下的完整段落。例如《荀子》作"新浴者振其衣，新沐者弹其冠"，跟《韩诗外传》先沐后浴的顺序就不相同。其次，将它们跟《史记》《楚辞》相比勘，除了从主要语词的音理通转等原则进行分析外，还必须考虑到传本体系的不同。否则必然龃龉难通，不得要领。

首先，《荀子》"其谁能以己之漶漶"的"漶漶"，跟《韩诗外传》"莫能以己之皭皭"的"皭皭"，都是《史记》及王逸《楚辞章句》"安能以皓皓之白"的"皓皓"之异文。"漶"乃"皭"的同音借字，两字古音在宵部及其入声，故相通转。《说文·口部》噍字从口焦声，又作嚼，从口爵声。《礼记·少仪》"数噍"，《释文》："噍本作嚼。"皆焦、爵二音互转之证。《史记·屈原列传》"皭然泥而不滓"句下，《正义》云："皭然，上自若反，又子笑反。"①所谓"子笑反"，即今"漶"字之音切；所谓"自若反"，即今"皭"字之音切。"漶""皭"，一音之转，其迹确然可见。②但是，《史记》及《楚辞章句》又作"皓皓"，而洪兴祖《考异》又云："皓一作皎。"是古本《楚辞》除作"漶"作"皭"外，又有作"皓"、作"皎"者。《广雅·释训》云："皭皭，白也。""皭"与"皎"同。因为"皭"与"皎"古音亦在宵部及其入声，故通用，"皎"又作"皓"，则又由宵部转幽部入声，正如

---

① 据日本泷川龟太郎《史记会注考证》本，今中国通行本《史记》无此条。
② 洪兴祖《渔父》之补注引《荀子》又作"僬僬"，则又"漶漶"之异文。

《韩诗外传》卷五"较猎"一本作"告猎"。古"皭皭"的通训为"白貌",而"皎皎""皓皓"的通训亦为"白貌",音略转而义相同。正由于古"潐"与"皭"同音,而"皭""皎""皓"又以音近而通用无别,才造成了《渔父》传本同一句话的许多异文。

其次,《荀子》"受人之掝掝者哉"的"掝掝",乃《史记》及《楚辞章句》"受物之汶汶者乎"的"汶汶"之异文。杨倞《荀子》注云:"掝当为惑。掝掝,惛也。《楚词》曰:'安能以身之察察受物之惛惛者乎。'"可见,今本《楚辞》作"汶汶",而杨氏所见唐本《楚辞》则作"惛惛"。"汶汶"实系"惛惛"的同音假借字。《说文·心部》云:"惛,不憭也。"正与上文"察察"相反为义。至于荀卿所据屈赋"汶汶"作"掝掝"者,杨注以为"掝"即"惑"的同音假借字,这意见是对的。但荀卿所见屈赋借"惑"为"惛",乃由义近而引申,在声音上没有通转关系。因为"掝""惑"皆在古音喉纽之部,而"汶""惛"则皆在古音唇纽谆部,"掝""惑"之与"汶""惛",古音并不相近。

最后,谈谈"温蠖"。《楚辞章句》"而蒙世俗之尘埃乎",《史记》作"而蒙世俗之温蠖乎",而《韩诗外传》则作"容人之混污然"。这里"尘埃"之作"混污",显系意义相近的异文,并非声音上的通转,而"混污"之作"温蠖",则完全是同音假借,跟意义并无关系。亦即"温"乃"混"之同音借字,"蠖"乃"污"之同音借字。"温"与"混"古音皆属喉纽谆部,"蠖"与"污"古音属喉纽鱼部及其入声。《广雅·释诂》三云:"缊,乱也。"又云:"焜,乱也。"是为"昆""昷"二音相通之证。又史载商汤祷雨于桑林,作乐名"大濩",而《春秋》经凡祷雨之祭皆作"大雩",是为"亏""蒦"二音相通之证。而《广雅·释诂》三云:"濩,污也。"尤为"蠖""污"可相通假之确例。因此,《史记》之"温蠖",实即《韩诗外传》之"混污"。"混污"为本字,而"温蠖"则为同音借字。但值得注意的是,清代学者张文虎《校刊史记集解索隐正义札记》云:"温蠖,索隐本误倒。"按张氏所谓"索隐本",系指来源于北宋秘省本的毛刊单行本《索隐》。其中多存《史记》唐以前古本原貌。"温蠖"之作"蠖温",即其一例。张氏说它"误倒",乃习非成是之见,不足为据。《韩诗外传》的"混污"亦当据此改为"污混",这从《渔父》的韵律来看,是很显然的。说详下。

从上述的辨析中可以看出,荀卿在引用《渔父》时,并未按原文的顺序。虽然合乎原文反正面互相对应的意义,但原文是"察察"与"汶汶"相对应,而荀卿引文则是"潐潐"(相当于"皓皓")跟"掝掝"(相当于"汶汶")相对应。又韩婴在引用《渔父》时,也不是照录原文。虽然以"皭皭"(相当于"皓皓")跟"混污"(相当于"温蠖")相对应,与原文是一致的,但对"安能以身之察察受物之汶汶者乎"句则略而未引。这种顺序上的改变跟字句上的省略,无疑都是古人引书多凭记忆所致。但是,前人却往往不明此例,而强以引文跟《楚辞章句》及《史记》相比勘,以致发生不必要的误解。例如唐杨倞注《荀子》,误以为"其谁能以己之潐潐受人之掝掝者哉"即《史记》"人又谁能以身之察察受物之汶汶者乎"或《楚辞》"安能以身之察察受物之汶汶者乎"的异文。故虽解"掝掝"为"惑惑",跟"汶汶"的含义相吻合,但同时却又误以为"潐潐"即"察察",以致依违其词,进退失据。一方面说"潐潐,明察之貌",显然以为"潐潐"即"察察"之异文,一方面又说"潐,尽。谓穷尽明于事。《易》曰:穷理尽性",又显系依《说文》"潐,尽也"以为训。其实,以"潐"为"察",固非;训"潐"为"尽",离题更远。因为

"潐潐""皭皭",亦即下文"皓皓"或"皎皎"的异文,当然跟"潐"字的本义毫无关系。

根据上述异文并以屈赋用韵的规律加以推断,可以设想出荀卿和韩婴所见《渔父》原文当如下。①

荀卿所见:

故新浴者振其衣,新沐者弹其冠;
[安能以身之察察]受人之掝掝(之部)者哉!
[宁赴湘流葬于江鱼之腹中,]
其谁能以己之潐潐[而蒙世俗之尘埃(之部)乎]!

韩婴所见:

故新沐者必弹冠,新浴者必振衣;
[安能以身之察察受物之汶汶(谆部)者乎!]
[宁赴湘流葬于江鱼之腹中,]
莫能以己之皭皭容人之污混(谆部)然!

在这里要附带谈个问题。《荀子·不苟》"新浴者振其衣,新沐者弹其冠"那段话,老早就引起过学术界的注意。例如宋代王应麟的《困学纪闻》曾说:"荀卿适楚在屈原后,岂用《楚辞》语欤?抑二子皆述古语也?"王氏的意思是说:"新浴者"那段话,究竟是荀卿引用了屈原的话,还是屈原跟荀卿都在引用古代谚语?这是不易确定的。至于当代的屈赋研究者,则多数认为《渔父》

---

① 其中省文依今本《楚辞》补出,并加方括号。

跟《不苟》的那两句话，都是各自引用了古谚语，不一定是《不苟》引自《渔父》。当然，这样一来，《渔父》是荀卿前辈的屈原所作这一结论，就失掉了一条有力的证据。不过我们如果根据古代谚语的标准形式来衡量，则《渔父》里只有"新沐者必弹冠，新浴者必振衣"这两句话是古谚语，此下直到"尘埃乎"这一段话，全是《渔父》作者自己对古谚语的发挥。这同《孟子》里引用《沧浪歌》的情况一样，歌词之后"清斯濯缨，浊斯濯足矣，自取之也"等一大段话，就是引用者对歌词的发挥，而不是歌词本身。值得注意的是，根据我们上文对《荀子·不苟》中"新浴者"一段话的分析考证来看，荀卿不仅仅是引用了那两句古谚语，而且连古谚语之后《渔父》作者的发挥之语也同时引用了。据此可以证明，并不是《不苟》跟《渔父》同时在引用古谚语，而是荀卿袭用了《渔父》的那段话。因为《渔父》的那段话，是体系完整的韵语结构，而荀卿的《不苟》则是对《渔父》那段话的概括、摄取和压缩。通过前面对荀卿所见《渔父》原文的复原，其痕迹宛然可见。《渔父》既然存在于荀卿之前，为荀卿所引用，那它应当就是荀卿的前辈屈原的作品。其他方面的论证，我很同意陈子展同志《论〈卜居〉〈渔父〉为屈原所作》一文（载《中华文史论丛》第7辑）的结论，兹不赘述。

从"尘埃"与"污混"看两个
不同体系的传本及其是非

本来，关于《渔父》这一段话的用韵问题，古往今来的《楚辞》研究者和古音学家，聚讼纷纭，莫衷一是。有的人抛开"汶汶""尘埃"等语，而以句尾的两个"乎"字相叶，有的人认为本段不必有韵，无须强求，有的甚至索性把"宁赴……尘埃"一节作为衍文删去。总之，问题是很复杂的。现在从上节所推断出的两段异文来看，其不仅跟世传《楚辞章句》本不同，而且《荀子》跟《韩诗外传》之间也有很大的不同。这主要表现在《荀子》所据本，末句作"尘埃"，跟上文的"掝掝"为韵，古音皆在之部；《韩诗外传》所据本，末句作"污泥"（即"蠖温"），跟上文"汶汶"为韵，古音皆在谆部。这两家所引用的，不仅一般词语不同，而且韵律也各异，显然是出于不同体系的两个传本。

那么，上述两个传本为什么会出现词语和韵律的差异？究竟哪个传本更为接近屈赋的本来面貌呢？

要解决上述问题，必须首先从"安能以身之察察受物之汶汶者乎"这句话着手。因为从《渔父》全篇来看，渔父显然是以道家"与世推移"的观点来讽喻屈原的。屈原生于道家学说盛行的楚国，对道家观点当然是习闻常见的。所以，他在回答渔父时所说的"安能以身之察察受物之汶汶者乎"，即系袭用道家《老子》的原话，反其意而用之以驳道家的观点。在《老子》古本里有这样一段话："俗人皆昭昭，我独若昏；俗人皆察察，我独闷闷。"张文虎《校刊史记集解索隐正义札记》载"单行本《索隐》"有《渔父》"汶汶音闷闷"（日本泷川龟太郎《史记会注考证》本同）。可证唐司马贞正是把《渔父》的"汶汶"读如《老子》的"闷闷"。"汶""闷"古音都是明纽谆部字，故相通假。可证《渔父》"察察"与"汶汶"（闷闷）对举，即袭用《老子》"俗人皆察察，我独闷闷"一语。其他如《老子》"其政闷闷，其民淳淳；其政察察，其民缺缺"，也以"察察"与"闷闷"（汶汶）对举。故《渔父》的这段话，乃针对《老子》的观点而发，可以说是无疑义的。

上举《老子》这段话中的"闷闷"二字，自秦汉以来的异文是极多的，但都没有超出明纽谆部字。如今本"俗人皆察察，我独闷闷"这句话，马王堆出土甲本《老子》作"鬻人蔡蔡，我独閲閲呵"。当然"鬻"即"俗"的同音借字，"蔡"即"察"的同音借字，至于跟"察察"对举的"閲閲"，当即今本"闷闷"的异文。"閲"字从"心"，"问"声，或即"悶"字。今河上公本，王弼本《老子》皆作"悶"，可证。则"閲"亦明纽谆部字。又马王堆出土乙本《老子》这句话作"鬻人察察，我独闽闽呵"，跟"察察"对举的"闽闽"，亦系今本"闷闷"的异文。"闽"字从"虫"，"门"声，亦明纽谆部字。不难看出，《老子》书中跟"察察"对举的"闷闷""闽闽""悶悶""閲閲"等，都是一字之异文。在这些异文中，不仅"闷""闽"是同音借字，并非本字，即"悶"（閲）亦非本字。因为《说文》云"悶，懑也""懑，烦也"，故从本义来讲，"悶悶"跟上文"察察"义不相应。在这个问题上，上节述及唐杨倞《荀子注》引《渔父》"汶汶"作"惛惛"。"惛"当即《老子》书"閲""闽""闷""悶"之本字。《说文》云："惛，不憭也，从心昏声。"《广韵·恩》："惛，迷忘也。""不憭"与"察审"正相反为义。古从门从昏为音符的字多相通借，《说文》闻字从耳门声，古文作"睧"，从耳昏声，即其例证。上述《老子》书的"惛惛"，虽借字异文极多，而声音上有共同点，皆属古音明纽谆部。

因此，从上文的考察中可以看出，上文所述"惛惛"，无论借用什么字形，都跟上文谆部字是叶韵的，这是《老子》全书行文用韵的规律，从秦汉写本到今日通行本，没有例外。那么，《楚辞章句·渔父》"安能以身之察察受物之汶汶者乎"这句反驳道家的话，既是针对《老子》的原话而立言，则其中跟"察察"对举成文的"汶汶"，亦即"惛惛"的同音借字，这一点是无疑的，其古音同今本《老子》"闵闵"及马王堆本《老子》"闷闷""闽闽"一样,也是谆部。我们如果以古韵谆部为出发点,作为考虑《渔父》下文叶韵的根据,则较为原始的《渔父》古本,其形式只有两种可能性,即其中一本下文的"温蠖"(混污),当如《史记索隐》单行本作"蠖温"(污混),跟上文"汶汶"叶韵,其形式当如下:

> 新沐者必弹冠,新浴者必振衣,
> 安能以身之察察受物之汶汶(谆部)者乎!
> 宁赴湘流葬于江鱼之腹中,
> 安能以己之皬皬而蒙世之污混(谆部)乎!

另一本下文的"尘埃",亦当为"埃尘"之倒误,也跟上文"汶汶"叶韵。其形式当如下:

> 新沐者必弹冠,新浴者必振衣;
> 安能以身之察察受物之汶汶(谆部)者乎!
> 宁赴湘流葬于江鱼之腹中,
> 安能以己之滩滩而蒙世之埃尘(真部)乎!

那么,从秦汉以来《渔父》的这段话,为什么会出现种种不同形式的差异呢?

首先,从上述《荀子·不苟》所据的传本来看,"受物之汶汶者乎"作"受人之掝掝者哉"。这"掝掝"显然是跟下文"而蒙世之尘埃乎"的"埃"字叶韵,二字古音在之部及其入声。但是,这个本子无疑是有问题的。这主要是因为《老子》的原话是以

"闵闵"同上文"察察"相对成文,又跟上句"昏昏"相叶成韵。《老子》传本虽多,却没有超出谆部以外的异文。屈原援用《老子》原文,虽借"汶汶"为"闵闵",也仍然是谆部字。因此,荀卿所见之本"汶汶"作"掝掝",既不会是《老子》有此别本,也不可能是《渔父》的本来面目。估计这个传本的原文当作"而蒙世之埃尘乎",以"尘"字跟上文"汶汶"为韵,乃谆、真二部通叶之例。① 后来因"埃尘"传写误倒为"尘埃",遂使这段话由有韵变为无韵。读者不得其故,乃臆改"汶汶"为"掝掝",以求跟下文"尘埃"叶韵。人们之所以改"汶"为"掝",除了要求跟下文"埃"字叶韵外,还要求跟上文"察察"相反为义。因"掝"即"惑"之同音借字,古"惑"字通训为"迷"为"疑",跟"察察"之训"审"恰相对应。这就是荀卿所见传本之由来。但这既不合于《老子》原文的韵律,也失掉了《渔父》的本来面貌。

其次,再来看《韩诗外传》所据的传本。这个本子的主要特点是末句的"埃尘"作"污混",《史记》用同音借字则作"蠖温",跟上文的"汶汶"为韵,已详前节。估计后世《史记》《韩诗外传》之误倒为"温蠖"或"混污",当在上句"安能以己之皓皓"传写演变为"安能以皓皓之白"以后才出现的。考这句话,荀卿所引为"谁能以己之潐潐",韩婴所引为"莫能以己之皭皭",都没有"之白"二字。这应当是古本句式的原形。因上文以"身之察察"与"物之汶汶"为对应句,下文亦当以"己之皓皓"与"世之污混"为对应句。当此句孳演出"之白"二字以后,浅人不察,遂转"蠖温"为"温蠖",以求跟上句"之白"为韵(古音

---

① 屈赋多如此,如《天问》以"分"叶"陈",《远游》以"闻"叶"邻",《大司命》以"云""门"叶"尘"。

"白""蠖"皆为鱼部入声），而不知这样一来，就完全跟上文"汶汶"失去了叶韵关系，更不知上文"汶汶"既无与"察察"相叶之例，则此处"蠖温"也不会有跟"之白"相叶之理。因此，"蠖温"之误倒为"温蠖"，显然是在上句误衍出"之白"二字以后。如果说"埃尘"误倒为"尘埃"，时间早在先秦，而"蠖温"误倒为"温蠖"或"污混"误倒为"混污"，时间就晚得多了。因为直到唐代司马贞撰写《史记索隐》时，还有未被误倒的本子传世。

先秦汉初流传着两种较为原始的《渔父》古本，已如上述。两种本子末句或作"埃尘"或作"污混"，虽然不同，而跟上文的"汶汶"叶韵这一点却是一致的。后来王逸《楚辞章句》本跟荀卿所据的"尘埃"本出于一个系统，只是上文"汶汶"还未被改为"掝掝"；《史记·屈原列传》所采录，跟《韩诗外传》所据的"污混"本出于一个系统，只是以"蠖温"代替了"污混"。

我把《史记·屈原列传》所引录的《怀沙》《渔父》跟现行王逸《楚辞章句》本对勘，得出《怀沙》异文三十九处，《渔父》异文十一处。这些异文，很多都不能用形近而讹或同音假借来解释。例如《楚辞·渔父》"掘其泥"，《史记》作"随其流"，《楚辞·渔父》"深思高举"，《史记》作"怀瑾握瑜"，《楚辞·怀沙》"曾伤爱哀"四句在"何畏惧兮"下，而《史记》"曾唫恒悲"四句则在"道远忽兮"下，而且"乱曰"以下《楚辞》只是双句才有"兮"字，而《史记》则每句皆有"兮"字。所有这些差异，都跟《楚辞》作"埃尘"而《史记》作"蠖温"属于同一性质，即说明传本有着两个不同的系统。

那么，"埃尘"本与"污混"（蠖温）本相比，究竟哪个传本更为接近原始面貌呢？当然这是不容易判断的。但有一点可作为考虑问题的参考，即从《渔父》全篇来看，是渔父用道家的观点讽喻屈原，而屈原亦多援用道家的语言反其意而驳之。除前述《老子》的"俗人皆察察，我独闷闷"为屈原所援用外，《老子》还有"和其光，同其尘，是谓玄同"之语，则屈原所谓"安能以己之皭皭而蒙世之埃尘乎"，亦当为针对道家"同其尘"的观点所进行的反诘。而且作"埃尘"也跟上文"弹冠""振衣"呼应得更为紧密。因此，荀卿所见的传本，虽然由于"埃尘"误倒为"尘埃"而出现"汶汶"被改为"掝掝"的现象，但很可能尚未误倒以前的那个"埃尘"本是更为接近屈赋原始面貌的先秦传本，至于"污混"（蠜温）本则是汉兴以后的别行本。

最后还要附带说明一下：《韩诗外传》那段话的全文，从"传曰"到"其势然也"，都是采自《荀子·不苟》的，为什么紧接下来的《渔父》那段话，反而会跟《荀子》所引出于两个不同体系的传本呢？这主要是因为韩婴援引古籍，常常根据自己的需要加以改动。例如《韩诗外传》卷四采用《荀子·非十二子》的一大段文字，但却只保留了十子，而删去了子思、孟子。而且在这十子当中，又把它嚣、陈仲、史䲡，改为范雎、田文、庄周。可能韩婴在引用《荀子·不苟》时，觉得《渔父》的那段话，跟他所见到的汉初传本不同，于是根据他所见到的传本加以改动，这样就出现了上述的分歧。

结　语

先秦典籍，在先秦或汉初，多已广泛流传。但由于时间变迁、地域不同及师承各异，传本的文字也就不完全一致。荀卿所见

《渔父》跟韩婴、史迁所见传本不同，是极其自然的。

荀卿曾仕于楚，时间稍后于屈原。所以屈原所留下的诗篇及轶言轶行，荀卿应当有所接触。他所引用的《渔父》篇的那段话，很可能就得于当时开始流行于楚地的写本或口头传诵。降及汉兴，屈赋的流传更为广泛。淮南王刘安都寿春（为楚故都），他对屈赋的搜辑不遗余力，其所著《离骚传》中有"浮游尘埃之外""皭然泥而不滓"等句，显然是概括了《渔父》的文字与意境在内的。因此其所见传本当与荀卿所见"埃尘"本相一致。他所辑录的屈赋传本，为后来王逸的《楚辞章句》本打下了基础。可见荀卿、刘安、王逸他们的传本都是属于一个体系的。（别详拙著《〈楚辞〉成书之探索》）

另外，武帝之世"广开献书之路"，所得"书如山积"并有"太常、太史、博士之藏"（《文选》卷三十八李注引《七略》）。当时司马迁身为太史令，所能见到的屈赋传本应当是较多的。因此《屈原列传》中采入的《渔父》跟荀、刘、王等人的"埃尘"本不同，完全是可以理解的。至于撰写《韩诗外传》的韩婴，文、景、武帝之世为博士，所见传本得与史迁相同，也是极其自然的事。故史迁、韩婴所见之本（"蠵温"本或"污混"本）属于另外一个体系。但是这个体系的屈赋，除了《史记》录存的两篇及《韩诗外传》引用的一节外，已失传，这是很可惜的。

（写于1979年6月）

关于《九章》后四篇真伪的几个问题

关于屈原作品中某些篇章的真伪问题,学术界历来就有不同意见。争论的重点,尤其集中在《九章》的《怀沙》以下《思美人》《惜往日》《橘颂》《悲回风》四篇上。从总的倾向来看,正反两个方面的意见,是不相上下的。但是,主张这四篇是伪作的论著当中有两条历史资料,迄今还没有人能提出有力的否定意见。第一条,《汉书·扬雄传》说雄作《反离骚》《广骚》之后"又旁《惜诵》以下至《怀沙》一卷,名曰《畔牢愁》"。这是否可以证明西汉之末的屈赋传本还没有《怀沙》以下四篇?第二条,刘向的《九叹》说:"叹《离骚》以扬意兮,犹未殚于《九章》。"这是否可以说明《九章》是屈原没有完成的作品,《怀沙》以下四篇乃后人的伪作?以上两个问题,是关系到如何正确地评价屈原的重要问题,故就管见所及,提出如下看法。

扬雄所见"《惜诵》以下至《怀沙》一卷"的传本跟现行王逸《楚辞章句》本的演变关系

历来主张《思美人》《惜往日》《橘颂》《悲回风》四篇是后

人伪作的这一派,其最得力的证据就是《汉书·扬雄传》。例如清吴汝纶的《古文辞类纂点勘记》说:"《九章》自《怀沙》以下,不似屈子之辞。子云《畔牢愁》所仿,自《惜诵》至《怀沙》而止。盖《怀沙》乃投汨罗时绝笔,以后不复有作。"直到现代,学术界主张此说者尚多,而最突出的是刘永济同志。他在《屈赋通笺》中认为:"雄好拟古,而所拟独此前五篇,则所见屈赋无《思美人》以下可知。"因此,对《扬雄传》中所说的"《惜诵》以下至《怀沙》一卷"应该怎样理解,是十分重要的。

考《九章》虽非屈原一时一地的作品,但纂辑起来定名《九章》,看来是很早的。因为屈赋二十五篇之数,最晚在西汉景、武之际的刘安早已辑成定本(详见前文)。所以元、成之世的刘向,是见过《九章》的。他在《九叹》里曾以《九章》为屈原的作品而跟《离骚》并举,就是证明。而且刘向的《九叹》亦即模拟《九章》的章数而写下来的。后汉班固的《汉书·艺文志》,就是根据刘向父子的《别录》《七略》而著录《屈原赋二十五篇》的。可见,西汉时期《九章》的篇数确为九篇,是毫无问题的。扬雄稍后于刘向,不仅应当见过刘向早已见过的通行屈赋定本,而且他们也都浏览过国家秘阁藏书,在篇章多少问题上绝不会有悬殊。

在这个问题上,当然首先应当考察一下西汉人读过《怀沙》以下的四篇没有。对此游国恩同志曾举出西汉景、武间东方朔《七谏》与严忌《哀时命》中对《九章》的"模拟之迹"来证明《怀沙》以前的五篇和以后的四篇"悉为屈子之辞"(见《读骚论微初集》)。这个论证,我是完全同意的。不过我认为还应当上溯到宋玉,宋玉也见过今本《怀沙》以下的篇章,而且更应当注意,即使是"旁《惜诵》以下至《怀沙》一卷"而写下《畔牢愁》的扬雄,也读过今本《怀沙》以下的篇章。

先谈宋玉。以今本《怀沙》以前的《哀郢》为例，其中说："忠湛湛而愿进兮，妒被离而鄣之，尧舜之抗行兮，瞭杳杳而薄天，众谗人之嫉妒兮，被以不慈之伪名。"而宋玉的《九辩》里则有："窃不自聊而愿忠兮，或黙点而污之，尧舜之抗行兮，瞭冥冥而薄天，何险巇之嫉妒兮，被以不慈之伪名。"这显然是根据屈原的《哀郢》而来的。以今本《怀沙》以下的《思美人》为例，其中说："愿寄言于浮云兮，遇丰隆而不将，因归鸟而致辞兮，羌宿高而难当。"而宋玉的《九辩》里则有："愿寄言夫流星兮，羌倏忽而难当。"这又显然是根据屈原的《思美人》而加以概括的。从这些例子来看，它们不仅证明了《怀沙》以前的篇章先秦时早已存在，而且证明了《怀沙》以下的篇章宋玉早已见过，并且把它作为屈原的作品而进行了学习和模拟。如果仅仅根据《扬雄传》的一句话，而认为《怀沙》以下的四篇是扬雄以后的东西，不是屈原的作品，那是不能使人信服的。

再谈扬雄。扬雄的《畔牢愁》现虽失传，但根据他的《反离骚》来看，也足以证明他所依傍的"《惜诵》以下至《怀沙》一卷"的本子，其中已包括今本《怀沙》以下的四篇在内，它们已为扬雄所读过。因为《扬雄传》称《反离骚》"往往摭《离骚》文而反之"，其实亦往往摭《九章》文而反之。其中如"舒中情之烦惑兮，恐重华之不累与，陵阳侯之素波兮，岂吾累之独见许"，显然是依傍《思美人》中"申旦以舒中情兮"和《惜诵》中"申侘傺之烦惑兮"的词句反其意而用之，下句则显然是依傍《哀郢》中"凌阳侯之氾滥兮，忽翱翔之焉薄"和《悲回风》中"凌大波而流风兮，托彭咸之所居"的词句反其意而用之。而这其中的《思美人》和《悲回风》，则正是今本《九章》中《怀沙》以下的篇章。问题是当时的篇次不同于今本，遂引起后人的怀疑而已。

那么，当时《九章》的篇次为什么会是始《惜诵》终《怀沙》呢？这首先应当知道先秦古籍的篇次在汉代还是极不稳定的这一历史事实。因为《九章》并非屈原一时一地的作品，因而纂辑者只得根据自己的判断来编排各篇的次第。而较早的纂辑者大概认为这九篇当中的《怀沙》，应当是屈原的绝笔，故列在九篇之末。扬雄所见到的本子就是如此。这个本子的来源当较早。司马迁所见到的本子，看来也是这个形式。所以他在《屈原列传》中说："乃作怀沙之赋……于是怀石遂自投汨罗以死。"但是，从司马迁这段话来看，《怀沙》之名，只不过是前人根据屈原"怀石自沉"的历史传说而称之为"怀沙之赋"，并无其他根据。因为在《怀沙》里只说"知死不可让，愿勿爱兮，明告君子，吾将以为类兮"，这其中虽提到"死"，但既没有"自沉"的痕迹，更没有"怀石"的痕迹。这跟《九章》中其他八篇都是摘用诗篇中的词句命名，显然不同。因此，所谓"怀沙之赋"的命名，看来是在《九章》其他八篇还没有命名之前有人根据"怀石自沉"的历史传说而给予的名称。起自何时，不得而知。总之，《怀沙》一篇居于《九章》之末，是较早的原始篇次，这一点是肯定的。以上就是扬雄所见到的《九章》篇次始《惜诵》终《怀沙》的原因。绝不能因此而断定今本《怀沙》以下四篇扬雄没有见过，并进而认为它们是扬雄以后的伪作。

为什么今本《九章》又移置《悲回风》于末章呢？因为在《九章》中提到"死"的篇章很多。除首二篇《惜诵》《涉江》没有提到"死"以外，其他各篇则都从不同的角度流露出这种感情，而且实在无法证明哪一篇是临死前的绝笔。其感情较激切的，如《怀沙》末尾所说"知死不可让，愿勿爱兮；明告君子，吾将以为类兮"。所谓"将以为类"，只是说他最后将以死自处，并不是说马上要死。更激切的如《惜往日》的末尾所说"不毕辞而赴渊兮,惜壅君之不识"。对这两句话,王逸注云:"陈言未终,遂自投也。"显然未得其意。清人王闿运《楚辞释》的解释是:"言己不毕词,则君终见壅,申作九章之意。"姜亮夫同志《屈原赋校注》的解释是:"言若不尽其辞,而闵默赴渊以死,则小人壅君之明,至使君上亦不之识矣。"这些解释都比较恰切,就是说他不能不把话讲完就去死。这并不能说明这就是他的绝笔。但是,如果根据屈原是"怀石自投汨罗以死"的历史传说来衡量,则跟《悲回风》一篇倒是有一定的联系。《悲回风》篇末说:"望大河之洲渚兮,悲申徒之抗迹,骤谏君而不听兮,重任石之何益!"《九章》的《惜往日》中,虽也提到"赴渊"自沉,但自己究竟将怎样"赴渊",屈原却第一次在这里提出了"重任石"(王逸注云"一作任重石")的问题。这就跟屈原"怀石自沉"的历史传说发生了密切关系。所以后汉蔡邕《吊屈原文》说"顾抱石其何补",晋郭璞《江赋》也说"悲灵均之任石"。这显然都是根据《悲回风》中"重任石"一语而来的。蔡邕写有拟《九章》命名的《九惟》,郭璞撰有《楚辞注》,他们都对屈赋有研究,其解释"任石"为"抱石"是很精确的。因为《庄子·盗跖》有申徒狄"负石自投于河"的故事,《荀子·不苟》也有申徒狄"负石投河"的故事。所以屈原所说的"重任石",就是承上句"悲申徒之抗迹"而来的。如果说司马迁所谓的"怀沙之赋"其中并无"怀石""抱石""任石"的任何痕迹可作根据,那么《悲回风》里却明确地提出了"重任石"这个问题:"骤谏君而不听兮,重任石之何益。"意思是说既然谏君而不见采纳,效申徒狄的负石自沉,又有什么意义呢?盖为自沉之后的国家前途而悲伤。因此,人们就完全有理由根据屈原"怀石自沉"的历史传说,把《怀沙》和《悲回风》的位置调换过来,将《悲回风》置于《九章》之末,作为屈原的绝笔。这应当说是扬雄所看到的本子终于《怀沙》,而现在的本子终于《悲回风》的历史演变过程。

至于《九章》以《怀沙》为末章的这个本子什么时候被改为以《悲回风》为末章,现在还不得而知。但是,看来始《惜诵》终《怀沙》的这个本子的影响是很大的。后汉的王逸在这个本子的影响下,还对《悲回风》中的"重任石"做了歪曲的解释。他在《楚辞章句》中说:"任,负也。百二十斤为石。言己数谏君而不见听,虽欲自任以重石,终无益于万分也。"是王逸以"石为重量的名称"①,而把"重任石"解释为担负起重大的政治任务。这跟蔡邕和郭璞的解释,显然是不同的。所以唐李善注《江赋》"悲灵均之任石"时说:"怀沙即任石也。义与王逸不同。"看来王逸当时认为《怀沙》是屈原的绝笔,而《悲回风》的"任石"与"怀石自沉"无关,故曲为之解。可见,王逸所据的本子可能仍然跟司马迁以及扬雄所见到的本子是一样的,《怀沙》是最后一篇,而《悲回风》则在《怀沙》之前。但是,蔡邕和郭璞既然在解释"重任石"时已发现了它的本来意义,则这时也许已有了移置《悲回风》于《九章》之末的本子,与王逸本并行,所以才跟王逸的解释发生了分歧。也有可能蔡、郭有了新的解释以后,才有人根据他们的意见移置《悲回风》于《九章》之末,才出现了现在这个形式的本子。而且由此可见,王逸《楚辞章句》的原本,虽然《九章》的末篇也是《怀沙》,而《九章》的九篇之数是齐全的。从现行的王注《楚辞章句》本看来,这一点完全得到了证明。

从上述情况可以看出,《悲回风》原来的篇次应在《怀沙》以

---

① 即读"石"为"䄷",《说文》云:"䄷,百二十斤也。"

前。而它究竟在《怀沙》以前的哪里，还不容易确定。但是，如果根据《悲回风》末二句"心絓结而不解兮，思蹇产而不释"的错简问题，还是可以加以推断的。

在《悲回风》末二句下，洪氏《补注》说："一本无此二句。"所以陆侃如同志认为："这二句本是《哀郢》里的句子，后人误加于此。依《楚辞章句》例，凡已注过的文句，皆不再注。若《悲回风》原文确有此二句，则当说'皆已解于《哀郢》之中'。今则不然，还是逐字加注，且与《哀郢》之注一字也不差。此可证明这是后人把《哀郢》的原文及注释照抄于此的。当删去。"（见陆侃如《屈原》）闻一多同志也同意这个意见，并认为："古音释在鱼部，此与支部之积、击、策、迹、适、愁相叶，与古韵不合，是亦二句为后人私加之确证。"（见闻一多《楚辞校补》）我认为陆、闻的结论是对的。

但是，他们认为这二句是"后人误加"或"后人私加"，而没有说出"误加""私加"的原因。其实，这是错简所致，并非有意加入的。而且，从今本《九章》的篇次来看，《哀郢》在第三篇，而《悲回风》在第九篇，相距如此之远，错简的可能性是不大的。而如果原来的篇次《悲回风》在《哀郢》之后、《抽思》之前，则这个错简的原因就完全可以理解了。因为《抽思》的篇首就有"思蹇产之不释兮"一语，接近《悲回风》的篇尾，于是才可能有上述错简情况的发生，即《抽思》之首的"思蹇产之不释兮，曼遭夜之方长"二句首先错入《悲回风》之末，而抄校者由于韵律不叶，又进一步把《哀郢》里相似的句子"心絓结而不解兮，思蹇产而不释"换上去以略就其韵。这就造成了有的传本《悲回风》篇末窜有《哀郢》的句子。由此可证，扬雄所见的《九章》的篇次，《悲回风》也可能就在《哀郢》之后和《抽思》之前，跟王逸《楚辞章句》的原本是一致的。

又，陆侃如同志认为后人把《哀郢》的两句原文移于《悲回风》之末，同时也把它的注文"一字也不差"地"照抄于此"。这话从当时的情况来讲是对的。但从现在的本子来看，《悲回风》既已移于《九章》之末，作为屈原的绝笔，因而读者又对这两句的王注也做了修改，并非"一字也不差"。这从两处相同的王注而又有不同的词语上就可以看出来。

《哀郢》的王逸注云：

> 絓，悬。寒产，诘屈也。言己乘船蹈波，愁而恐惧，则心肝悬结，思念诘屈而不可解释也。

而《悲回风》的王逸注则云：

> 挂，悬。寒产，犹诘屈。言己乘水蹈波①，乃愁而恐惧，则心悬结诘屈而不可解。

很显然，因为《哀郢》篇在该二句之前后，叙述的是"楫齐扬以容与""将运舟而下浮"的乘船而行的情况，所以王注才以"乘船蹈波"来解释它，而《悲回风》该两句的上文，抒写的则是"重任石其何益"等自沉问题，所以有人就把王注的"乘船蹈波"改为"乘水蹈波"或"乘水陷波"以就其义。这个改动，显然已是把《悲回风》移置于《九章》之末，并把"重任石"解释为抱石自沉之后才出现的情况。而一字之差，情景全殊。这反映了人

---

① 一本"蹈波"作"陷波"。

们对《悲回风》的不同的理解,也反映了《悲回风》篇次移动的过程。总之,从《悲回风》末二句的错简问题,可以推断《悲回风》的旧次并不在《九章》之末,而是在《怀沙》以前的《哀郢》与《抽思》之间。

所有上述这些情况,都证明了扬雄所见和王逸所注的《九章》都是始《惜诵》终《怀沙》,而今本《怀沙》以下四篇,当时的篇次,都包括在《怀沙》以前。因此,如果根据《汉书·扬雄传》中的一句话,就认为今本《怀沙》以下四篇都是扬雄以后的伪作,那完全是错误的,必须予以澄清。

对刘向《九叹》"叹《离骚》以扬意兮,犹未殚于《九章》"的重重误解

刘永济同志的《屈赋通笺》,不仅认为扬雄所见的《九章》只有五篇,而且认为这五篇是屈原的未竟之作。在这个问题上,他举出刘向的《九叹》为证。他说:"其《忧苦》篇有曰:'叹离骚以扬意兮,犹未殚于九章。'王叔师注曰:'殚,尽也,言己忧愁不解,乃叹吟离骚之经,以扬己志,尚未尽九章之篇,而愁思悲结也。'向下文曰:'长嘘吸以于悒兮,涕横集而成行。'叔师注曰:'言己吟叹九章未尽,自知言不见省用,故长嘘吸而啼,涕下交集,自闵伤也。'是此四句,叔师固以为向代屈子自述之辞,而有吟叹未尽之说,岂向亦以屈子未毕尽九章,止得五篇邪?"后来他在《笺屈余义》里又肯定地说:"九章亦屈子用古乐章名而作者,特未足九篇,骤尔自沉。后世儒者,见其题曰九章,而文止五篇,乃杂取无主名之作以足成之,故其辞多不类。"在这里,刘永济同志不仅认为《九章》只有五篇,而且以《九叹》为证,进

一步认为《九章》之所以只有五篇，是因为屈原没有完成《九章》而投水自沉。我觉得这个论点同样是不能成立的。

首先，"九章亦屈子用古乐章名而作者"的提法是没有根据的。因为先秦古籍里找不到《九章》这一乐章名称，它跟《九歌》《九辩》是完全不同的。因此，历来的《楚辞》研究者，大都认为《九章》是后人搜辑屈原不同时、地的作品，适得九篇，故定名为《九章》。它并不是屈原预定母题为《九章》而逐章填写的艺术整体。正由于时、地不同，故艺术形式就不完全一致，如《橘颂》跟其他各篇相比，形式就很悬殊；正由于时、地不同，故思想感情也不完全一致，如《惜诵》跟其他各篇相比，感情就有所差异；正由于时、地不同，故艺术风格也不完全一致。如《悲回风》跟其他各篇相比，风格也就各有特色。《九章》出于后人纂辑的痕迹，在这里是极其显著的。因此，从《九章》本身来讲，根本不存在"殚"与"未殚"的问题，即不存在完成与未完成的问题。

那么，刘向《九叹》所谓"叹离骚以扬意兮，犹未殚于九章"这句话应当怎样理解呢？根据上节所述，刘向所见的《九章》本来就是九篇，它全部包括在刘向纂辑的《屈原赋二十五篇》之内，如果《九章》止于五篇，那就无从得出"二十五篇"之数。而且从刘向的《九叹》来看，他不仅根据《怀沙》以前的篇章以立言，也隐含《怀沙》以下的篇章以命意。如《九叹·忧苦》说："三鸟飞以自南兮，览其志而欲北；愿寄言于三鸟兮，去飘疾而不可得。"这里前二句，显然是袭用《抽思》里的"有鸟自南兮，来集汉北"；后二句，显然是袭用《思美人》里的"因归鸟以致辞兮，羌宿高而难当"。《抽思》是《怀沙》以前的篇章，而《思美人》则是《怀沙》以下的篇章。可证，刘向是见过《九章》全文的。因此，刘向在这里所谓的"叹离骚以扬意兮，犹未殚于九章"是个连贯句，上句的宾语"意"作下句的主语而被省略了。"未殚"是其意未尽，并不是说《九章》的篇数未完。这两句话的意思不过是说，可叹息的是用《离骚》来表达自己的意志，而这意志在《九章》里还是没有能表达得完。"未殚"如果指《九章》的篇数，从《楚辞》的惯用文例来讲，则应为"犹未殚此九章"。也就是说，应当用指示词"此"，而不应该用介词"于"。这一点是很清楚的。

因此，王逸的注文所谓"尚未尽九章之篇""吟叹九章未尽"，以及刘永济又据王注得出王逸的"章句原本，止此五篇"的结论，都是错误的。我们对王逸的注文，首先应当从历史事实出发，来推断其问题所在。据现存的王逸《楚辞章句》来看，王不仅对《九章》的九篇全部作了注解，而且在《九章》的序文及注文里，也一字未提《九章》的篇数未尽或某些篇章的真伪问题。并且王逸在《天问》序里也说"昔屈原所作凡二十五篇，世相教传"，可见王逸所见的屈原赋，跟刘向所见的篇数也是一致的。因而我们对王逸的上述注文，只能有两个解释：第一，刘向原句文例本极明显，而王逸误为之说；第二，王的注文别有含义，而刘永济又曲为之解。

从第一点来讲，后汉王逸的《楚辞章句》，由于去古未远，有很大的参考价值，但是由于王逸不明《楚辞》文例，误解之处在所难免。且不谈艰深词句，即对浅近词句也往往错误不少。

举几个例子来说，如《离骚》："伏清白以死直兮，固前圣之所厚。"很清楚，这里的"厚"字是动词，即"赞许"之义。而王逸注却说："言士有伏清白之志以死忠直之节者，固乃前世圣王之所厚哀也。"这里凭空加了个"哀"字，就把原来的"厚"字变成了副词，失掉了本义。

又《哀时命》:"然隐悯而不达兮,独徙倚而彷徉。"这里的"隐悯"即忧痛之义,显然是联绵词,跟下文的"惝罔""纡轸""踌躇"等相对成文。而王逸注却说:"言已隐身山泽,内自悯伤,志不得达,独徘徊彷徉而游戏也。"把"隐"说成"隐身山泽","悯"说成"内自悯伤",将"隐悯"分成两个单词来解释,而不知联绵词是一个词的整体,不能割裂。

又《九叹》:"始结言于庙堂兮,信中涂而叛之。"这里的"信"字,显然是副词,跟《哀郢》里的"信非吾罪而弃逐兮,何日夜而忘之"的"信"字是同样用法。而王逸注却说:"言君始尝与己结议连谋于明堂之上,今信用谗言,中道而更背我也。"把"信"字作为动词,又解释为"信用谗言",弄得面目全非。

王逸由于不明《楚辞》文例而造成不少错误,则他把《九叹》的"犹未殚于九章"当作"犹未殚此九章"来解释,因而在注文中出现了"未尽九章之篇"及"九章未尽"等语,其错误是很清楚的。

从第二点来讲,王逸既然看到了《九章》的全部并为之注释,那么跟他的"未尽九章之篇"或"九章未尽"的话是不是有矛盾?其实并不矛盾。因为王逸虽然把"意""犹未殚于九章"解释成屈原"犹未殚此九章",而造成了错误,但从他的这两条注释的全文来看,他却别有含意,即"未尽九章之篇"或"九章未尽",并不是作为创作的结果来讲,而是作为创作的过程来看的。如王注说:"尚未尽九章之篇而愁思悲结也。"也就是说,还未写完九章就自我悲愁起来。王注又说:"九章未尽,自知言不见省用,故长嘘吸而啼,涕下交集,自闵伤也。"也就是说,九章还没有写完,自知言不见用而悲伤起来。这都不是用以说明屈原的《九章》尚未写完就从此搁笔,而是说在写《九章》的过程中悲愁而涕下。据此,则刘永济同志把王注"尚未尽九章之篇"和"九章未尽"这两句话孤立起来,作为《九章》是屈原未竟之作或"章句原本,止此五篇"的证据,显然又是对王逸注的错误理解。

总之,王逸既误解《九叹》于前,刘永济同志又误解王注于后,所谓歧中有歧,一误再误。从而为正确对待先秦以来早已流传于世的《九章》问题,增加了纠纷,造成了混乱,故不能不为之辨析如上。

结　语

其实《九章》篇次的不稳定,不仅汉代如此,后世的《楚辞》研究者对《九章》篇次的更动,也是极其频繁的。例如明黄文焕的《楚辞听直》,清林云铭的《楚辞灯》,蒋骥的《山带阁注楚辞》,以及郭沫若、游国恩等,都曾各自根据不同的理解改定了篇次。这些篇次,既不完全同于史迁《屈原列传》所采用的本子,也不完全同于现行王逸《楚辞章句》的本子。如果仅就哪一篇是屈原的绝笔这一点来讲,则古往今来约有下列几种主张:第一,以《怀沙》为绝笔,如史迁《屈原列传》,王逸原本《楚辞章句》,以及高亨、陆侃如、黄孝纾等的《楚辞选》,刘永济的《屈赋通笺》等;第二,以《悲回风》为绝笔,如今本王逸《楚辞章句》,明王夫之的《楚辞通释》,清王闿运的《楚辞释》等;第三,以《惜往日》为绝笔的,如清蒋骥的《山带阁注楚辞》,以及游国恩的《楚辞论文集》,姜亮夫的《屈原赋校注》等;第四,也有以《哀郢》为绝笔的,如明黄文焕的《楚辞听直》等。从上述情况看,则汉代《九章》篇次不同于汉以后的篇次,而出现了扬雄所见到的始《惜诵》终《怀沙》的本子，又有什么值得奇怪？正如我们今天不能根据历代学人所改定的种种篇次来否定某些篇章的存在一样，我们也绝不能根据扬雄所见的篇次来否定《怀沙》以下四篇的存在。这就是问题的结论。

　　对古代遗留下的典籍，我们固然不能无原则地相信，但也不应当盲目地否定，而必须从具体资料出发，实事求是地做出科学的分析和论断。例如《晏子春秋》《尉缭子》等书，过去被很多人提出种种理由宣判为伪书。而近年从银雀山汉墓出土的竹简来看，它们确实都是先秦古籍。而且该墓出土的《孙子兵法》，以其伴随出土的"木牍"篇题来看，其篇次与今本亦有不同。又如今本《老子》是道经在前，德经在后。前人根据《韩非子》的《解老》《喻老》推断先秦的古本《老子》是先德经后道经。近年马王堆汉墓出土的帛书《老子》，证明古本确是如此。我们深望屈原赋和有关屈赋的资料也有出土的机会，再据以得出科学的结论。

（写于 1977 年 3 月）

试论《天问》所反映的周楚民族的两次斗争

屈赋以《天问》为最难读。历代学者对其中的历史传说、神话故事以及文字训诂的钻研探讨,用力最勤。但由于年代久远,资料缺乏,尤其是第一手材料不易见到,有很多问题至今仍然得不到解决。例如《天问》里有下列两节云:

> 昭后成游,南土爰底,
> 厥利惟何?逢彼白雉。
> 穆王巧梅,夫何为周流?
> 环理天下,夫何索求?

本来这两节诗所诘问的是周昭王与周穆王的历史事实,这是没有问题的。但其中的"成游""巧梅"等词语(尤其是"巧梅"),不仅古今版本的文字多异,而且历代注家的训诂,也够使人眼花缭乱,要在其中找出接近事实的结论是很难的,因而也就影响了我们进一步理解屈原这两节诗里所包含的历史意义与思想感情。幸而近年来陕西扶风出土了西周窖藏的史墙盘,其铭文的内容极丰富,使我们有可能对上述问题做一番新的探索。

"成游""巧梅"的含义及其历史内容

史墙盘作于周共王时代，故铭文一开始就用简括的语言历述和颂扬了周文王、武王、成王、康王、昭王、穆王六代的历史业绩。共王是周王朝的第七代，距昭、穆二王时间极近，因而这无疑是研究昭、穆二王历史事迹不可多得的第一手资料。现节录其中称述昭王、穆王的一段原话如下：

宖（弘）鲁邵（昭）王，广馘（笞）楚荆（荆），隹（唯）霂（狩）南行。祗覒（显）穆王，井（刑）帅宇（訏）诲（谋），䥫（緟）宁天子。①

从这段铭文里，很显然可以看出所谓"弘鲁昭王。广笞楚荆，唯狩南行"，实际上跟《天问》里的"昭后成游，南土爰底……"所指的是同一件事，铭文所谓"祗显穆王，刑帅訏谋，緟宁天子"，实际上跟《天问》里的"穆王巧梅，夫何为周流……"所指的也是同一件事。其间不仅史事相同，甚至所用词语亦多相同。因此，只有以史墙盘铭文这一原始资料为依据，才能对"成游""巧梅"等做出较为符合历史事实的解释；也只有从解释"成游""巧梅"等词语入手，才能对周、楚民族的两次斗争以及屈原对这两次斗争的态度，做出较为合理的分析与探索。

---

① 参唐兰、裘锡圭两同志释文。如"霂"从唐兰同志释"狩"，"宇诲"从裘锡圭同志释"訏谋"。皆详《文物》1978年第3期。

首先谈"成游"。

对"昭后成游，南土爰底"，王逸注云："言昭王背成王之制而出游，南至于楚，楚人沉之而遂不还也。"这条注文，把"成游"解释为"背成王之制而出游"，显然跟正文之义不相合。因此，刘师培《楚辞考异》认为"据注，后疑作倍"，意欲改正文之"后"字作"倍"，为王注"背"字找根据，而不知"增字解经"乃王注惯例，"以注文校正文"的校勘方法在此并不适用。因为根据金文及典籍，周之南行伐楚，正自成王始。故所谓"昭王背成王之制而出游，南至于楚"云云，是不符合历史事实的。因此，自王逸之后，"成游"一语新解极多。或谓："成游，谓成南征之游。犹所谓斯游遂成也。"（洪兴祖）或谓："成，犹遂也。……昭王南游至楚，楚人凿其船而沉之，遂不还也。"（朱熹）或谓："成游者，不成乎游也。君王而贪利轻出，丧身辱国，为天下笑，其游荒矣。"（周拱宸）或谓："成游，谓昭王作方城之游也。省城作成。"（陈直）或谓："成，疑巡之误。成在庚韵，巡在真韵，因声误写。"（刘永济）或谓"昭后成游"是"昭王很高兴巡游"。（郭沫若）或谓："成疑盛字之讹。盛游，盖以兵车从游。即《吕氏春秋》所谓昭王亲征荆也。"（姜亮夫）今按姜亮夫同志此说，见所著《屈原赋校注》。在诸说中，姜说坚实可信，而发挥未尽。

我认为姜说之所以坚实可信，应当从下列两个方面来看：首先，证之古字通假之例，古代典籍"成""盛"二字多通用。如《易·系辞》"成象之谓乾"，《释文》云"蜀才作盛象"；《左传》宣公二年"盛服将朝"，《释文》云"盛音成，本或作成"；《潜夫论·志氏姓》"太子晋幼有成德"，《风俗通》作"盛德"。不仅如此，即证之以《楚辞》古传本，"成""盛"二字亦多通用。如《九歌·礼魂》"成礼兮会鼓"，洪兴祖《考异》云："成一作盛。"

则《天问》"昭后成游"亦即"昭后盛游"之异文,当属可信。其次,证之以当时的史实,作"盛游"尤为吻合。据前述新出土的史墙盘铭文,谓周昭王"广笞楚荆,唯狩南行",所谓"广笞",即大规模地挞伐之义①。由于军容盛大,故《天问》称之为"盛游"。又据《初学记》七引古本《竹书纪年》,这次昭王伐楚,曾出动了"六师",其军容之盛可想而见。这跟《天问》称为"盛游",也是相符合的。故"昭后成游",实即谓周昭王以大军伐楚耳。"游"与"伐"的关系,详后。

这里必须谈及的是跟"昭后成游,南土爰底"紧相联系的"厥利惟何,逢彼白雉"句中的"白雉"。王逸注谓:"以为越裳氏献白雉,昭王德不能致,欲亲往逢迎之。"洪兴祖《补注》又以《后汉书》"交趾之南有越裳国,周公居摄,越裳重译而献白雉"之事说之。但以时间言,周公与昭王不相及;以疆域言,荆楚与越裳非一地。故朱熹《楚辞集注》谓"白雉事无所见""旧注……亦恐未必然也"。迨清毛奇龄《天问补注》始云:"按《竹书纪年》:'昭王之季,荆人卑词致于王曰:愿献白雉。昭王信之而南巡,遂遇害。'是昭王之南游,本利而迎之也。"考毛氏《天问补注》序曾云:"世或窃取《天问》造饰赘积,因以为说,而浅陋者更且牵引而注之于下。"其实毛氏正蹈此弊。其所谓"按《竹书纪年》"云云,并非古本《竹书》,恰为后世窃取《天问》"白雉"句而演绎出来的故事情节,不足为据。而此后不少楚辞注家多用其说,误矣。

今据《初学记》七引古本《竹书纪年》云:"昭王十九年,天

---

① 这跟不其簋铭文的"广伐西俞"、禹鼎铭文的"广伐南国东国"中的"广伐"义略同。

大暳,雉兔皆震,丧六师于汉。"盖当昭王涉汉遇害时,适逢天气阴霾昏暗,雉兔震惊窜突,此乃常有之自然现象。故云"天大暳,雉兔皆震"①。《天问》所谓"逢彼白雉",殆指此事而言。因而《天问》的"白雉",抑或原作"兔雉","白"字乃"兔"字坏其下半而致误。昭王逢兔雉而丧六师于汉水,故《天问》的"逢彼兔雉",实暗指昭王之南征不返。清戴震《屈原赋注》附《音义》已意识到《竹书》此说当与《天问》有关,惜未究其详。至于闻一多同志《楚辞校补》认为"雉当为兕,声之误",并引古本《竹书纪年》昭王十六年伐荆楚"遇大兕"为证。其实仅据古本《竹书纪年》所载,昭王伐楚前后就有两次。十六年伐楚,当指宗周钟铭文所记者,大胜而还。故十六年获胜遇兕,不当与十九年逢雉丧师混为一谈。

因此,《天问》所谓"昭后成游,南土爰底,厥利惟何?逢彼白雉",实即指周昭王伐楚不返而言。稽之古籍,虽所记异词,而确有其事。如《左传》僖公四年谓"昭王南征而不复",以及《史记·周本纪》谓"昭王南巡狩不返",即指此事。《吕氏春秋·音初》又谓:"周昭王亲将征荆……反涉汉,梁败,陨于汉中。"《帝王世纪》则谓:"昭王德衰,南征济于汉,船人恶之,以胶船进王,王御船,至中流,胶液船解,王及祭公具没于水中而崩。"(《史记·周本纪·正义》引)虽各书细节不同,但都跟《初学记》七所引古本《竹书纪年》"十九年"昭王"丧六师于汉"及《太平御览》八百七十四所引古本《竹书纪年》"昭王末年,南巡不反"的记载是一致的。尤其重要的是:昭王这次征楚而动用

---

① 据《淮南子·览冥训》云:"武王伐纣,渡于孟津……疾风晦冥,人马不相见。"虽胜败之势不同,而所逢之自然现象有些相似,可供参考。

"六师",跟史墙盘铭文所谓"广笞楚刑"的语义相合,同时《天问》的"昭后成游"之为"盛游",也从史墙盘铭文得到了历史的证明。

其次谈"巧梅"。

关于《天问》"穆王巧梅,夫何为周流"的"巧梅"究应如何解释,乃将近两千年来屈赋研究中的难题之一。根据宋洪兴祖的《楚辞考异》,"巧梅"的"梅"字,古本就有"梅""拇""晦"三种不同的异文。至于古今学者对"巧梅"的解释,则更为复杂。汉王逸注云:"梅,贪也。言穆王巧于辞令,贪好攻伐,远征犬戎,得四白狼、四白鹿。自是后夷狄不至,诸侯不朝。穆王乃更巧词周流而往说之,欲以怀来也。"自宋代以迄于今,嫌王注之牵强而别作新解者蜂起。或谓:"巧梅,言巧于贪求也。"(洪兴祖、朱熹)或谓:"梅与枚通,马策也。巧梅,善御也。"(王夫之)或引《方言》云:"吴越饰貌为姁,或谓之巧。"郭璞注云:"语楚声转耳。"又引《方言》云:"梅,贪也。"(戴震)或谓"梅"读为"敏","巧敏"为便敏之义。(王引之)或谓:"拇拇同。巧梅,疾足也。"(胡文英)或谓:"拇,鋂也。言犬马是好。"(王闿运)或谓:"梅、晦并当作拇,字之误也。""巧读为考,拇即牧字。""考牧者,《诗·无羊·序》曰'无羊,宣王考牧也'。此考牧义同。惟彼牧谓牛羊,此谓马耳。考谓考校,周流天下,将以考校八骏之德力,故曰考牧也。"(闻一多)或谓:"梅本作拇,拇牧声近通用。""巧梅即巧牧。""穆王好游,又得良马及善御之人,故世称其巧牧。"(刘永济)或谓"穆王巧梅"是"穆王更加轻佻"。(郭沫若)不难看出,前人对"巧梅"一语,在探讨上虽付出了巨大的劳动,仍难定于一是。

但是,由于第一手材料史墙盘的出土,我们在"巧梅"这一令人费解的词语上得到了新的启示。如上所述，铭文中的"宇𣪕"二字，裘锡圭同志释为"訏谋"。他说："𣪕、谋二字古通（《金文编》110页）。《诗·大雅·抑》：'訏谟定命。'毛传：'訏，大。谟，谋。''宇𣪕'当读为'訏谋'，与'訏谟'同义。"今按：裘说极是。"訏谟"当为古人颂德之惯用语，有时直称为"大谟"。如《陈侯因𫠫敦》中之"大慕克成"，实即"訏谟克成"。又《诗·抑》"訏谟定命"之下句即为"远猷辰告"，以"訏谟"与"远猷"相对成文，"訏谟"之义尤显。而且，《史墙盘》上文有"刑帅宇𣪕（訏谟）"，下文亦有"𠭯辟远猷"，也是"訏谟"与"远猷"遥遥相应。又近年扶风出土的西周㝬𣪕铭文，则以"宇慕远猷"相连成句。可证史墙盘铭文之"宇𣪕"当为"訏谟"，亦即"訏谋"，是无疑的。"訏谋"即宏大的谋略，乃周人用此语以赞颂周穆王的业绩。

这自然会使人联想到《天问》的"穆王巧梅"这句话。"巧梅"二字，实即史墙盘铭文"宇𣪕"二字的又一异形，亦系"訏谋"之同音借字。今申其说如下。

关于"巧"跟"宇（訏）"的关系，按"宇"或"訏"的音符都是"亏"，而"巧"的音符则为"丂"。字各有别，音亦不同。但据《说文》云："丂，古文以为亏字，又以为巧字。"则"丂""亏"二字，不仅形近，声亦相通。故"巧梅"之"巧"，实即"宇𣪕（訏谋）"之"宇"，亦即"訏"之假借字。魏《三体石经》中《春秋经》的"于𣪕"之"𣪕"作"哗"。"哗"的原始音符为"亏"而得与"𣪕"字相通假，这跟"宇"或"訏"的音符为"亏"而得与"巧"字相通假同理。因为"亏"古有"巧"音，此乃鱼部与幽部旁转之常例。故《天问》"巧梅"之"巧"，实即"宇"或"訏"之转音借字，当无问题。

至于"梅"跟"悔"（谋、谟）的关系，按《天问》"巧梅"之"梅"通"谋"，亦犹金文"悔"之通"谋"。因"每""某"二音符古音同在之部，故通用。《说文》"梅"字"或从某"作"楳"。《诗》"摽有梅"，《释文》亦云："梅……韩诗作楳。"又《诗》"墓门有梅"，《列女传》八引"梅"也作"楳"。此与《天问》"梅"之通"谋"，同一原因。至于"梅"之与"悔"，则以音符相同而得通；"梅"之与"谟"，又以鱼、之旁转而得通。例不枚举。故《天问》"巧梅"之"梅"，实即"悔"之异文，"谟"或"谋"之借字，当无问题。

故《天问》之"穆王巧梅"，实即史墙盘铭文之"穆王""宇悔"。至于《天问》"巧梅"古本或作"巧挴"，或作"巧珻"，跟"梅"字一样，皆为以"每"为音符之借字，其本字皆当作"谋"或"谟"。而洪兴祖、朱熹等，在"梅""挴""珻"字形上计较是非，已属多事，而肯定"挴"字，否定"梅""珻"，更属郢书燕说，不足为据。

如果从意义上讲，《天问》之"巧梅"，史墙盘铭文之"宇悔"，等于《诗·抑》之"訏谟"，亦即《陈侯因𰯼敦》的"大慕"，义为庞大的谋略与规划。故"穆王巧梅"，盖指穆王周游天下，征徐、伐楚等历史事件而言。据《逸周书·祭公》等典籍看，穆王是个好大喜功的人物。他曾对祭公说："用克龛绍成、康之业，以将大命。"又说："以予小子扬文、武大勋，弘成、康、昭考之烈。"从口气上看，所谓"大命""大勋"，都跟"穆王巧梅"的意义是一致的。不过前者是穆王自我夸耀，而后者则是周人对穆王的赞颂。

但对《天问》"穆王巧梅，夫何为周流"一节诗，历来的研究者都只认为是指穆王周游天下而言。总之，与伐楚不相涉。而现在如果把史墙盘铭文中叙及昭、穆二王的事迹联系起来，完全可以看出，所谓"巧梅"或"宇悔""讦谋"，都跟伐楚密切相关。因为史墙盘铭文说穆王"刑帅宇悔（讦谋），緟宁天子"，"刑帅"即效法遵循之义，"讦谋"即指上文昭王"广笞楚荆"的庞大规划而言。故"刑帅讦谋"，亦即穆王自己所谓弘"昭考之烈"，说穿了，即认为穆王能继承昭王的遗志而伐楚。"緟宁天子"的"緟"，今习俗作"重"（平声），指穆王伐楚得胜，重新稳定了周王朝的统治。这是因为昭王南征不返，对周王朝的统治是很大的挫败与动摇，故穆王伐楚得胜，就是对周王朝的"緟宁"——重新得到安定。我们如果用这一观点来看《天问》所涉及的昭、穆两代的事迹，也应该注意它们之间的联系。即"穆王巧梅（讦谋），夫何为周流"，正上承"昭后成（盛）游，南土爰底"而来。当然，"周流"一语并不排除有周游天下的含义，但在这里，主要应包括伐楚的战役在内。因为根据典籍及金文的记载，古帝王巡游、狩猎、征伐，常常是分不开的。①《天问》穆王"周流"与"巡游"同义，故亦指征伐而言。这正如昭王伐楚一事，《左传》作"昭王南征而不复"，《史记》则作"昭王南巡狩不返"，史墙盘铭文又作"唯狩南行"，《天问》则直作"昭后成游"。昭王的"成（盛）游"既代表伐楚，则穆王的"周流（游）"自然也可包括伐楚。

当然，周穆王继昭王而伐楚的问题，曾为他八骏游天下的传说所掩盖。虽不见于《史记·周本纪》等典籍中，但地下资料却保留了不少痕迹。除史墙盘铭文外，如《白帖》三引古本《竹书

---

① 例如《尚书·武成·序》："武王伐殷，往伐归兽。"《史记·周本纪》即读"兽"为"狩"，谓武王"乃ှ兵西归，行狩"。《逸周书·世俘》记武王伐纣，亦言狩事。可证武王当时亦征伐与狩猎兼行。《尚书》伪孔传释"归兽"为"归马放牛"，极误。即《孟子》所谓"巡狩者，巡所守也"，亦后起之义。

纪年》云穆王"三十七年，伐荆"。又《艺文类聚》九及《通鉴外记》三，皆引古本《竹书纪年》云穆王"三十七年，伐楚。大起九师，至于九江，比鼋鼍为梁"。又敦煌唐写本《修文殿御览》残卷引古本《竹书纪年》云："穆王南征，君子为鹤，小人为飞鸮。"这些记载，有的虽已演化为神话式的传说，实际上却是真实历史的投影。故穆王时的竞卣铭文，亦有"隹白犀父咠成自即东，命伐南尸（夷）"等记录。事实上穆王不仅曾南伐荆楚，而史亦载其东伐徐国（《后汉书·东夷传》）。楚椒举还说："穆有涂山之会。"（《左传》昭公四年）盖即伐楚、胜徐之后而大会诸侯于涂山。

正因为如此，《天问》所谓"昭后成游，南土爰底"，乃针对周昭王伐楚不返一事所提出的诘问，而"穆王巧梅，夫何为周流"，亦系紧承上文，针对穆王时包括伐楚在内的"周流"所提出的诘问。这就是《天问》这两节诗中"成游""巧梅"的原始含义及其所涉及的丰富的历史内容。

屈原对昭、穆伐楚的民族态度

荆楚，是中国古代繁衍、发展于长江流域的一个相当强大的民族。周民族在没有克殷前，偏处西方，跟南方的楚民族矛盾不多。而殷、楚民族则常常发生冲突。《诗·商颂·殷武》所云"挞彼殷武，奋伐荆楚"是也。迨周克殷以后，乘三监之叛，楚民族也起而与周对抗。《逸周书·作雒》云："三叔及殷、东徐、奄及熊盈以略。"所谓"熊盈"当即指楚"熊绎"而言。故《后汉书·东夷传》亦谓"管蔡畔周，乃招诱夷狄"。自此，周之成王、康王、昭王、穆王等，几乎世世伐楚，从未停止过。这从历次出土的令毁、禽毁、宗周钟、过伯毁、𫓧驭毁、竞卣的铭文中是可以看出来的。而作为一个南方强大民族的楚国，也始终没有被征服过。故周昭王时的过伯毁铭文有"过白（伯）从王伐反荆"之语。"反"，殆即背叛不服之义。

春秋时，楚民族日益强大。周民族系统中的中原国家，被楚吞并殆尽。吴人谓随人曰："周之子孙在汉川者，楚实尽之。"（《左传》定公四年）故中原民族对楚民族是怀有戒心的。鲁国季文子曾认为："非我族类，其心必异。楚虽大，非吾族也。"（《左传》成公四年）而楚民族的统治者，确实野心勃勃。楚王向周"问鼎""求鼎"之事，史不绝书。楚武王甚至说："我蛮夷也。今诸侯皆为叛，相侵或相杀。我有敝甲，欲以观中国之政，请王室尊吾号。……乃自立为武王。"（《史记·楚世家》）这些史实，一方面说明了一个新兴的诸侯大国对名存实亡的大奴隶主周天子统治权的极端蔑视，另一方面也说明了一个相当强大而且具有自己的文化特征的楚民族，在我国民族大融合的历史进程中，所显示出的不可避免的倔强与不驯。《公羊传》僖公四年云："楚，有王者则后服，无王者则先叛。夷狄也，而亟病中国。"这正概括了当时楚民族对周民族的政治态度。

因此，在周、楚两大民族的矛盾斗争问题上，屈原对周昭王伐楚不返和周穆王伐楚获胜这两个巨大历史事件必然会抱有自己的民族观点。

关于周昭王伐楚不返问题，《史记·周本纪》是这样说的："昭王之时，王道微缺。昭王南巡狩，不返，卒于江上。其卒不赴告，讳之也。"这正是周民族的统治者对昭王这次伐楚失败的真相秘而不宣的一贯态度。共王时的史墙盘铭文，仍然只说："弘鲁昭王，广笞楚荆，唯狩南行。"至于"南行"的结果如何，一字不提。这当然也是"讳之也"。到了齐桓公称霸，欲借尊王之名对楚施加压力，才在召陵之会上向楚提出质问："尔贡包茅不入，王祭不共，无以缩酒，寡人是征；昭王南征而不复，寡人是问。"而楚国对此则做了避重就轻的答复："贡之不入，寡君之罪也，敢不共给；昭王之不复，君其问诸水滨。"（《左传》僖公四年）其实，昭王当时之溺死于汉水，既非偶然的自然灾害，也绝非人民自发的反抗行为，而显然是楚国军事行动的一个组成部分。因此，所谓"君其问诸水滨"，表面虽未做正面答复，而实际上是表现了对昭王伐楚的满腔怨愤，故用此讽刺、幽默的口吻来回答对方的责难。这正如范宁的《榖梁传》注所云："此不服罪之言。"

同样，屈原对昭王伐楚不返这件事，在《天问》里一方面借用周民族一贯的传统提法，称此举为"昭后成（盛）游，南土爰底"，亦即史墙盘铭文所谓"广笞楚荆，唯狩南行"，而另一方面则进一步指出："厥利惟何？逢彼白（兔）雉。"言外之意，即除了"雉兔皆震，丧六师于汉水"，又得到什么好处呢？这跟"君其问诸水滨"的字面虽然不同，而实际也是用旁敲侧击的手法对昭王伐楚进行的诘难与讽刺。据《榖梁传》，召陵之会上楚国对齐桓公致答词者，乃楚大臣屈完，系屈原的先辈，他们都是站在楚民族的立场上看问题的。因此，意见与态度的一致性，绝不是偶然的。

其次，关于周穆王伐楚获胜的问题。穆王好大喜功，南征北伐，周游天下。当时祭公谋父就曾进过谏言，认为"先王耀德不观兵"（《周语》）。但史墙盘铭文作为歌功颂德之词来讲，对穆王的行径，却是肯定的。上文已指出，所谓"刑帅訏谋，緟宁天子"，即主要指穆王继承昭王而伐楚获胜的武功而言。周民族的统治者，对歌颂祖先功德，似有一套固定的成语。如跟史墙盘同时出土的痶钟铭文，歌颂周文王的业绩时就有"敷有四方，会受万邦"等跟史墙盘铭文完全相同的话。因此,用"讦谋"这个词歌颂穆王的业绩,也可能是周民族的惯用语。但周民族把征伐异族说成是宏伟的谋略,楚民族是不能接受的。恰恰相反,他们认为这是穆王肆无忌惮的不正当行为。《左传》昭公十二年中,楚国的右尹子革曾对楚灵王说:"昔穆王欲肆其心,周行天下,将皆必有车辙马迹焉。"周人说他是"刑帅讦谋",而楚人说他是"欲肆其心",这正是对同一问题的两种截然相反的评价。右尹子革最后又说,由于祭公之谏,穆王才"获没于祇宫"。这虽系警戒灵王之言,但言外之意则为:如穆王"肆心"不止,也照样会遭到昭王南征不返的可耻下场。这就是楚民族对周穆王的看法。

同样,屈原在《天问》里,首先提出"穆王巧梅(讦谋)",再加以诘问、批判。这里的"讦谋",显然又是借用周人歌颂穆王的传统成语。所谓"穆王讦谋,夫何为周流"就是说:周穆王既然有讦谋远猷,为什么竟会"周流"忘返、"索求"无厌呢?这跟楚右尹子革所说的"欲肆其心,周行天下",完全是一个意思。即屈原对周穆王包括伐楚在内的巡游征伐是抱否定态度的。

总之,在《天问》里,屈原对周、楚民族的两次斗争的态度,跟周民族的传统看法是相反的,而跟楚国当时的民族观点是完全一致的。它既表示了一个新兴的诸侯大国对周王朝的批判,也体现了屈原极其鲜明的民族立场和强烈的民族感情。

结　语

1949年以来考古学界对长江流域史前文化遗址的考察报告,说明了六七千年前,我国湖北、湖南、江西等地已诞生了自成体系的古老文化。它在发展过程中虽然不断地跟黄河流域的文化相融合、渗透，但是始终保持着浓厚的"楚文化"的特殊风貌。

春秋战国时期，楚国已发展成长江流域的强大民族，仍然具有鲜明的文化特征。据典籍记载，无论是语言、宗教、风俗习惯、文学艺术、历史传说、神话故事还是衣冠装饰等等，一方面对中原文化不断吸收与融合，一方面始终没有失去"楚文化"的特色。故当时对南北不同体系的文化，人们常以长江中游的楚与华夏对称。如《荀子·儒效》"居楚而楚，居越而越，居夏而夏"，是其明证。屈原作为楚民族政治上、文化上杰出的代表人物，在评价周、楚两次斗争的历史问题时表现出强烈的民族感情，那是完全可以理解的。

这不能不使我们联想到屈原研究中的一个重大问题，即：屈原被流放以后，为什么不肯远游他国，以谋有所建树？

自从史迁提出这个问题以来，历代学者多论及之。或谓屈原忠于君，而君臣之义，理不容去；或谓屈原曾被信任，故感知遇之恩，情难决绝；或谓屈原乃同姓宗臣，宗臣无可去之道；或谓楚有统一中国的雄厚基础，要有所建树，不必舍近求远；近人则多以爱国主义说之。事实上屈原之所以不肯远游他国，原因可能是相当复杂的。但是应当引起人们注意的，那就是屈原的强烈的民族感情。

战国时期，秦国的势力从西陲渗入中原以后对楚民族的严重威胁，跟周人灭殷以后对楚民族的巨大压力，在某些方面，颇有相似之处。因此，屈原的民族感情，表现在对待现实的态度上，跟表现在对待历史事件的评价上，基本上是一致的。

为了进一步理解这个问题，我们不妨重新讽咏一次可视为屈原自我写照的著名诗篇《橘颂》中的一段话：

> 后皇嘉树，橘徕服兮，
> 受命不迁，生南国兮；
> 深固难徙，更壹志兮；
> 绿叶素荣，纷其可喜兮。

王逸注云："言橘受天命生于江南，不可移徙；种于北地，则化而为枳也。屈原自比志节如橘，亦不可移徙。"按王注极是。橘逾淮而北则化为枳，据《考工记》《晏子春秋》等文献，这个传说，春秋战国时期已很流行。屈原正是借这深深扎根于"南国"泥土中的橘的形象性格，来展示自己"受命不迁""深固难徙"的执着、坚定的民族立场。我们知道，虽"楚材晋用"在春秋时早已成风（《左传》襄公二十六年），但乐操"土风"、首着"南冠"、言称"先职"的楚囚钟仪这样的人物，还是受到当时人们的崇敬与赞扬的（《左传》成公九年）。如果说《橘颂》并非屈原临终的作品，那就充分说明了他忠于自己民族的决心，是早已下定了的。因此，他虽在被疏乃至被放的情况下，对自己民族的前途命运之"险隘"、自己民族的人民群众之"多艰"，甚至对既为楚民族安危所系而又"数化""多怒"的灵修愁肠百转，但终不忍一去了之。这种深厚的民族感情，正是屈原为自己民族而献身的崇高精神。

正因为如此，与其说屈原的爱国与忠君是分不开的，不如说屈原深厚的爱国主义跟他强烈的民族思想是紧紧联系在一起的。

（写于1978年6月）

从屈赋看古代神话的演化

屈赋充满积极浪漫主义精神，因而瑰丽的神话在诗篇中放射着夺目的光彩。神话，形象地反映了人类童年认识自然的水平和征服自然的理想。但神话在长期流传的过程中，是不断演化的。任何一个神话，都不可能是一成不变的模式。这个演化，当然首先是现实的复杂矛盾的折光，是人类的主观想象的飞翔。然而这其中神话的分化、融合，神话的社会化、历史化等等，在不少情况下，往往是以语言因素为其媒介的。屈赋里的神话，在这方面也有所反映，并且有时曾因此引起屈赋研究者的怀疑与误解。故特略举数事，以明其例。

"赤蚁若象，玄蜂若壶些"

《山海经·海内北经》云："大蠭，其状如螽；朱蛾，其状如蛾。"王念孙、郝懿行皆谓"螽"乃"蠭"之形近而讹，按与下句词义相比，此校极是。"蠭"今作"蜂"，古人"蛾"即"蚁"之本字。寻《山海经》原义，盖"大蜂"乃仅就其体积之硕大而言,"朱蚁"乃仅就其颜色之特殊而言。至于形状则跟一般"蜂""蚁"是一样的。故曰:"大蜂,其状如蜂;朱蚁,其状如蚁。"《山海经》此条下郭璞注云:"蛾,蚍蜉也。楚词曰'玄蜂如壶,赤蛾如象',谓此也。"按郭注所引,即今《楚辞·招魂》"赤蚁若象,玄蜂若壶些"那句话,只系以意援引,故文字略有不同耳。

但是,我们应当注意的是:《招魂》对"蚁""蜂"状态的描写,跟《山海经》相比,却有极大的差别。换言之,即关于这个神话传说,《招魂》在《山海经》的基础上,已向着更为奇异可惊的方面演化。《山海经》只言蜂之"大",究竟多大,也没有谈。但《招魂》则不但言其大,而且言其腹大如"壶",做了形象化的夸张。《山海经》只言蚁之"朱",是否很大,也没有谈。但《招魂》则不但言其赤,而且言其形大如"象",也做了形象化的夸张。不过,这绝不是屈原毫无根据的主观想象,而是说明了这是神话不断演化的结果,而屈赋予以采用。并且,这个神话的演化过程,从语言因素来讲,是有规律可寻的。

首先谈"赤蚁若象"。

考《方言》十一云:"蚍蜉,齐鲁之间谓之蚼蟓,西南梁益之间谓之玄蚼,燕谓之蛾蛘。"又《广雅·释虫》云:"蛾蛘、玄蚼、蚼蟓、鳖蜉,蚁也。"据此,可知"蚁"在古人方言中还有"蛘""蟓"等名。其实,"蛘"与"蟓"乃一音之转。因凡从"羊"得声之字,古多与"象"音相转。如栩实之"样"今称为"橡",式样的"样"今借为"像",从"羊"得声之字有"祥""详"等,皆其例证。故今鲁东方言,犹称"蚁"为"马几蛘子"。是古人称"蚁"为"蟓"之残痕,至今犹存。正由于某些方言中"蚁"有"蟓"名,故对古老神话中的"赤蚁""朱蚁",人们即以语言因素为媒介,由"蚁"到"蟓",又由"蟓"到"象",最后把细小的虫儿，想象为其大如象的庞然大物。这就是"赤蚁若象"这个神话的来源，及其在古代人民辗转传述中的演化过程。

其次，从"玄蜂若壶"来讲。

在这里必须提到的是，古人对某一物中的品种之大者，往往加"马""牛""王""胡"等于名称之前以示区别。如《尔雅·释虫》："蝒，马蜩。"郭注云："蜩中最大者为马蜩。"又《尔雅·释草》："莙，牛藻。"郭注云："似藻，叶大。江东呼为马藻。"又《尔雅·释虫》："蟒，王蛇。"郭注云："蟒，蛇最大者，故曰王蛇。"又《广雅·释诂》云："胡，大也。"故《释名·释饮食》："胡饼，作之大漫冱也。"今按，古人用以表大义的"胡"字，当为"嘏"之同音借字。故《尔雅·释诂》云："嘏，大也。"《方言》亦云："嘏，大也。"因此，古籍中凡物之大者多冠以"胡"，乃来自"嘏"之借音，不必皆来自胡狄之地。有时，人们或将"胡"字转写为"壶"，这也只是借音字，不必皆与壶形有关。但古代注家，对此多强调"壶"状，反失"大"义；或游移于"大"义与"壶"状之间，未得命名之原。例如《尔雅·释木》"壶枣"，郭注云："今江东呼枣大而锐上者为壶。壶犹瓠也。"而郝懿行《义疏》则云："今枣形长有似瓠者，俗呼马枣。"可证，"壶"之不表壶形，亦犹"马"之不表马形，皆只表大，不表状。但郭、郝二氏却皆在"大"义与"壶"状之间游移其词，绝不是偶然的。因为语言因素的相似或相同，既会影响古今字形的变化，也会引起人们意识上的联想。而郭、郝二氏的游移其词，则正是处于这联想的过渡状态之中。

从上述物名变化的情况来看，则《招魂》的"玄蜂若壶"，跟上句"赤蚁若象"的神话演化规律，基本上是一致的。据《方言》十一云："蜂，其大而蜜者谓之壶蜂。"又《尔雅·释虫》云"土蜂"，郭注："今江东呼大蜂在地中作房者为土蜂，啖其子，即马蜂。"可见"壶蜂"原即"胡蜂"，跟"马蜂"一样，皆言其"大"，并非状其形之如"壶"如"马"。与上文"壶枣"之于"马枣"同例。因为"壶""胡"实皆"煆"之借音字，只表"大"义。既与胡狄无涉，也与"壶"形无关。但《山海经·海内北经》所载"大蜂"的神话传说，在长期的流传中，人们以语言因素为媒介，由"大蜂"演而为"胡蜂"，又由"胡蜂"转而为"壶蜂"，而"壶蜂"又在意义上被想象为腹大如壶的庞然大物。这就是从《山海经》"大蜂，其状如蜂"到《招魂》"玄蜂若壶"这一神话传说的演化过程。

当然从社会心理来讲，凡神话中的丑恶事物，愈演变，其凶狠的特征就愈突出。上述"蜂""蚁"的形象演化就是如此。而屈赋《招魂》正是为了突出四方上下的险恶、强调楚国生活之美好，而采用了这一被夸张了的神话传说。

"凤皇既受诒兮，恐高辛之先我""玄鸟致贻，女何嘉"
"羿淫游以佚畋兮，又好射夫封狐""冯珧利决，封豨是射"

从神话故事来讲，《离骚》认为简狄是吞"凤皇"之卵而生契，《天问》则认为简狄是吞"玄鸟"（燕）卵而生契。这两个说法是不同的。其次，《离骚》认为后羿所射的是"封狐"，《天问》则认为后羿所射的是"封豨"。二者之间也有差异。前人对此曾做过不少的考证，也发生了不少的误会。我认为这都是神话在长期流传中不断演化的反映。屈原不过根据不同的传说，取以为抒情写意的资料而已。当然，这种演化的原因也许是多方面的，但语言因素所起的媒介作用，是很显然的。

首先谈"凤皇"与"玄鸟"问题。

闻一多同志在这个问题上曾根据《尔雅·释鸟》"鹢，凤，其雌皇"这条资料，认为典籍"宴""燕"同声通用，金文"匽""燕"同声借用，故"凤皇即玄鸟""玄鸟即凤皇""非屈子之误，亦非传说有异"（详《闻一多全集·离骚解诂》）。当然，谓"非屈子之误"，这句话是对的；但从神话演化的角度看，谓"非传说有异"，则值得商榷。因为从闻一多同志所引用的《尔雅》《说文》《禽经》来考察，"凤皇"的特征是其色"黄"，而燕既称为"玄鸟"，则"玄鸟"的特征是其色"黑"。是"玄鸟"与"凤皇"不能混而为一，是很清楚的。故"凤皇即玄鸟""非传说有异"，是不容易说得通的。

其实这个神话是有个演化过程的，简狄吞燕卵而生契，可能是比较原始的传说。屈赋谓"玄鸟致贻"，见于《天问》，也见于《思美人》。《诗·商颂·玄鸟》所谓"天命玄鸟，降而生商"，也即指此而言。这种"圣人感天而生"之说，本是远古母系社会的残痕在神话中的反映。但在这个神话流传的过程中，人们为了把"圣人感天而生"加以神圣化，故令其由平凡的燕卵，一变而为灵异的凤卵。因此《离骚》所谓"凤皇既受诒"，《礼记·月令·疏》引《郑志》亦谓："娀简狄吞凤子……"绝不是偶然的。但是仅就其社会根源而言，还不足以说明这个神话必然要由燕变凤而不会变为其他鸟类的原因。因而如果进一步探索其由燕到凤的演化媒介，则语言因素是绝不能忽视的。那就是由于"燕"（玄鸟）与"鹢"（凤皇）同音的关系，才使"玄鸟"演化为"凤皇"，形成了不同的传说。屈赋既言"玄鸟致贻"，又言"凤皇既受诒"，就是这样来的。

从上述的分析中不难看出：闻一多谓"非屈子之误"，是也；

谓"非传说有异",则非也。至于有的屈赋研究者为了统一"玄鸟"与"凤皇"的矛盾,谓"玄鸟致贻"是"玄鸟"向简狄送卵,"凤皇既受诒"则是简狄派"凤皇"去接受燕卵,而不知"受""授"古人通用无别,"授诒"即"致贻",况从《郑志》来看,明明是"简狄吞凤子",而不是派"凤皇"去接受燕卵,是显而易见的。

其次,谈"封狐"与"封豨"问题。

对这个问题,闻一多认为据古籍,后羿有射"封豨""封豕""封猪"之事,而无射"封狐"之事,故今本《离骚》"又好射夫封狐"之"狐"字,"当为猪字之误"(详《闻一多全集·楚辞校补》)。今按,如果单纯从校雠学角度看问题,则闻说当然无可非议。但如果从古代神话的演化规律来看,则它应该跟上文所举的"赤蚁"演化为"如象"、"玄鸟"演化为"凤皇",其性质是相近的。因为这个神话在原始阶段,可能是后羿"射封豕""射封豨""射封猪",总之,都是一物之异名。而"射封狐"的"狐",则显系另一种动物,不容混淆。但后羿作为古代神话人物,情况相当复杂。据古籍所载,其所生活的时代,流传的事迹,皆各不相同。这是古代神话中常见的现象。其中有神话历史化的成分,也有历史神话化的痕迹。因此,后羿所射的,有的传说为"封豨",有的传说为"封狐",这些也应该是神话演化的现象,而绝不是屈赋在流传中由于缣帛抄录、版本刊刻所造成的错误。

由"豨""豕""猪"演化而为"狐",如果从古代神话演化惯例来看,则语言因素所起的媒介作用,还是有痕迹可寻的。例如《方言》八云:"猪,北燕朝鲜之间谓之豭;关东西或谓之彘,或谓之豕;南楚谓之豨。"由此可见,《天问》所谓"封豨是射",或系后羿神话流传于"南楚"者,故据方言称为"封豨"。《淮南子·本经》也谓羿射"封豨",当亦系"南楚"之传说。至于《左传》昭公二十八年,晋人又称后羿灭"封豕",则或系神话之流行于北方者(已向历史化发展),故据方言称为"封豕"。至于扬雄《上林苑箴》谓羿射"封猪",则显系用通语,故称"猪"。但根据《方言》所记,又谓:"猪,北燕朝鲜之间谓之豭。"而且现在看来,春秋时称猪为"豭"者,也并不限于"北燕朝鲜之间"。如《左传》昭公四年谓穆子梦见一人"深目而豭喙";哀公十五年,亦有"舆豭从之"之语。可见齐鲁之间当时亦称猪为"豭"。因此,很可能后羿射"封豨"的神话流传于齐鲁之间者,或据方言称"封豨"为"封豭"。而"豭"与"狐"古系同音字,皆属喉纽鱼部。由于"豭""狐"同音无别,故后羿射"封豨"的神话,以语言为媒介,从"封豨"转为"封豭",又由"封豭"演化而为"封狐"。屈原在《天问》里称"封豨",可能是用南楚传说,而在《离骚》里又称"封狐",或齐鲁传说之流入楚地者。当然,楚人接受这个传说,也有现实的传统根据。如《招魂》所述,南方即有"封狐千里"的神话。因而,《离骚》出现了"又好射夫封狐",这是很自然的。

从上述情况看,闻一多认为"狐"乃"猪"之误字,固然不对;而有的屈赋研究者认为屈原为了诗歌的押韵关系,故改"豨"为"狐",更属错误。为了强调韵律而不顾事实,大诗人屈原绝不会如此。

"萍号起雨,何以兴之"

按《天问》"萍号起雨,何以兴之"的"萍"字(现为"萍"的异体字),古本异文极多。如洪兴祖《补注》、朱熹《集注》皆引一本作"荓",一本作"萍"。又《周礼·秋官·萍氏》,郑玄注:"郑司农云:萍读为蛢,或为萍号起雨之萍。"可见"萍""荓""萍""蛢",古字是通用的。但是如果把"萍号"联系起来看,则作植物,文义难通,作"蛢"当为更原始一些。据《说文》虫部云:"蛢,蟥蟥,以翼鸣者。从虫,并声。"又《尔雅·释虫》云:"蚨蟥,蛢。"《广韵·青》亦谓"蛢,以翼鸣虫。"《周礼·考工记》"以翼鸣者",郑注云:"翼鸣,发皇属。"是"蛢"乃虫名,"以翼鸣"乃其特征。《天问》所谓"萍号",原作"蛢号",即指蛢虫之鸣叫而言。至于所谓"蛢号起雨",殆如《博物志》所云"蚁知将雨"(《艺文类聚》九十七引),《说苑·辨物》所云"天将大雨,商羊起舞",《诗·东山》郑笺所云"鹳……将阴雨则鸣"之类。又按《说文》鸟部云:"鹬,知天将雨鸟也。从鸟,矞声。"而"蛢"又名"蟥",亦从"矞"得声。此盖皆因知雨而袭用同名。这也是古人命名的通例之一。① 因此,《天问》"蛢号起雨,何以兴之"者,即谓:蛢鸣则雨起,它是怎样把雨引起来的呢?本来是先有气候的变化,虫鸟感之而鸣。但在古人对自然规律尚未掌握以前,却倒果为因,把这类自然现象神秘化了。故屈

---

① 《尔雅·释草》有"果蓏",而《释虫》亦有"果蓏";《释草》有"蒺藜",而《释虫》亦有"蒺藜"。此皆以有共同特征而同名。

原在这里对此传统观念提出诘问。《天问》此句上文有"大鸟何鸣"之问,下文又有"鹿何膺之"与"鳌戴山抃"之问,则"蚌号"也应跟"鸟鸣""鹿膺""鳌抃"一样,是指动物"蚌",而不是指植物"荓""萍""荓"。

从上述情况看,"蚌"或名"蠫蟥",或名"蚆蟥",或名"发皇"(即"蚆蟥"之异文)。而郭璞《尔雅》注则云"今江东呼黄蚌",《一切经音义》十五又作"江南呼为黄瓦蚆"。是"蚌""蠫""蟥""蚆"等名在互相组合上是比较多样的。盖古人抑或以"蚌蠫"联称,故雨神之名为"屏翳",殆即由知雨的"蚌蠫"一名因声音相近演化而来。(蠫在入声物部,翳在入声质部,二部旁转极近。)故古人曾因鹏飞则风生,故风从鹏得名,而风神"飞廉",即由"风"字的复辅音演化而来。这跟雨神"屏翳"由虫儿"蚌蠫"演化而来,是同样的演化规律。可见,由自然界的小虫,演化为人们心目中的大神,这中间虽然也有某种社会心理上的联想,但语言因素却起着很大的作用。《天问》"荓号起雨,何以兴之",王逸注云:"荓,荓翳,雨师名也。"按王氏此注,作为"雨师"这一神话的演化结果看来,并没有错;但从"雨师"这一神话产生的来源来看,则显然跟《天问》的本义是不相符合的。因为屈原所问的明明是原始性的鸣则有雨的"蚌"虫,而不是雨师"荓翳"。至于《初学记》一引《纂要》,误以"屏号"为雨师之名,《搜神记》卷四又误以雨师之名为"号屏",此皆误读《天问》所致。

从字形来讲,"蚌蠫"之转为"屏翳",殆因"蚌蠫"起雨被人们神话化以后,而云气掩翳乃雨师所带来的自然特征,故即以"屏翳"为名。但再演化下去,古人又谓水神为"冯夷"(冰夷、无夷)。实则"冯夷"即"屏翳"之异文,水神即雨神之延伸。

屈赋《远游》云"令海若舞冯夷",王逸注云:"冯夷,水仙人。"即由此而来。再演化下去,水神冯夷的神话,古人又常与河伯神话融合而为一。如《水经注·洛水》引《竹书纪年》云:"洛伯用与河伯冯夷斗。"《北堂书钞》卷一四四引《太公金匮》亦谓"河伯名冯夷"。屈赋《九歌·河伯》作为祭祀的乐歌来讲,其所祭者,实即神话中的河伯冯夷。洪兴祖《补注》引《山海经》《穆天子传》以说《河伯》,极是。而所引《抱朴子》《清冷传》之说,则已近"仙话""鬼话",与此无涉。

最后,必须回顾一下首段所引《周礼·秋官》"萍氏"一职的名称问题。我觉得先郑认为"萍"当读为"蛢",是很有意思的。从郑玄的注来看,他说:"萍氏主水禁。萍之草无根而浮,取名于其不沉溺。"今按《周礼》职官名称,大都跟其所司职责有关。郑玄从这个角度来解释"萍氏"的含义,不是没有道理的。但是,"萍氏"之职既掌"水禁",使人"不沉溺",则显然跟雨师"屏翳"、水神"冯夷"或河伯"冯夷"的神话有关。先郑读"萍"为"蛢",无疑是从这一神话的起源来理解的;而郑玄所谓萍草无根不沉之说,或系附会之谈。

结　语

屈赋里所保留的我国古代神话,是一份瑰丽多姿的文化遗产,尤其难得的是,在不少的诗篇里,更为我们展现出古代神话不断演化的历史痕迹。这是过去的屈赋研究者所没有予以充分注意因而也没有合理解决的问题。

前人对此,虽然有时也接触到了神话中的声韵通转问题,但目的是要勘正所谓文字上的讹误，以还原所谓屈赋的本来面貌，而不是根据屈赋所展现出的客观事实，溯源导流，以揭示神话的演变规律。故对屈赋中的神话素材，往往提出不必要的怀疑、辩解乃至纠误。现在看来，这是不必要的。

当然，正如上文所述，神话的演化，有极其复杂的社会根源。但语言因素的触发和诱导曾使古人的想象力由此到彼，浮想联翩，则是不可否认的客观事实。虽然这在逻辑思维上是不可思议的，但跟形象思维却是一脉相通的。故特表而出之，以供学术界参考，并予以指正。

（写于 1978 年 12 月）

《招魂》"些"字的来源

"些"字的传统解释

《楚辞·招魂》每句末缀"些"字以为语尾,这在中国文学史上是一个创举。古今的字书、韵书对"些"字曾有不少的解释。例如从"些"字的含义来讲,则《经典释文》卷二十九引《广雅》云"些,辞也",《玉篇》云"些,辞也",《广韵》云"些,楚语辞",《集韵》云"些……语辞也,见《楚辞》"。从"些"字的音切来讲,则《玉篇》有"息计切""息个切",《广韵》有"苏计切""苏个切""写邪切",《集韵》有"桑何切""四个切""思计切""思嗟切",《类篇》则有"将支切""桑何切""思嗟切""息计切""思計切""四个切"。至于从"些"字的形体结构来讲,则上述各书,都未涉及,只有大徐《说文解字》新附才把"些"字收入"此"部,并说:"些,语辞也。见《楚辞》。从此从二,其义未详。"可见"些"字的形体结构"从此从二",是很不容易理解的。而《一切经音义》二则认为"呰"字的古文有

"些""歁"二形。好像"些"字的异体又作"呰""歁"。但据《说文解字》口部云"呰，苛也"，则"呰"乃呵责之本字；又欠部云"歁，欧也"，则"歁"乃"欧吐"（即呕吐）之本字。是"呰""歁"各有本义，有人认为是"些"字之异体，是没有根据的。因为"些"字从"二"，不仅跟"语辞"的含义无关，即从呵责或呕吐的含义来讲，也都是说不通的。至于《集韵》九麻又以"尐"为"些"字的异体，训为"少也"，则不过是因为世俗借"些"音表示"少许"之义，故又根据"少"义造俗体"尐"字与"些"字并行。这对于解释"些"字的形体结构，也是没有任何参考价值的。总之，"些"字的形体结构，古往今来并未得到合理的解决。

今考：这一结构奇异的"些"字，在先秦古籍中，只见于《楚辞·招魂》。但是，汉王逸的《楚辞章句》，遍释楚言楚语，而不及"些"字，汉许慎的《说文解字》，广收屈原、宋玉、司马相如以及扬雄赋中的文字，也不收"些"字。直至魏晋以来，"些"字才为人们所注意。这个现象，恐怕不是偶然的。当然，《广雅》以下，根据《招魂》的语法关系释"些"为"语辞"，从词性上讲，也还没有大错；又根据古今不同的读法所记录的种种音切，从音理上讲，也有通转之迹可寻。但是，如果从字体结构上讲，则不能不进一步做深入的探讨。

历代治《楚辞》者，对"些"字的特殊用法，也曾进行过不断的探索，并提出不少新的结论。例如宋沈括《梦溪笔谈》卷三云："《楚词·招魂》尾句皆曰些①。今夔峡湖湘及南北江獠人，凡禁咒句尾皆称些。此乃楚人旧俗，即梵语萨嚩诃也②，三字合言

---

① 原注：苏个反。
② 原注：萨音桑葛反；嚩，无可反；诃从去声。

之,即些字也。"近人岑仲勉同志又认为突厥文 sa 是"说"的意思,与"些"音同。突厥文暾欲谷碑叙各人说话时,往往不到三两句就插入"我说"或"他说"的字样,是为了加重语气的。巫阳主持招魂,对灵魂说话要表现一种权威,方能有效,故每句缀以"我说"。① 游国恩则认为古代典籍中记楚地少数民族招魂之风甚盛:"《招魂》首尾用骚体,中间主要用四言形式。每隔一句,句尾用'些'字,与其他各篇用'兮'字不同,大概是模拟南方巫音。"(见《屈原》)现在看起来,以上这些新的解释,都有缺点。如沈括认为"些"乃梵语"萨嚩诃"的合音,但梵语传入中国很晚,《招魂》的语尾无从袭用。岑仲勉同志认为"些"乃突厥语"我说",但突厥族与楚民族地域远隔,语系不同,不宜混为一谈。游国恩认为"些"是模拟南方巫音,但巫音如何?"些"字怎样表现了巫音?这些并未得到解决。当然,所有这些探索,虽各有其不足之处,但他们都能从少数民族语言的角度来解释《招魂》的"些"字,尤其是把楚地少数民族的招魂风习跟禁咒语尾或南方巫音结合起来进行研究,更富有创造性。

《楚辞·招魂》与苗族风习

今按:在先秦文字中,本无"些"字,《招魂》的"些"字,乃"此"字的重文复举。古人于"此"字下作"二",以为重文复举的符号,后人不察,误将"此""二"两形合而为一,才形成后来的"些"字。几千年来,遂以讹传讹,沿袭至今。

---

① 《楚辞注要翻案的有几十条》,见《中山大学学报》1961 年第 2 期。

为了说明上述论点，我首先把贵州大学杨汉先同志在少数民族调查中所得到的一项材料照录于下：

云南省大关县永明村苗族李姓巫师，在治疗精神昏迷病时，其招魂咒语为：

"密等元老鸦诺亚活格格老，写写。

阿元能洛即洛各地洛阿。

洛阿者地洛即洛的来，写写。

即地须倒牛倒能洛的来。"

上四句念三次，然后继曰：

"颠密鸦冒，阿，写写。"

巫师每读至"写写"，其尾音高而长。

据杨汉先同志说，此项咒语，巫师秘不告人。当时系委托跟巫师最亲近的人记录下来的。因系汉字记音，故只得其音读，不悉其内容的含义。因此，要利用这项材料来解释《招魂》的"些"字，首先必须对下列几个问题做进一步的探讨：第一，苗族招魂的习俗与《楚辞·招魂》来源的关系；第二，苗族巫师的咒语与《楚辞·招魂》内容的关系；第三，苗族咒语的尾声"写写"与《楚辞·招魂》"些"字的关系。

首先，谈谈苗族招魂的习俗与《楚辞·招魂》来源的关系。

据《韩诗外传》卷三云："当舜之时，有苗不服。其不服者，衡山在南，岐山在北，左洞庭之波，右彭泽之水。"《战国策·魏一》也载有吴起的一段相似的话。除方位有误外，"岐山"作"文山"。又按《国语·齐语》，齐桓公"南征伐楚，济汝，逾方城，望汶山"。韦昭注云："汶山，楚山也。"可证《韩诗外传》之"岐山",实即"文山"或"汶山"之误。其山在楚之北,距方城不远,与蜀之岷山无关。按舜时的"有苗",是否即后来的苗族,学术界还有不同的意见。但据《后汉书·南蛮西南夷传》云:"及吴起相悼王,南并蛮越,遂有洞庭苍梧。"古人对少数民族,原无定称,而"蛮"又往往为南方少数民族之总名。因此,不管后世湖南一带的苗族是否为舜时的"有苗",战国时期楚国的"洞庭苍梧"地区是苗族聚居之地,这一点当跟现在无大差异。又按《国语·楚语》记载观射父对楚昭王说"其后三苗复九黎之德",以及"民神杂糅,不可方物,夫人作享,家为巫史"。可见春秋战国时期杂居楚国境内的苗族"家为巫史"的风气是很盛的。而且这种风气对楚民族的影响也很大。所以《吕氏春秋·侈乐》又说:"楚之衰也,作为巫音。"而这其中"招魂"的习俗,正是"巫史"之风的表现形式之一。这种风习,直到后世仍盛行于湘、桂、川、滇的少数民族当中。例如宋范成大《桂海虞衡志》曾记载其"收魂"之俗(见《文献通考·四裔考》引),清陆次云《峒溪纤志》对此也有记载,又云南《昭通县志》也载有"叫魂"之俗。而且这些所谓"收魂"或"叫魂"等,都是为远行初归的人或病情严重的人举行的,并不一定是招死者的灵魂。

《楚辞》的《招魂》一篇,西汉司马迁认为是屈原的作品。历来《楚辞》研究者,多数同意这个意见。因此,根据屈原流放时足迹所及之地来探索《招魂》这一文学形式的来源,是很必要的。从屈赋《九章》里可以考见者,如"当陵阳""宿辰阳""入溆浦""临沅湘""济江湘""上洞庭"等,都正是在《韩诗外传》《战国策》所谓"有苗"杂居的彭泽洞庭之间、沅资湘澧的广阔地域之内。不难设想,屈原在流放中,彷徨山泽,殆无时不跟当地的少数民族相接触,对其异风异俗是深有感受的。仅就《涉江》

而论，就曾写道："哀南夷之莫吾知兮，且余济乎江湘。"王逸、洪兴祖、朱熹、蒋骥等人的注释，都以"南夷"为指楚国。但很多人则认为屈原亦楚人，不应以"南夷"称其祖国，甚至有人由此怀疑《涉江》不是屈原的作品。其实，这个问题古人早已有合理的解释。如明代王夫之的《楚辞通释》说："南夷，武陵西南蛮夷，今辰沅苗种也。既被迁江南，将绝江水溯湘而西，与苗夷杂处，谁复有知我者乎？"清代陈本礼的《屈辞精义》也认为"南夷"是"指辰阳苗夷"。则屈原在流放中曾深入楚国的少数民族地区，是很显然的。而且《涉江》下文所述："乘舲船余上沅兮，齐吴榜以击汰。船容与而不进兮，淹回水而凝滞。朝发枉陼兮，夕宿辰阳。苟余心其端直兮，虽僻远之何伤。入溆浦余儃佪兮，迷不知吾所如。深林杳以冥冥兮，猿狖之所居。山峻高以蔽日兮，下幽晦以多雨。霰雪纷其无垠兮，云霏霏而承宇。"所有这些，都把当时辰阳、溆浦一带少数民族地区的荒僻情景写得极其逼真。尤其下面接着写道："接舆髡首兮，桑扈裸行。"王逸注认为"桑扈裸行"，是"去衣裸裎，效夷狄也"。如果承上文"南夷"来理解，王逸这个注释深得屈赋的本意。因为《史记·赵世家》里肥义曾对赵武灵王说过"舜舞有苗，禹袒裸国"的话，《吕氏春秋·贵因》也有"禹之裸国，裸入，衣出"的说法，《淮南子·齐俗训》又说："是故入其国者从其俗，入其家者避其讳，不犯禁而入，不忤逆而进，虽之夷狄徒倮之国，结轨乎远方之外，而无所困矣。"是王逸的注解也许即本此而来。① 从以上的情况看，屈原流放时，曾跟包括苗族在内的少数民族的生活习俗有所接触，这

---

① 至于"髡首"，则王逸注并没有跟"效夷狄"相联系，但事实上"髡首"亦古代少数民族习俗。如乌桓、鲜卑虽系北族，亦有此风。

是确实可信的。

正如历来文学史家所评定的那样,屈原的作品是采用民间文艺形式而加以创造和发展的。其中对如歌谣体裁、神话传说、民族习俗、地方风物、方言土语等的广泛吸收,正是构成屈赋绚烂多彩、奇特瑰丽的艺术风格的最丰富的营养。而屈原的《招魂》,更集中地表现了这一特色。因为,这正是他运用当时盛行于少数民族中巫师招魂咒语的形式,通过"巫阳"的口吻,而赋予了作品新的生命,达到了相当高的艺术水平。

其次,来看苗族巫师的招魂咒语与《楚辞·招魂》内容的关系。

上文所记录的云南大关县巫师的招魂咒语,由于采用了汉字记音,故我们对咒语的内容,无法理解。要探讨这个问题是有困难的。但是,我们仍可以根据许多旁证来进行推断。根据屈赋《招魂》的首段"帝告巫阳曰"及"巫阳焉乃下招曰"等语,则招魂必由巫师执行。这跟大关县由李姓巫师专掌招魂之职、咒语秘不告人的事实是相符合的。又《招魂》首段还有"有人在下,我欲辅之,魂魄离散,汝筮予之"等语,亦即王逸序所谓"魂魄放佚,厥命将落,故作招魂,欲以复其精神,延其年寿"。这又跟大关县巫师招魂之术系施之于"精神昏迷"病的事实相符合。他们不是招死人之魂,而是招病人之魂。清陈本礼《屈辞精义》把"些"字解释为"挽歌声",显然是误为招死人之魂的附会之谈。

至于大关县苗族巫师招魂咒语的内容虽不得而知,但另外一项有关苗族招魂的材料,可作为它的补充。近人凌纯声的《湘西苗族调查报告》第191页,曾记录苗族招魂故事一则:苗族对病重昏迷者,认为因其魂为鬼物所得,困人魂魄于洞中,洞中的景象是"到了大门,只见许多大蛇与蜈蚣,来来往往,一见了人,就张口要咬""进了第一栋屋，又有许多野兽在那里走来走去，一见了人，也都张牙舞爪扑来"。而屈赋《招魂》则说："蝮蛇蓁蓁，封狐千里些；雄虺九首，往来倏忽，吞人以益其心些……豺狼从目，往来侁侁些……归来，往恐危身些。""土伯九约，其角觺觺些；敦脄血拇，逐人駓駓些；参目虎首，其身若牛些；此皆甘人，归来，恐自遗灾些。"此其所述之险恶情景，跟湘西苗族招魂的传说，如出一辙。又据陆侃如的《西园读书记》所说，弗拉惹的《金枝集》里记载缅甸加伦人的招魂习俗，录有歌词，先叙外界之危险，次叙屋内之舒适，与《招魂》相近。按这些资料虽然没有谈到歌词的语尾问题，但就其歌词的内容与结构来讲，是极有参考价值的。① 我们虽然还不能断定大关县巫师招魂咒语的内容也一定涉及这些情状，但我们可以肯定地说，屈赋《招魂》的内容，显然是受到了上述少数民族中古老的招魂习俗的影响而创造出来的。

最后，来看苗族咒语的尾声"写写"与《楚辞·招魂》"些"字的关系。

屈赋《招魂》，除首段的叙事及末段的"乱曰"外，中间的"招曰"以下，全是模拟苗族巫师招魂咒语的形式，尤其是语尾用了极其特殊的"些"字，正是从模拟苗族咒语尾声的"写写"而来的。因此，《招魂》的"些"字，当时实为"此此"二字之重文，跟苗族咒尾"写写"的二音连读相当。后人由于对"此此"连用，在汉语中不常见，遂将"此"下的重文符号"二"，跟"此"误并为一字，虽仍以"此"音读"些"形，却改叠音为单音。"此"音的古今转变规律，完全证实了这一点。（详后）

至于"此此"重文误合为"些"的原因，除后人对"此此"

---

① 当然，陆侃如据此否定《招魂》是屈原作品，这是错误的。详后。

连用不常见外，曲园先生《古书疑义举例》就有"重文作二画而致误例"，其中有不少例证。现在看来，"些"字误合重文为一字，也应当是新的例证之一。其次，这个现象也可能跟上下文句的字数有关。因为《招魂》后半占全篇三分之二的篇幅，大都是四字句。如按重文读法，则与上下文的四字句不一致，故误合二字为一字，以取字数相等。这种情况，在《诗经》中曾有其例。如《诗·丘中有麻》，全篇为四字句，只有首章末句"将其来施施"，为五字句。据《颜氏家训·书证》，毛诗、韩诗及河北旧本皆作"施施"，而"江南旧本，悉单为施，俗遂是之，恐为少误"。可见，古书重文误为单文，跟上下文句字数的关系，也是很密切的。

　　上述宋沈括所记载的少数民族"禁咒语尾皆称些"，又说"些"乃梵语"萨嚩诃""三字合言之"。这个结论虽然是错误的，但似乎他所听到的"些"音，亦系复音而非单音，故得误为"三字合言"。这一点是值得我们注意的。果尔，则沈括当时所听到的"夔峡湖湘"一带少数民族咒语尾的叠音"些"，跟今天云南大关县苗族咒尾的"写写"就应当是出于一个来源。"些"音的转变规律跟"写"音的转变规律的一致性，也可以证明这一点。（详后）

　　这里可以附带谈谈的是，以"二"形作为重文符号，从周秦金文到汉唐俗书，一直沿用下来。但汉碑为避免与数词"二"相混，多变"二"为"乚"，如《石门颂》等。迨唐宋草书，则或由"二"变"乙"，或由"乚"变"夂"。元刊本《梦溪笔谈》卷三引《楚辞》"些"字，即作"芈"。又《稼轩长短句》卷五的《水龙吟》"用些语"填写，每句语尾缀以"些"字，而旧刊本"些"皆作"芈"。这当然不能用以证明沈氏、辛氏曾把"些"字的"二"形理解为重文符号而叠音连读，但却由此使我们仿佛看到了先秦古本《招魂》的原始面貌。

"些"字音读的转变规律

从上述的情况看，后世"些"字的音读，也就是"此"字的音读，不过是改叠音为单音而已。"此"字原有本义，这里乃以同音关系借为"语辞"，这跟"其""也"等字各有本义而后世以同音关系借为"语辞"，是一个道理。因此，要探讨"些"字音读的转变规律，必须跟"此"字音读的转变规律结合起来考察。

首先从前引各字书、韵书所记录的"些"字的复杂音切来看，其中有"息个切""苏个切""四个切""桑何切"等。这些音切，可能就是"此"字的先秦古音保留下来的遗痕。归纳起来，都属于古韵的歌部。为了证明这一点，我们不妨看看下列事实。《诗·宾之初筵》四章："侧弁之俄，屡舞傞傞。""俄""傞"都在古韵歌部，故相为韵。但是，《说文解字》女部"媻"字下引此诗却作"屡舞媻媻"。对这个问题，可从两个方面来看：第一，"俄"字从"我"得声，古韵在歌部，"媻"字从"此"得声，一般古音学家都归入古韵脂部。那么，"俄""媻"为韵，是否由于那时"俄"已转入脂部呢？显然不是。因为凡从"我"得声之字，古今除了一个"义"字之外，就没有一个转入脂部或支部的，"俄"字当然也没有例外。① 因此，以"侧弁之俄"与"屡舞媻媻"为韵，不能认为是"俄"字已转入脂部，故与脂部的"媻"字为韵，而应当理解为"媻"的古代音读跟"俄"字同在歌部，犹保存了"此"

---

① 即使"义"字或从"义"得声之字，在《诗经》和屈赋里也全在歌部，并没有转入脂部或支部。

字的原始音读。第二，《说文解字》引《诗》以"婈"字为"傞"字的异文，跟上述的情况也是一样。因为"傞"字的原始音符是"左"，从《诗经》来看，凡从"左"得声之字，全在古韵歌部，还没有转入脂部或支部的迹象。屈赋《天问》以"嗟"与"嘉"为韵，也是在歌部。所以"婈"字得为"傞"字的异文，并不是因为"傞"已由歌部转入脂部，而是因为"婈"音原在歌部，保存了"此"字的古音，故得与同部的"傞"字为一字之异文。①从以上的情况看，凡从"此"得声之字，虽被古音学家划入脂部，但就先秦流传下来的古本典籍的异文来看，"此"字较原始的古音，或在歌部。因此，"些"字在古代字书或韵书中的"息个切""苏个切""四个切""桑何切"等，也正是古音"此"在歌部的残痕。其实，这种情况也不是绝无仅有。就拿从"此"得声的"玼"字来讲，《集韵》哿韵里就有"此我切"一音，也是"此"在古韵歌部的残痕。清代郝懿行的《尔雅义疏》，不仅把"些"跟"呰"混为一字，而且对"些"字古读"苏个切"一音也加以否定，认为"或读些为苏个切，非矣"。这完全是错误的。段玉裁的《说文解字》注认为"古此声差声最近"，虽已接触到问题的实质，但却不知道"此"音或本来就当在歌部，跟"差"音不仅是"最近"，简直是同部。

当然，由于时间、地域的不同，在《诗经》里已出现了从"此"得声的字转入脂部或支部的现象。如《小旻》二章以"訿"

---

① 此例极多，如《周礼》中"内司服"之注引《诗》"玼兮玼兮"，《释文》谓"玼本亦作瑳"，又如《淮南子·说林》"海不受流膬"，注云"骨有肉曰膬"，而《吕氏春秋·异用》"泽及髊骨"，注云"骨有肉曰髊"，又如《说文解字》示部云："紫，烧柴寮祭天也。从示，此声。《虞书》曰：至于岱宗紫。祡，古文紫，从隋省。"这里所谓"从隋省"，即"从隋省声"。这都是因为从"此"得声之字古在歌部，故跟歌部的字以同音的关系为一字之异文。

字与脂部的"哀""违"等字为韵,《小弁》五章以"雌"与支部的"枝""知"等字为韵。总的来讲,这类现象虽然只是开始,却合乎语音转变的规律。到了唐宋以来,则凡从"此"得声的字,几乎全部转入别韵,而只剩下了包括"些"字在内的极少数从"此"得声之字保存在戈、个、哿等韵,犹属古韵歌部。唐宋以来字书、韵书的音切完全证明了这一点。而且应当注意的是,《广韵》"些"字虽有三个音切,而只在"苏个切"下注为"楚语辞",并明确指出"楚音苏个切";《集韵》"些"字虽有四个音切,而只在"四个切"下注为"语辞也,见楚辞"。可见,这时保留在歌部的"些"音,只有读《招魂》"些"字时才用得上,别的场合是不用的。所以沈括在提到少数民族禁咒语尾的"些"字时,特别注出"苏个反"一音,因为只有这个音读既跟禁咒语尾相符合,也跟《招魂》"些"字的音读相一致。《汉书·王褒传》说宣帝时"征能为楚辞。九江被公,召见诵读"。看来"诵读"《楚辞》,当时已成了专业。据《隋书·经籍志》,著《楚辞音》者有晋徐邈、宋诸葛民、孟奥及隋释道骞等,并说:"隋时有释道骞,善读之,能为楚声,音韵清切,至今传楚辞者,皆祖骞公之音。"可见,《楚辞》的音读,当时已跟一般的音读有别。"些"字犹保留歌部一音,或即其一例。惜各家《楚辞音》皆已失传,只有释道骞的《楚辞音》仅存唐写本残卷,对"些"字音读,无由得其究竟。

其次,在唐宋以来字书、韵书中,除了上述"些"字"苏个切"等一部分音切外,还有下列各种音切:"思嗟切""写邪切""苏计切""思计切""息计切""将支切"等。其中"思嗟切""写邪切"都在《广韵》麻韵,"苏计切""思计切""息计切"都在《广韵》霁韵,"将支切"则在《广韵》支韵。从主要元音的音值来看，在麻韵为 a，在霁韵为 e，在支韵为 i。上述这些转变的痕迹，从今天方音中"些"字的不同音读，犹可见其梗概。如闽南读"些"为 sia，鲁东读"些"为 sie，温州读"些"为 si。这跟上述"些"字音切的变化有它的一致性。

最后，还要谈谈云南大关县巫师招魂咒尾的"写写"。按当时调查者用汉字"写写"记音，而且读"写"为 si，看来还是比较准确的。我们上文已把"些"字的唐宋音切跟今天的方言音值互相比较而看到它们之间的一致性，在这里，我们还可以把"些"字的上述音值跟"写"字的方言音值互相比较来看看"些""写"之间的密切关系。当然，从先秦古音来讲，"些"在歌部，"写"在鱼部入声，它们并不同部。但当后世"写"字转入马韵以后，就跟"些"字一起进入了共同的转变轨道。从今天的方音来看，"写"字闽南读 sia，鲁东读 sie，温州读 si。这跟上述"些"字的唐宋音切及方言音值的变化规律，是完全一致的。在这里可以看出，从宋代沈括记录少数民族咒尾的"些"音苏个切，到大关县苗族咒尾的"写"音读 si 是符合"些"字的转变过程的。

根据我个人在湖南调查的结果，湘西武冈巫师进行招魂时，必在病者的大门外一面读咒语，一面倒退而行，高呼："某某某回来呵！"接着就是口作 s——s——声。这个 s——s——声，可能就是云南大关县咒尾的 si——si——而失掉元音 i 的结果。①

通过以上的探索，可以得出这样的结论：屈赋《招魂》语尾的"些"字，相当于苗族招魂咒语尾声的"写写"。因为"些"

---

① 《招魂》有"工祝招君，背行先些"之句，王逸注云："背，倍也。言选择名工巧辩之巫，使招呼君。倍道先行，导以在前，宜随之也。"按王逸训背为倍，以"背行"为"倍道而行"，殊失本义。据上述武冈的情况看，则"背行"乃巫师呼魂时由门外到门内，以背向前，倒退而行，导以在先。

字本系"此此"的重文复举,以"二"作为重文符号。在古代文字里并没有"些"字,后世才误把"此""二"合并为"些",并改读叠音为单音。其音读仍如"此"字,在古音歌部。唐宋以来"些"字的种种音读,无论是韵书的音切或方言的音值,都是从周秦"此"字的歌部音读转化而来。少数民族咒尾的"些"音或"写"音,也同样具有上述的转变痕迹。可见,屈赋《招魂》,乃是采用当时盛行于楚国少数民族中的招魂咒语形式而加以创造性的发展。它是中国文学史上具有浓厚民间文学色彩的瑰丽诗篇。因此,我们的这个探索,并不是为了否定早已"约定俗成"通行于世的"些"字,而是为了进一步理解屈赋《招魂》在艺术上的特点及其吸收民间形式的创作经验和历史意义。

结　语

《招魂》究竟是谁的作品,汉以来的说法不同。从史迁的《屈原列传》来看,他认为《招魂》是屈原的作品,把它跟《离骚》《天问》《哀郢》并举。而刘安纂辑《楚辞》时,也曾见过《招魂》,并模拟《招魂》写过《招隐士》,但却没有把它收入屈赋,显然刘安认为它不是屈原的作品。虽然后汉王逸的《楚辞章句》继承了刘安的意见,把《招魂》确定为宋玉悼师之作,而历代的屈赋研究者,则大多数同意史迁的结论,认为《招魂》的著作权应当归之屈原。当然,他们的证据是多方面的,不必重述。这里只打算从"些"字的角度,提出以下的看法。

考屈原作品的特点之一,就是采用民间文学形式和方言土语加以创造性的提炼和发展。而《招魂》的形式,尤其是以"此此"

为语尾这一特殊现象,更是屈原向民间文艺学习最突出的标志。但是,自宋玉以下,则不过是继承屈赋的传统,虽然形式略有变化,却并没有超出屈赋的范畴。如果说宋玉等的作品也有民间色彩,那只是从屈赋间接得来,缺乏应有的创造性。这也许是因为宋玉身处都邑,对民间的生活习俗是隔膜的。他所欣赏的是"阳春白雪",而不是"下里巴人"。(见宋玉《对楚王问》)而屈原则由于过着长期的流亡生活,洞庭风物、江南谣谚以及少数民族的习俗歌舞等等,无时无刻不给他以创作上的巨大影响和丰富的营养。《招魂》这一瑰丽奇特的诗篇,正是在这种情况下创作出来的。至于宋玉的作品如《九辩》,除了在形式上学习屈赋之外,在内容上或词汇上多受到儒家经典的熏染。例如"窃慕诗人之遗风兮,愿托志乎素餐",这显然是间接从《诗经·伐檀》"彼君子兮,不素餐兮"演化而来的;又如"有美一人兮心不绎",显然是间接从《诗·泽陂》"有美一人,伤如之何"演化而来的;又如"岂不郁陶而思君兮,君之门以九重",这显然又是从孟轲所引用过的典籍里象对舜讲的"郁陶思君尔"这句话承袭下来的。这类例子还有很多。而在屈原的作品里就不容易看到这种痕迹,反之,更多的是民间传说和楚言楚语的运用。因此,如果根据王逸的说法把《招魂》作为宋玉的作品,则显得跟他的风格是不协调的;而如果根据史迁的说法把《招魂》作为屈原的作品来看,则跟他的《九歌》《九章》《离骚》等的特殊风格,就完全统一起来了。

　　作为跟《招魂》有些相似的《大招》,也是异说纷纭。王逸曾认为:"屈原之所作也,或曰景差。疑不能明也。"从这篇作品的形式来看,的确有点像《招魂》。但是,特别应当注意的是,它不仅在思想内容上跟《招魂》不一致,而且在语言运用上把语尾的"些"换成了"只"。这就显示出作者一方面在模拟《招魂》,一方面又不肯采用这一极其新颖的"此此"重文的"些",所以只得间接根据《诗经》里常用的语尾"只"字以代替"些"(如《诗·柏舟》"母也天只,不谅人只")。由此可证,《大招》绝非出于屈原的手笔,有可能是景差的模拟之作。因为景差的生活条件跟宋玉有些相似,他还不理解从民间文艺形式中不断汲取新营养对诗歌创作的重要意义。

郭沫若同志在《屈原研究》里认为,《招魂》的"些"字等于《诗经》里的"思"字。显然这是由于囿于积习,不能对"些"字进行追本溯源的工作。此殆即胡应麟《诗薮·杂编》所谓"今人只求之于雅,而不求之于俗"的思想倾向。清代古音学家孔广森在《诗声类》里曾从多方面考证了《诗经》《楚辞》中的"兮"字古读如"阿"(即今天诗歌朗诵中的"啊"),近年马王堆出土的汉初帛书《老子》两种,凡今本的"兮"字,帛书全作"呵"(即现代的"啊"),这些证明了孔广森"兮"古读"阿"之说,完全是科学的结论。因此,对"些"字是"此此"重文这一初步探索,还有待于学术界的不断研究和新资料的进一步证明。

在民歌中汲取营养,这正是从屈原以来的中国文学发展史中总结出来的诗歌创作经验。可见,我们今天探索屈原诗歌怎样汲取民歌营养创造新的民族形式,不能不说是一项十分重要的工作。

(写于1948年7月,修改于1977年9月)

屈赋语言的旋律美

屈赋与"诵诗"

在古代,舞蹈、音乐与诗歌,是三位一体的。至于后来舞蹈、音乐跟诗歌的分合关系,或诗跟歌的分合关系,虽然情况较为复杂,但作为一种文学体裁的"诗"来讲,其总的倾向,不仅是逐渐脱离舞蹈、音乐而独立,乃至也逐渐脱离"歌"而独立。

《九歌·东君》云:

> 缊瑟兮交鼓,箫钟兮瑶虡,
> 鸣篪兮吹竽,思灵保兮贤姱,
> 翾飞兮翠曾,展诗兮会舞,
> 应律兮合节,灵之来兮蔽日。

可见在当时,《九歌》是诗,也是歌,而且在祭神之际又跟舞蹈、音乐交融为一体。它们之间必须是"应律""合节"的。这里的

"律"和"节",虽然并非专指诗歌的"韵律"与"节奏",但跟诗歌的"韵律""节奏"却是密切相关的。

不过,后来不仅诗歌与舞蹈、音乐的关系越来越疏远,而且诗与歌的关系也渐渐脱节。《汉书·艺文志》有云:"诵其言谓之诗。咏其声谓之歌。"又云:"不歌而诵谓之赋。"屈赋当中,除《九歌》外,如《离骚》《九章》等,盖已皆"诵"而不"歌"。《抽思》云:"道思作颂,聊以自救兮。"古人"颂""诵"通用,例不胜举。故"道思作颂",殆跟《诗经》中的"家父作诵""吉甫作诵"的意思相同。故宋玉《九辩》又谓"自压按而学诵"。可见,屈赋的大部分篇章,除《九歌》外,皆属"诵其言谓之诗"的"诗",或"不歌而诵谓之赋"的"赋",而不是"咏其声谓之歌"的"歌"。跟"歌诗"相对,我们可以称它为"诵诗"。

但屈赋是在民歌的基础上发展起来的,其中或有"少歌曰""倡曰"等部分,即在"诵"之中或缀以"歌"。"诵""歌"相间,这可能是由"歌诗"发展到"诵诗"的过渡形式或残余痕迹。

由"歌"到"诵",使诗歌不仅脱离了舞蹈与音乐,而且又进一步失掉其本身原有的曲调美。这一方面固然使诗歌在艺术上为之减色,另一方面又由于它已成为一种独立的语言艺术,而不得不发挥其语言在表现力上所特有的优势。也就是说,不得不进一步发挥语言音响上所独具的音乐美和强烈的感情色彩。因此,古人所谓"诵"的含义,并不等于按文读音,照本宣科。《周礼·春官·大司乐》云:"以乐语教国子:兴、道、讽、诵、言、语。"郑注云:"倍文曰讽,以声节之曰诵。"可见"诵"与一般语言不同,"诵诗"殆有近于后世的"朗诵诗"。所谓"以声节之",即必须充分发挥诗歌语言在韵律、节奏上的旋律美。屈原当时"行吟泽畔""道思作颂",正是借助于"诵诗"以抒发其忧国忧民的愤懑之情,并在创作上大大发展了"诵诗"在语言旋律上的表现力和音乐美。

我们从诗歌发展的史实来看。

在古代舞蹈、音乐、诗歌三位一体而不可分割的情况下,它们的旋律是互相交融的,是一种"综合艺术"。因而作为"综合艺术"构成部分的诗歌本身的节奏、韵律的功能,还不可能充分地发挥出来。《诗经》里的"颂",是用于祭祀的乐歌,有乐,有舞,而"颂"诗中竟有不少篇章是无韵的;至于"风",开始都是出于民间的"徒歌",因而也就没有一首是无韵的。又如《九歌》,在楚人的宗教生活中,并不是单纯的"歌诗",还有乐,有舞。其语言的旋律美,无疑达到了相当高的水平。但学术界早已发现《九歌》中"兮"字的特殊用法,即以一个没有任何意义作用的泛声"兮"字,代替了"于""与"等对构成诗句具有语法作用的介词、连词等。为什么会出现这种现象呢?学术界的意见不一。但这里最大的可能性,是为了使诗歌跟舞蹈、音乐的旋律互相谐和,而以适应性极大的泛声"兮"字取代了音节较强而且各具特色的"于""与""而""以""然""其""之""夫"等虚词。这显然是因为:诗歌这时不过是这个"综合艺术"中的一个组成部分,其本身的旋律要服从整体旋律的需要。

在《汉书·礼乐志》中所载的《郊祀歌》十九章,虽句法与《九歌》全同,而句中的"兮"字却全部不用。这也主要是为了配乐歌唱的需要。不仅像《九歌》那样以泛声"兮"字代替介词、连词等,而且索性去掉句中的"兮"字,以便在演唱时对泛声的位置也可以随音乐的不同要求而错综变化。上述情况的演变,也出现在后世对《九歌》本身的处理上。《宋书·乐志》的歌词中收有《今有人》一篇,其词全为《九歌》中的《山鬼》,而跟汉代的《郊祀歌》一样，把句中的"兮"字全部删去。这无疑是当时乐工的底本，也是为了配乐歌唱的需要而采取的手段，宋郭茂倩《乐府诗集·相和歌辞》录《山鬼》亦然。这从"乐歌"来讲，确实是更方便了；而从"诵诗"来讲，则不仅影响意义的明确性，而且也使人感到节奏上的生硬、别扭。

不过，上述的情况，只是配乐的"歌诗"底本的演化过程，至于"诵诗"，则走着另外一条道路。

从屈赋来看，除《九歌》是用于祭祀的乐歌外，其余大都是向"诵诗"发展的。因此，在《九歌》中代替意义词的"兮"字，在其他篇章中不仅没有被取消或删掉，而且被还原为在语言结构上不可缺少的介词、连词等。这就更有利于发挥语言艺术本身特有的功能在"诵诗"里的作用。除意义的朗畅之外，多样化的语言音节，取代了单纯的泛声"兮"字，从而丰富了"诵诗"的旋律美。例如《九歌》云："载云旗兮委蛇"，而《离骚》则云"载云旗之委蛇"；《九歌》云"九嶷缤兮并迎"，而《离骚》则云"九疑缤其并迎"；《九歌》云"遭吾道兮洞庭"，而《离骚》则云"遭吾道夫昆仑"。

不仅如此，如《离骚》等篇，除了把《九歌》中并无语法意义的泛声"兮"换为介词、连词等外，还进一步对意义相同的介词"于""乎"根据旋律的要求不同分别使用，不相混淆（详后文），显示了节奏的益趋精密。从上述情况显然可以看出，诗歌脱离了舞蹈、音乐乃至曲调，而独立发展为"诵诗"之后的一种颇具历史意义的现象。

当然，除《九歌》外，屈赋也不是不用"兮"字。但只有极少数的情况下，跟《九歌》"兮"字的用法相似；而一般的"兮"字，则仅仅等于诗歌朗诵中的"啊"字，完全是泛声性质，只具有感情色彩，并不代表任何语法意义。至于屈赋以后个别诗人的个别作品，也偶或模拟《九歌》的"兮"字用法，但这并不能代表诗歌发展的主流。

《文心雕龙·声律》云："异音相从谓之和，同声相应谓之韵。"现在看来，刘氏的论点是很精确的。其中的"异音相从谓之和"，是指诗的节奏而言；"同声相应谓之韵"，是指诗的韵律而言。举此二者，确实抓到了诗歌旋律的本质。而屈赋在节奏和韵律两个方面所构成的旋律美，都达到了很高的水平。下文就准备从节奏、韵律两个方面谈谈个人的体会。

关于"节奏美"的问题

诗歌的节奏，用传统的话来讲，即指诗歌在语言上的抑扬、顿挫、长短、疾徐而言。所有这些，固然会随着"诵"者感情的变化而变化，但诗人在创作过程中，为了更真切地表达出起伏变化的内心世界，就不能不利用语言所固有的节奏性来完成这一任务。因此，诗歌的节奏，是诗人的感情跟诗人的语言互相适应的产物。

从艺术美的要求来讲，诗歌的节奏，既要从矛盾中求匀称，也要从统一中求错落。没有错落就无所谓匀称，而没有匀称也就无所谓错落，二者相辅相成，才能使诗歌达到和谐优美的境界。但不同的时代或诗人的作品，又各有不同的倾向。例如《诗经》，无论从章节或节奏上看，都倾向于从矛盾中求匀称；而屈赋，则无论从章节或节奏上看，都更倾向于从统一中求错落。

在《诗经》里，作介词用的"于"和"乎"是没有什么区别的。如《东山》云："鹳鸣于垤，妇叹于室。"而《桑中》则云："期我乎桑中，要我乎上宫。"或上下句都用"于"，或上下句都用"乎"，给人以整齐匀称感。但是，从屈赋来讲就不同了。闻一多同志在《楚辞校补》中曾引用季镇淮说："《离骚》语法，凡二句中连用介词'于''乎'二字时，必上句用于，下句用乎。'朝发轫于苍梧兮，夕余至乎玄圃''饮余马于咸池兮，总余辔乎扶桑''夕归次于穷石兮，朝濯发乎洧盘'……胥其例也。"今按季镇淮同志的这一发现是很重要的。但为什么会出现这种现象呢？这仍然需要我们进一步寻求答案。

我们知道，先秦古籍中，"于""乎"二字虽异形异义，但借"于"为"乎"的情况频繁出现，未加区别，在语法上，作为介词用的"于""乎"二字，也是通用无别的，从音读来讲，"于""乎"二字，古音皆在鱼部，这也正是"于""乎"之间古得通用的原因。既如上述，则《离骚》在上句下句的用法上如此严格区分又是什么原因呢？很显然，如果只用前人所谓"变文以成辞"的道理，是无从说明其所以然的，而应当进一步从诗歌语言的节奏感上来探索。

因为《离骚》中的"于""乎"二字，无论从什么角度讲，都是相同的，而只有在语言的某一音素上才能找到它们的差异。那就是："于""乎"二字，虽韵母都在鱼部，而声纽却略有不同。即"于"字乃"乌"字之古文，故本属深喉音影纽合口一等字。至于"乎"字，则为浅喉音匣纽合口一等字。可见，它们之间的根本区别，在于发音上"于"是元音起头的喉音，而"乎"则是后舌面的摩擦音。这个声纽上的差别，与诗歌语言的节奏是有关系的。因为在语言音素上，哪怕是极其细微的差别，也会影响到"诵诗"的节奏感。正是在这个意义上，才显示了"于""乎"之间的不同作用,也正是在这个意义上,才显示了屈赋的节奏于统一中求错落的旋律美,即意义是相同的,而音节是多样的、变化的。

但是,以上这些只能用以解释"于""乎"分别使用的原因,还不能解释为什么必须上句用"于"而下句用"乎"的道理。我们认为这应当从人类在语言生活中的自然规律上寻找根源。例如在《吕氏春秋·淫辞》中有这样一段话:

> 今举大木者,前呼舆呼(或作"舆謣"),后亦应之,此其于举大木者善矣。岂无郑卫之音哉,然不若此其宜也。

古籍中跟这段文字相似的话,还有不少异文,如:《文子·微明》中"舆呼"作"邪轷",《淮南子·道应训》中"舆呼"又作"邪许"。其实此皆同音异文,都是用以形容用力举重时人们所发出的呼喊声。因为它们自成旋律,故《淮南子》等认为"此举重劝力之歌也"。但值得注意的是,上述的"舆呼""邪轷""邪许",从古音来讲,都跟"于乎"是一音相通的同字异形。可证这种"劝力之歌",在发音的自然规律上,是"于"在前而"乎"在后。因而屈赋中,在同样意义上而上句用"于",下句用"乎",正是由这一语音上的自然规律所决定的,从而体现了屈赋在节奏错落中的自然美。这是古代由力的旋律到声的旋律,又由声的旋律发展到诗歌艺术上的节奏旋律的历史印迹。

也可能有人怀疑,从"舆呼"到"邪轷"等,都是联绵词,不可能二字分用。但是,屈赋在这方面的分用手法,其例不少。如《招魂》"雄虺九首,往来倏忽"的"倏忽",是联绵词,但

《少司命》却有"荷衣兮蕙带,倏而来兮忽而逝"之句,"倏"与"忽"分用,义同声异,而在节奏上互相呼应。这正跟"于""乎"分用一样,形成了诗歌旋律的自然美和节奏上的错落感。

其次,屈赋跟《诗经》相比,它的语言节奏的总倾向,是参差错落、舒卷自如。固然,屈赋也有对偶句,而且是极其整齐的。例如"朝饮木兰之坠露兮,夕餐秋菊之落英"(《离骚》)等,这无疑是从矛盾中求匀称的典范。但这在屈赋里却不占优势,在更多的情况下,则是从统一中求错落。而且,即使在句子上是对偶关系,也都有意识地使其参差有致,摇曳生姿。

举例来讲,《诗经·江汉》有"江汉浮浮,武夫滔滔"之句,《诗经·载驱》又有"汶水滔滔,行人儦儦"之句,都是对偶句,而且都是以叠音词对叠音词,从节奏上看,是极其整齐调谐的。但在屈赋《怀沙》里的句子却是:"滔滔孟夏兮,草木莽莽。"这里本来跟《诗经》一样,也可以作"孟夏滔滔兮,草木莽莽",但由于语言结构上的变化,使其节奏上的特征,不是以统一求匀称,而是以错落求多姿。

又如屈赋《涉江》云:"带长铗之陆离兮,冠切云之崔嵬。"这个对偶句,是以双声联绵词"陆离"跟叠韵联绵词"崔嵬"相对,节奏极其整齐。但在一般情况下,屈赋却不是这样处理的,而是:

高余冠之岌岌兮,
长余佩之陆离。(《离骚》)

纷总总其离合兮,
斑陆离其上下。(《离骚》)

　　　　灵衣兮被被,
　　　　玉佩兮陆离。(《大司命》)

这里跟上文所举《涉江》例句一样,都用了联绵词"陆离",但却没有像《涉江》那样也用联绵词跟它相对应,而是用叠音词"岌岌""总总""被被"跟它相配,显示了节奏上的变化。从《离骚》的前一例句来讲,我们如果把它跟紧相连接着的"制芰荷以为衣兮,集芙蓉以为裳"这样整齐的对偶句结合起来看,则承接下来的"高余冠之岌岌"两句,有意识地调换节奏,避免板滞,更显得匠心独具,别有风致。

　　屈赋除了注意语词的节奏变化外,更注意句型的节奏变化。如《悲回风》云:

　　　　纷容容之无经兮,
　　　　罔芒芒之无纪;
　　　　轧洋洋之无从兮,
　　　　驰委移之焉止。
　　　　漂翻翻其上下兮,
　　　　翼遥遥其左右;
　　　　氾潏潏其前后兮,
　　　　伴张弛之信期。

又如《哀郢》云:

　　　　去故乡而就远兮,
　　　　遵江夏以流亡;

> 出国门而轸怀兮,
> 甲之晁吾以行;
> 发郢都而去闾兮,
> 荒忽其焉极。

如果说，前面所举的，都是通过调换语词以取得整齐中的错落，那么，这里的《悲回风》《哀郢》中的诗节，则都是以变换句型以求得整齐中的错落。《悲回风》的两节诗，前三句那是严格的对偶式，而末一句的语言结构则完全摆脱了前三句的形式以取得节奏上的错落美。《哀郢》的一节诗里，三个单数句，都是以同样的语言结构出现的，节奏基本上是一致的。但是，三个双数句，则在语言结构上极变化之能事，展示了节奏的灵活多样。

有时，在严格的对偶句中，又往往通过句子的长短变化，以调整其节奏旋律。例如《湘君》云：

> 石濑兮浅浅,
> 飞龙兮翩翩;
> 交不忠兮怨长,
> 期不信兮告余以不闲。

这里，前两句是严格的短句对偶，以惯例来看，后两句也完全可以写成严格的偶句，以取得节奏上的匀称美。而事实上，末句却以字数的增加与句读的伸延，化偶为散，使节奏发生了极大的变化。我们如果把这四句诗联系起来看，则"期不信兮告余以不闲"这个延伸以求变化的长句的出现，绝不是偶然的。它不仅在节奏上起了巨大的调剂作用，而且在听觉上又给人以意味更为深长的艺术感受。

屈赋在节奏上从统一中求错落的倾向,确实是极其显著的特征。尤其是在互相对称而又并列排比的句子上,更着意在节奏上以变化错落取胜。如《怀沙》中"变白以为黑兮,倒上以为下"等八句,本来是以"白"与"黑"、"上"与"下"、"凤皇"与"鸡鹜"、"玉"与"石"、"党人"与"余"之间的是非关系对比成义的。但诗人却以不同的句型、多样的音响所构成的极其复杂的节奏,抒写其义愤填膺的不平之气。又如《卜居》的前半,一连用了八个排句,都是以"宁……乎""将……乎"的形式出现。但在内容上却是对偶与散句、长句与短句、联绵词与叠音词交替出现,互相为用,达到了节奏变化之极致。它不仅把诗人的愤懑引向了高潮,而且把屈赋的错落美推向了高峰。

总之,不同的语言节奏,具有不同的音响上的效果。所以诗人在抒情手段上,总是充分显示出节奏与感情的一致性。例如《湘夫人》首节云:

> 帝子降兮北渚,
> 目眇眇兮愁予;
> 袅袅兮秋风,
> 洞庭波兮木叶下。

这样清爽朗静的新秋景色,跟舒缓而利落的音响节奏互相融合,其所表达的感情,是一种深沉的幽思,淡淡的哀愁。可是我们再看《山鬼》的末段:

> 雷填填兮雨冥冥,

> 猿啾啾兮又夜鸣,
> 风飒飒兮木萧萧,
> 思公子兮徒离忧。

同样是在抒写相思之情,这里的"忧"与前例的"愁",也是同一个问题。但急促复沓而来的音响节奏,跟风疾雨骤的秋夜情景相配合,所表达的感情又是另外一种,即显得那样的激切而凄怆!

可见,理解屈赋节奏的错落美,绝不能忽视诗人感情的起伏变化这一重要内在因素所起的作用。因为,只有内在的感情旋律跟外在的音响旋律的统一,才能使诗歌的旋律美达到具有一定高度的艺术境界。

关于"韵律美"的问题

这里所说的"韵律",就是指韵部相同的字在诗句的一定位置上的反复出现。由于音响上的回环往复、前后呼应,因而形成了诗歌的又一种旋律美。这从传统的说法上讲,就是诗歌的"押韵"问题。屈赋的"韵律",无疑是达到了高度的旋律美。但屈赋的这种旋律美,是丰富多彩、变化不居的统一体,并不是单纯地表现在韵部相同的字在诗歌句尾上反复出现这一点上。对它的复杂性,我准备在这里略做试探。

第一,屈赋的"韵"在诗句中的位置上是变化多样的。

我们知道,由于民族文化的不同,诗歌用韵的习惯也不完全一致。如有的押在句中(见于英语诗歌),有的押在句首(见于蒙语诗歌),有的上句押在句尾,而下句押在句中(见于越语诗歌),

等等。屈赋在这方面，从主流上看，虽有每句韵、隔句韵等区别，但韵押在句尾上这一点，跟汉语诗歌传统，是没有多大差别的。但问题并不完全如此。清代学者孔广森《诗声类》中的《诗声分例》，曾对《诗经》用韵的复杂情况做过有益的探索。现在看来，屈赋用韵的形式，也是相当复杂的。试举例如下：

(1) 首、尾韵，即第一句的首字与第三句的首字相韵，第二句句尾之字与第四句句尾之字相韵，如：

惟（脂部）夫党人之偷乐兮，路幽昧以险隘（锡部），
岂（脂部）余身之惮殃兮，恐皇舆之败绩（锡部）。

(《离骚》)

长（阳部）太息兮将上，心低徊兮顾怀（脂部），
羌（阳部）声色兮娱人，观者憺兮忘归（脂部）。

(《东君》)

思（之部）君其莫我忠兮，忽忘身之贱贫（谆部），
事（之部）君而不贰兮，迷不知宠之门（谆部）。

(《惜诵》)

山（寒部）峻高以蔽日兮，下幽晦以多雨（鱼部），
霰（寒部）雪纷其无垠兮，云霏霏而承宇（鱼部）。

(《涉江》)

靡（歌部）颜腻理，遗视矊（寒部）些，
离（歌部）榭修幕，侍君之闲（寒部）些。

(《招魂》)

屈赋上述的"韵律"形式，初步统计，有二十三条之多。其中还有三例，首尾同韵，别具一格。如《涉江》云："鸾鸟凤皇，日以远兮；燕雀乌鹊，巢堂坛兮。"这节诗，上句句首之"鸾""燕"跟下句句尾之"远""坛"皆在寒部。其中还有三例，虽属首尾韵，但二句、四句的尾韵相同，而三句、四句则首字同韵。如《湘君》云："薜荔柏兮蕙绸，荪桡兮兰旌；望涔阳兮极浦，横大江兮扬灵。"这节诗，二句、四句句尾"旌""灵"相韵，皆在青部，三句、四句句首"望""横"为韵，皆在阳部。本来作为"韵律"来讲，就是以同样音响反复出现为其特征。而屈赋的上述现象（连同下文各类型），则更使"韵律"出现了多重化的倾向，即令语言音响在回环往复之中，增加旋律的复迭美。

（2）中、尾韵，即第一句句中之字与第三句句中之字相韵，第二句句尾之字与第四句句尾之字相韵，如：

启九辩（寒部）与九歌兮，夏康娱以自纵（东部），
不顾难（寒部）以图后兮，五子用失乎家巷（东部）。
　　　　　　　　　　　　　　　　　（《离骚》）

望长楸（幽部）而太息兮，涕淫淫其若霰（寒部），
过夏首（幽部）而西浮兮，顾龙门而不见（寒部）。
　　　　　　　　　　　　　　　　　（《哀郢》）

欲儃佪（脂部）以干傺兮，恐重患而离尤（之部），
欲高飞（脂部）而远集兮，君罔谓汝何之（之部）。
　　　　　　　　　　　　　　　　　（《惜诵》）

遂古（鱼部）之初，谁传道（幽部）之，
上下（鱼部）未形，何由考（幽部）之。

（《天问》）

九州（幽部）安错，川谷何洿（鱼部），
东流（幽部）不溢，孰知其故（鱼部）。

（《天问》）

屈赋上述的"韵律"，初步统计，有二十五条之多。其中长句的句中韵在第三字，如《离骚》《九章》等；短句的句中韵则在第二字，如《天问》《招魂》等。其次，这种"韵律"在《九歌》中由于"兮"字的特殊用法，出现了特殊形式，即一句之内，中、尾有韵。如《湘夫人》云："沅有茝兮澧有兰，思公子兮未敢言。"其中"茝"与"子"相韵，"兰"与"言"相韵。此外《东皇太一》《大司命》《东君》《河伯》皆有此例。这都是由于"韵律"在回环中有复迭，从而增加了旋律的音乐美。

（3）交叉韵，即第一句句尾之字跟第三句句尾之字互相为韵，第二句句尾之字跟第四句句尾之字互相为韵，如：

心犹豫而狐疑（之部）兮，欲自适而不可（歌部），
凤皇既受诒（之部）兮，恐高辛之先我（歌部）。

（《离骚》）

曾不知路之曲直（职部）兮，南指月与列星（青部），
愿径逝而未得（职部）兮，魂识路之营营（青部）。

（《抽思》）

令薜荔以为理（之部）兮，惮举趾而缘木（屋部），
因芙蓉而为媒（之部）兮，惮褰裳而濡足（屋部）。

（《思美人》）

圜则九重（东部），孰营度（铎部）之，
惟兹何功（东部），孰初作（铎部）之。

（《天问》）

简狄在台（之部），喾何宜（歌部），
玄鸟致贻（之部），女何嘉（歌部）。

（《天问》）

屈赋上述"韵律"，初步统计，凡十六见。但其中也有两例兼用者，如《天问》云："干协时舞，何以怀之，平胁曼肤，何以肥之。""舞""肤"皆在鱼部，"怀""肥"皆在脂部，这是"交叉韵"，但一句之"协"与三句之"胁"又皆在盍部，故又兼具"中、尾韵"的特点。又如《河伯》云："子交手兮东行，送美人兮南浦；波滔滔兮来迎，鱼鳞鳞兮媵予。""行"与"迎"皆在阳部，"浦"与"予'皆在鱼部，这当然是"交叉韵"，但一句之"手"与三句之"滔"又皆在幽部，二句之"人"与四句之"邻"又皆在真部。故此例也兼具"中、尾韵"的特点。可见屈赋韵律形式的复杂性。

除上述"首、尾韵""中、尾韵""交叉韵"之外，屈赋的韵律形式还要复杂得多，而且在《诗》三百篇中，也有类似的情况，足证韵律的多样化乃中国古代诗歌较为普遍的现象。把用韵局限于句尾，乃后来历史发展的结果。这种多样化的韵律，赋予了诗

歌以音响的回环往复之中更为繁缛的艺术旋律。如果说，音乐的"二重奏"会给人在听觉上以复迭美，那么，屈赋的上述旋律也会给人以同样的艺术感受。

第二，来看屈赋"转韵""换韵"的多样性。

这里所谓"转韵"，是指一篇之中由这一韵转到收音相近的另外一韵；所谓"换韵"，是指一篇之中由这一韵换成收音并不相近的另外一韵。"转韵"是属于旋律上的渐变，"换韵"是属于旋律上的突变。

先谈"转韵"。

我们所谈的"转韵"，即属古韵学家所谓的"旁转""对转"问题。在屈赋里的阴、阳、入三声互相之间的"通韵"，即"对转"关系；阴、阳、入三声各自相转的"合韵"，即"旁转"关系。不过，古韵学家是把它们作为语言问题来研究，而在这里，则准备作为艺术现象来探讨。

屈赋的"转韵"问题，用传统方法初步统计，"合韵"凡三十类，"通韵"凡十二类。在十二类的"通韵"中，出现次数最频繁者，鱼部跟铎部相叶，凡十三次，之部跟职部相叶，凡八次。这都是阴、入相叶。在三十类的"合韵"中，出现次数最频繁者，只有之部与鱼部，共相叶十次。这是阴声跟阴声自相叶。从这里可以看出，不仅鱼部与铎部、之部与职部在屈赋中音值最相近，而且之部与鱼部的音值也最相近。

我们以《离骚》为例，从上述的鱼与铎、之与职以及鱼与之的关系上看，竟发现了下列有趣现象。

从"纷吾既有此内美兮，又重之以修能"到"何桀纣之猖披兮，夫唯捷径以窘步"这一大段，凡二十四句，用了十二个韵脚。它们所属的韵部是：之部、鱼部、铎部。它们的韵序是：之、之、鱼、鱼、鱼、铎、铎、铎、之、之、铎、鱼。亦即由之部到鱼部，由鱼部到铎部，由铎部到之部，由之部又到铎部，终之以鱼部。

其次，从"吾令凤鸟飞腾兮，继之以日夜"到"解佩纕以结言兮，吾令蹇修以为理"这一大段，也是二十四句，也是用了十二个韵脚。它们所属的韵部也是：之部、鱼部、铎部。它们的韵序是：铎、铎、鱼、鱼、鱼、铎、鱼、鱼、之、之、之、之。亦即由铎部到鱼部，由鱼部到铎部，由铎部又到鱼部，终之以之部。

再其次，从"理弱而媒拙兮，恐导言之不固"到"户服艾以盈要兮，谓幽兰其不可佩"这一大段，也是二十四句，也是用了十二个韵脚。它们所属的韵部也是：之部、鱼部、铎部以及职部。它们的韵序是：鱼、铎、鱼、鱼、之、之、鱼、鱼、鱼、铎、职、之。亦即由鱼部到铎部，由铎部到鱼部，由鱼部到之部，由之部到鱼部，由鱼部又到铎部，终之以职部与之部。

学术界的古韵学家，向来多把《离骚》划为四句一节，每节两个韵脚。只承认一节之内的"通韵""合韵"，而不承认节与节之间的"通韵""合韵"关系。这样不仅把《离骚》的"通韵""合韵"的韵例搞乱了，而且使屈赋在韵律上既和谐统一又起伏变化的旋律美，被割裂、湮没了。我们认为从上述的事实看，屈赋作为政治抒情诗，诗人感情上的内在旋律的起伏，自然会影响到诗歌的外在旋律的变化，不会永远是一韵到底的"连韵"。但这种变化，有时又不完全是以大起大落的突变形式出现，乃是以在音响上既和谐统一而又有细微区别的渐变形式出现的。而且像《离骚》上述三大段的韵律，则不仅是偶然一现的渐变，而是始终盘旋于几个固定的、音响极其相近的韵部之间，从往复回环中深刻地展示了诗人忧郁徘徊的感情色彩。

再谈"换韵"。

所谓"换韵",跟上述的"转韵"不同。"转韵"是音值相近的韵字互叶,"换韵"则是音值并不相近,而由此韵换为彼韵。一般说来,同韵连用,会给人以完整一体的感觉,而突然"换韵",又会给人以新的开始的启示。

当然,屈赋的"连韵"与"换韵"跟思想内容的关系是比较复杂的。例如王夫之曾说过:"意已尽而韵引之以有余,韵且变而意延之未艾,此古今艺苑妙合之枢机也。……韵、意不容双转,为词赋诗歌万不可逆之理。"(《楚辞通释·序例》)现在看来,屈赋如《涉江》《惜往日》等少数诗篇中的个别章节确有韵、意不"双转"的情况,但是如果将之视为一切韵文"万不可逆之理",则显然不够全面。

从整个屈赋来看,"连韵""换韵"不仅跟内容起止有关,而且跟思想感情的变化也密切相连。在屈赋里没有"换韵"的只有两篇,即《九歌》中的《东皇太一》与《礼魂》。也可以这样说,包括《九歌》在内的全部屈赋,也只有这两篇在感情上没有什么起伏变化。《东皇太一》是祭天之尊神,内容是一片肃穆雍容的气氛、愉悦欢快的情绪,因而诗人通篇只用了一个阳部韵,没有"换韵"。至于《礼魂》,则是全部《九歌》送神的短章,是大合唱,除了赞美颂扬之外,也没有其他各篇所表现的婉转缠绵的意境变化,因而诗人通篇也只用了一个鱼部韵,没有"换韵"。至于屈赋其他各篇,由于感情的复杂性,从而决定了韵的多次转换,这也是势所必然的。

例如,屈赋在一般情况下,多用阳声韵与阴声韵,而在情绪特别激动悲切的诗节里,有时往往换用音节短促而咽塞的入声韵。下举三例,以见其梗概。

《离骚》云:

余既滋兰之九畹兮，又树蕙之百亩（之部），
畦留夷与揭车兮，杂杜衡与芳芷（之部）。
冀枝叶之峻茂兮，愿俟时乎吾将刈（月部），
虽萎绝其亦何伤兮，哀众芳之芜秽（月部）。

又《离骚》云：

及年岁之未晏兮，时亦犹其未央（阳部），
恐鹈鴂之先鸣兮，使夫百草为之不芳（阳部）。
何琼佩之偃蹇兮，众薆然而蔽（月部）之，
惟此党人之不谅兮，恐嫉妒而折（月部）之。

《湘君》云：

薜荔柏兮蕙绸，荪桡兮兰旌（青部），
望涔阳兮极浦，横大江兮扬灵（青部）。
扬灵兮未极，女婵媛兮为余太息（职部），
横流涕兮潺湲，隐思君兮陫侧（职部）。

上举三例，都属"换韵"。而且第一例是由阴声之部换为入声月部，第二例是由阳声阳部换为入声月部，第三例是由阳声青部换为入声职部。三例都是随着感情的悲怆激愤，而换用了短促急切的收 t 收 k 的入声韵，使我们感到韵律的变化与感情的起伏，达到了高度的统一。

我们再看：《卜居》中的八个提问，就换了不少韵。但在前面的六个提问中，从韵律上看，是冬部、青部、真部、侯部等，即

不是阳声韵，就是阴声韵。而到了最后两个提问：

> 宁与骐骥亢轭（锡部）乎，
> 将随驽马之迹（锡部）乎？
> 宁与黄鹄比翼（职部）乎，
> 将与鸡鹜争食（职部）乎？

不仅句子特别短促，情绪更为激化，而且换用了锡部、职部两个收 k 的入声韵。这是语言旋律的变化，同时也是感情旋律的变化。

本来，"韵律"在诗歌中的作用，主要是通过同韵的字反复使用，以增加诗歌语言的回环美。但是，这只是从艺术形式上和谐统一这个角度讲的。此外，如果没有"转韵""换韵"，永远是一韵到底，在短章犹可，在长篇的屈赋来讲，则显然不足以展示出诗人复杂而丰富的内心世界，也就会使诗歌语言旋律美的艺术效果为之减色。而屈赋在这方面确实给了我们以深刻的思想启迪和高度的艺术享受。

结　语

沈约《宋书·谢灵运传论》在论及声律问题时，曾认为屈宋作品是"英辞润金石，高义薄云天"。如果说"高义薄云天"，是指屈赋内容的思想美，则"英辞润金石"乃是指屈赋语言的旋律美。而对汉人王褒，刘向以下的辞赋，则沈氏又讥以"芜音累气，固亦多矣"。沈约精于声律，可见他对屈赋节奏、韵律的"辞润金石"之美，早已有所感受，并未"数典忘祖"。问题在于应该如何继承，怎样发展。

从本文的分析中不难看出：在诗歌发展道路上，当它脱离了舞蹈、音乐和曲调而成为独立的语言艺术之后，不仅没有减低它的艺术性，反而使"诵诗"的语言美、旋律美得到了进一步的发展。屈赋在这方面，是极其突出的典范。

屈赋与《诗经》相比，在语言旋律上，既有其共同之处，也有其独具的艺术特征，那就是：《诗经》更倾向于整齐凝练，而屈赋则更倾向于错落变化，舒卷自如。如果从艺术的表现力来讲，这不仅说明了南北之异，而且说明了屈赋是中国诗歌发展史上的一座新的里程碑。

（写于1979年6月）

关于楚辞学史上的一起疑案
——论《屈赋音义》的撰者问题

清戴震的《屈原赋注》,在楚辞学史上是占有重要地位的。但是,关于戴震《屈原赋注》中所附的《音义》三卷,究为何人所撰?也就是说,它究竟是出于戴震之手,还是出于汪梧凤之手?时至今日,似乎已没有什么可争议的。但是,如果说它在楚辞学界已经得到了彻底的解决和统一的认识,则又未必尽然。因此,这里准备就此略做考察,以释疑难。

从版本形式的演变看《音义》的作者

清戴震《屈原赋注》七卷,《通释》二卷(上、下),《音义》三卷(上、中、下),共十二卷。这是此书第一个刻本的目次与卷数。刊刻者为歙县汪梧凤,刊刻时间是乾隆二十五年庚辰。但是,这个传本的《音义》之后附有汪梧凤的跋语云:

> 右据戴君注本为《音义》三卷。自乾隆壬申秋得屈原赋戴氏注九卷读之,常置案头。少有所疑,检古文旧

籍，详加研核，兼考各本异同，其有阙然不注者，大致文辞旁涉，无关考证。然幼学之士，期在成诵，未喻理要。虽鄙浅肤末，无妨俾按文通晓，乃后语以阙疑之指，用是稍为埤益。又昔人叶韵之谬，陈季立作《屈宋古音义》为之是正。惜陈氏于切韵之学殊疏，未可承用。兹一一考订，积时录之，记在上端，越今九载矣。爰就上端钞出，删其繁碎，次成《音义》。体例略拟陆德明《经典释文》也。庚辰仲春，歙汪梧凤。

按：汪梧凤乃戴震的同学，系歙县巨族，著有《诗学汝为》二十六卷及《松溪文集》等，盖亦好学深思之士。他曾先后礼致婺源江永、休宁戴震讲学于郡中，对皖派经学之兴盛，大有影响。据上述跋语，知不仅戴氏《屈原赋注》等乃汪氏第一次为之刊布，而且其中的《音义》三卷，实乃汪氏为传述戴书而著，并非戴书所本有。并且从跋语中亦可看出，当时汪氏所见的戴书稿本，只有《注》七卷，《通释》二卷，故云"戴氏注九卷"。后来加上汪氏所撰之《音义》三卷，才足成初刊本的十二卷之数。这个刊本的另一特点，即《注》居首，《通释》次之，《音义》最后。以《音义》居全书之末，不仅为汪氏之自谦，亦全书体例应尔（后世刻本始以《通释》居全书之末）。凡此诸端，皆与跋语所云《音义》成于汪氏之手相吻合。

但是，段玉裁的《戴东原先生年谱》则认为《音义》乃戴氏所自作，并非出于汪氏之手。

段玉裁在《年谱》戴氏三十岁条云：

是年，注屈原赋成。歙汪君梧凤庚辰仲春跋云"自壬申秋得屈原赋戴氏注九卷读之"可证也。先生尝语玉裁云："其年家中乏食，与面铺相约，日取面为饔飧，闭户成《屈原赋注》。"盖先生之处困而亨如此。此书《音义》三卷，亦先生所自为，假名汪君。

因为段玉裁乃戴震高足，且亲炙有年，自当详知戴氏著述经过。因此，《音义》乃戴氏自著之说从此大行于世。甚至后来光绪十七年的广雅书局重雕本，索性将卷末所附汪梧凤氏的跋语删去，以曲就段氏所谓《音义》乃戴氏自著之说。此后，几乎无人知汪氏有《音义》之作矣。

更有甚者，学术界对段说又有所引申。如晚近（民国二十五年）编印之《安徽丛书》，收有戴震《屈原赋注初稿三卷》残本一份，至《天问》止。对此，本可据以探索所谓戴氏是否曾自著《音义》之真相，而不料残本之后所附许承尧氏之跋语竟谓：

《音义》三卷，段氏谓先生所自为，托名汪君。此本①《音义》《通释》尚未析出，知段说不谬。汪跋殆亦先生自作，检《松溪文集》无之也。

此则不仅以为《音义》乃戴氏所著，而且以为连汪氏跋语也是由戴氏代笔。可谓崎岖缭绕，节外生枝。但是，汪氏数十字的跋语未被收入文集，本系常事，② 拟此为据，亦殊薄弱无力。此显系笃信段说之所致。

---

① 指残稿。
② 如戴震的《书〈水经注〉后》一文，孔继涵刊《戴氏遗书》，其《文集》中即未收入，后段氏刊本始补收此篇。可见文集缺收短文乃常事。

此外，亦有进退于汪著、戴著二说之间而不能自决者。如晚近（民国十二年）编印之《湖北先正遗书》中收有戴震《屈原赋注》，系据"戴注精钞本影印"。此本颇能反映戴、汪著书之原委。全书目次是：《注》（七卷），《通释》（上卷、下卷），《音义》（上、中、下三卷）。《音义》之末附有汪梧凤氏跋语。以《音义》范围而言，则除为屈赋作《音义》之外，又为戴氏之《自序》《注》文及戴氏之《通释》作音义。可见此钞本跟汪跋所谓为"戴氏注九卷"作《音义》之说是相符合的，因为合戴氏之《注》及《通释》恰为"九卷"。而且，本为屈赋作《音义》，又并为戴氏之《注》之《自序》以及戴氏之《通释》亦作音义，则显系第三者之所为。正因为上述原因，故该钞本有卢弼之跋语云：

> 戴东原注屈原赋九卷，汪梧凤为《音义》三卷，乾隆庚辰自刊行，传本颇少。广雅书局重雕本误以《音义》为戴氏所撰，又将《序》文、《通释》之《音义》及汪跋均删去，致汪氏苦心著述全湮没。余于厂肆得精钞本，卷中"宵"作"宁"，"請"作"谆"，决为汪刻以前旧钞，殊足珍也。

卢氏这个跋语，据旧钞本断《音义》为汪氏所著，这无疑是正确的。但是，后来卢氏读到了段玉裁的戴氏《年谱》，又立刻改了观点，并接着写了第二个跋语，说：

> 顷阅段玉裁所编戴氏《年谱》云"此书《音义》三卷，亦先生所自为，假名汪君"云云。余前跋方为汪氏申辩，然东原极贫，汪为歙巨族，嫁名于彼，刻书以传，或

亦意中事。抱经序，亦言有为之梓行者，当系指汪氏而言。

卢氏在此跋中，不仅改从段说，而且又为段说寻找了所谓根据。一人之言，前后颠倒如此，显系慑于段氏的学术声望和迷信段、戴的密切关系使然。其进退失据之状，可以想见。因此，《音义》撰者究为何人这一疑案，不但没有真正得到解决，而且越来越复杂，从而给后来的楚辞研究者带来了不应有的纠葛。

例如：1963年出版的游国恩同志撰写的《屈原》一书里，已明确指出世传戴氏书所附《音义》乃歙县汪梧凤氏所作，而1980年出版游氏主编的《天问纂义》，却将"勤子屠母"句下引汪氏《音义》，"谓启母化石事，石破北方而生启"（见《淮南子》一段），作为戴氏之言而冠以"戴震曰"三字。不仅如此，游氏主编的《离骚纂义》，竟于"不抚壮而弃秽兮，何不改此度"句的按语里又谓："汪书未见。戴震《屈原赋音义》'抚壮'下云云，盖即汪说也。"游氏既已言《音义》为"汪梧凤氏所作"，为什么又称之为"戴震《屈原赋音义》"呢？汪梧凤的《音义》既然就是现在通行之戴震《屈原赋注》所附的《音义》，为什么又说"汪书未见"呢？又如《离骚纂义》卷首所列《旧说总目》中既于戴震名下列《屈原赋注屈原赋音义》，又于汪梧凤名下谓"戴震《屈原赋音义》引"。本系汪书汪说，竟误为戴引汪说。其矛盾颠倒，令人难解。又如游氏的《屈原》里，虽已确定《音义》为汪梧凤氏所撰，而何者为戴注、何者为汪说，仍多混淆不清。如游氏《屈原》之末评价汪氏《音义》时说："今观其书，音读详明，校勘精审，考证文义故实时有可取。"并举例言之云："《天问》'逢彼白雉'，汪氏引汲冢古文昭王伐楚、天大曀、雉兔皆丧事为解，与徐文靖《管城硕记》不谋而合。"但根据戴注"残稿本"看，此乃戴震"初稿"之说,而汪梧凤氏引用之。游氏或未见"残稿本"而举此以证明汪氏《音义》之成就,故与事实不符。

不难看出,《音义》作者问题对楚辞学史的研究所带来的影响至今犹存,颇有进一步澄清的必要。

今先据上文所引用诸种稿本、刊本的演变之迹,列表如下,以证今本之误。

(1) 戴震《屈原赋注初稿三卷》残本。

民国二十五年《安徽丛书》影印。此为戴氏"初稿"本。戴氏后来"定本"的《通释》部分,仍在注中,尚未析出别立,其说详后。

(2) 戴震《屈原赋注》精钞本。

民国十二年《湖北先正遗书》影印。此当为汪梧凤氏刻本之底稿。《注》七卷,《通释》分上、下二卷(山川地名为上卷,草木鸟兽虫鱼为下卷),共九卷。每卷标题下皆有"屈原赋戴氏注"六字。而全书最后的《音义》三卷(上、中、下卷),每卷标题下却皆无"屈原赋戴氏注"字样,只是下卷之末附有汪梧凤氏跋语,谓"右据戴君注本为《音义》三卷。自乾隆壬申秋得屈原赋戴氏注九卷读之"云云(见前引),可证汪氏所见戴注只上述"九卷",《音义》乃汪氏所为,不在"九卷"之内,故亦不标"屈原赋戴氏注"字样。

(3) 戴震《屈原赋注》汪梧凤刊本。

此本刻于乾隆二十五年庚辰,距戴氏成书已九年。汪跋及段玉裁撰《年谱》皆可证。唯《年谱》又谓:"《戴氏遗书》皆孔户部继涵刊板,虽已刻者皆重刊,独此书①但有歙汪氏刊板而已,愿

---

① 指《屈原赋注》。

好古者广其传焉。"《安徽丛书》"城南居士"跋语亦谓"汪氏所刻，传流不多"。可见汪刊本数量少，当时已属罕见。其卷数款式，据汪跋当与上述"精钞本"一致。

（4）戴震《屈原赋注》广雅书局重刊本。

此本刻于光绪十七年。在段玉裁《戴东原先生年谱》的影响之下，误以《音义》亦为戴氏所作，故删去汪梧凤《音义》末之跋语，但又意识到《音义》既出自戴氏之手，不应为自己的《序》及《通释》作音义，于是索性将汪氏为戴氏的《序》文及《通释》所作的音义删去，企图将汪氏著书之痕迹全部抹掉。但汪氏为戴氏全书《注》文所作音义，由于杂在屈赋音义之间，抉剔极其麻烦，便未能删削，仍留下了汪氏著书之见证。此本流传极广，影响当然最大最坏。

这个本子的款式目次仍如下：其一，《注》七卷；其二，《通释》二卷（上、下）；其三，《音义》三卷（上、中、下）。无总目，《注》《通释》《音义》各自起页。

（5）戴震《屈原赋注》通行本。

以中华人民共和国成立前商务印书馆的"国学基本丛书"本为例。此书未言所据何本。《注》七卷，与原本同。唯《通释》原为上、下二卷，此本合而为一，不分卷；《音义》原为上、中、下三卷，此亦合而为一，不分卷。这大概是因为汪氏所见之戴书，只有《注》及《通释》共九卷，而后人把《音义》三卷亦归戴氏，即与"九卷"之数不符，故又强并《通释》与《音义》之卷数，以求符合"九卷"之数，从而彻底掩盖了汪氏著书之迹。段玉裁虽否定汪梧凤撰《音义》之说，但在《年谱》里仍认为戴氏《屈原赋注》连同《通释》《音义》共"十二卷"，原貌犹存。至晚近通行本，则连原书卷数已不复可知矣！至于此本又把《音义》

提在《通释》之前，使《通释》居全书之末，其颠倒错乱，用意颇难揣知。也许因为《音义》列于卷末，仍有书出汪手之嫌。其用心亦苦矣！

汪梧凤为戴氏《屈原赋注》作《音义》之迹，从版本款式上看，至此已荡然无存矣。但追本溯源，真相自白，历史事实，不容抹杀。

从全书内容看《音义》的作者

我们用戴震《屈原赋注》的"初稿"残本三卷（即《离骚》《九歌》《天问》），跟后来的"定本"（即汪氏以来所刻者）相对勘，以及用"定本"与《音义》相对勘，在其分合增删之间，不难发现《音义》的撰者确为汪梧凤，而不是戴震。

首先，我们谈谈"初稿"与"定本"之间在体例上的异同。

以"初稿"跟"定本"相对校，"初稿"繁碎而"定本"精审简括。凡"初稿"中被删削者，多为王逸、洪兴祖等旧说，或不必释而自通者，或枝蔓而不简赅者，或立论不妥而后有改变者，或以驳斥语气对待旧说者。尤其对《天问》"初稿"之《注》，"定稿"刊削殆尽，所余不过寥寥数语。故"初稿"《天问》往往注以"不可知"等阙疑之语，亦皆删去。仅释天部分有所增加，即以清初天文学的新说为之补充。总之，"定本"的特点乃以祛疑解惑、独抒己见为主，而不以博洽为目的。

此外，"初稿"中凡屈赋韵脚，皆以《广韵》韵目标之，其不谐者，则随上下韵脚之音读，释为古音或方言。而"定本"对此，则全部删去。此或因戴氏在《声韵考》未成以前，对古韵尚未形成个人体系，故不欲对此遽下结论。如《天问》"九辩九歌"与"死分竟地"两句以"歌""地"为韵，"初稿"注云："歌，转读如基，方音。"此乃以"歌"音就今之"地"音而读之。而戴氏后来分古韵为九类二十五部，对歌部标音为"阿"，此正足以证明戴氏后来并非读"歌"如"基"，乃读"地"如"他"耳。可见戴氏对"初稿"注音全部删削，不是没有原因的。

戴氏在"初稿"《自序》中有云："说楚辞者，于名物字义，未能考识精核，又不得其所以著书之指。"至后来经过删削的"定本"，则把《自序》中的这段话修改为"说楚辞者，既碎义逃难，未能考识精核，且弥其失所以著书之指"。这几句话的修改，正反映了戴氏《屈原赋注》由"初稿"的繁碎到"定本"的简括的演变过程。

其次，从"定本"与《音义》的内容可以发现，《音义》并非出于戴氏之手。

"定本"《通释》，乃戴氏本人从"初稿"《注》中析出而为之，而《音义》则系汪氏所撰，仅偶尔采用"初稿"《注》中之语。以《音义》全书核之，其据以作《音义》者，乃"定本"而非"初稿"。《安徽丛书》戴注"初稿"残本许承尧氏跋语谓"此本《音义》《通释》尚未析出，知段说不谬"，这只说对了一半。即《通释》确系戴氏从"初稿"《注》中析出，而《音义》则不然，乃汪氏自成体系之作。

根据戴《注》"初稿"来看，凡注内涉及考证山川地名及草木鸟兽虫鱼部分，"定本"几乎一字不改地全部析出为《通释》，其中新增加者，不过百分之五。至于《音义》则相反，即百分之九十五以上是"初稿"《注》中所无，其从"初稿"《注》中引用者，不过百分之五左右。也就是说，《音义》主要是汪氏的独立之作，并非如许承尧氏所谓《音义》亦系从"初稿"中"析出"而成。如果以"初稿"与《通释》相比，《通释》系将"初稿"中所有名物考证分立成篇，以使《注》文更为简括。而以"初稿"与《音义》相比，则"初稿"偶有被采入《音义》者，多为《注》中浅近之说或前人旧义，乃戴氏"定稿"弃而不用者。故许承尧氏的"析出"之说，益不可信。

正因为上述原因，从《音义》内容来看，有如下的种种情况。

第一，《音义》为初学者计，不避浅近通行之说，多补戴注所缺。汪梧凤于跋语中曾谓戴"注九卷"（按即《注》七卷、《通释》二卷），"其有阙然不注者，大致文辞旁涉，无关考证。然幼学之士，期在成诵，未喻理要，虽鄙浅肤末，无妨俾按文通晓；乃后语以阙疑之指，用是稍为埤益"。是汪氏《音义》乃为"幼学之士"考虑，而戴氏之注则以"考识精核"，反对"皮傅"之谈自期（戴氏《自序》语），亦即卢文弨氏《序》文所谓"其本显者，不复赘焉"。目的不同，内容自异。如戴注《天问》，多取阙疑态度，而注以"皆未闻其所指""此章事未闻""不可强通""不可知"，其"宁缺毋滥"之意灼然可见。而汪氏《音义》则不同。凡戴氏阙者，则字字句句皆以王、洪旧说或己说补足之，不避"鄙浅肤末"之讥。其余篇章，大都如此。其间浅近易知不必注释而详为音注者，更充满《音义》全书。例如，戴氏《注》"初稿"，对《离骚》"虯""鹥"释云："《说文》：虯，龙子有角者。王注：有角曰龙，无角曰虯。鹥，凤皇别名也。此等皆不必深求。"而戴注"定本"皆删去不载。但汪氏《音义》则全文按"初稿"录入。此殆即汪跋所谓戴书"有阙然不注者""无妨俾按文通晓，乃后语以阙疑之指"。由此可证，《注》与《通释》乃戴氏所著，而《音义》乃汪氏所著。著者不同，目的各异，故出现此种差异，是必然的。

第二，《音义》之说或与戴注"定本"之说不同，甚至相反，可见非出一人之手。《音义》既据戴注"定本"而作，则其观点多据戴说而引申发挥之，这是必然现象。例如《离骚》"忍尤而攘诟"，戴注云"攘读为让"，谓"宁受一时之尤诟"。不从王逸之说。而汪氏《音义》引申云："《汉书》'让'通用'攘'。"亦不同意王说。但是，又因《音义》乃出于汪氏之手，而不是出于戴氏一人之手，故汪氏《音义》多不同于"定本"戴说，甚或与"定本"戴说相反。此种情况极多，略举其例如下。

（1）《离骚》"夏康娱以自纵"，戴氏"定本"《注》主张"康娱"连读，云："康娱自纵，以致丧乱。'康娱'二字连文，篇内凡三见。"戴氏此说已为学术界所公认。但是，汪氏《音义》却仍用王逸说云："康，王云：夏康，启子太康也。"

（2）《离骚》"偭规矩而改错"，戴氏"定本"《注》云："偭，《说文》云：乡也。"但是汪氏《音义》却云："偭，音面。王云：背也。"

（3）《湘夫人》"目眇眇兮愁予"，戴氏"定本"《注》云："眇眇，远视貌。"但汪氏《音注》却云："眇眇，王云：好貌。"

《音义》既与戴注"定本"之义有相异之处，则其非出于戴氏一人之手可知。

第三，《音义》之说，与戴注"初稿"之说亦有差异，甚至相反，则《音义》自"初稿""析出"之说亦不可信。如《天问》戴氏"初稿"本作"汤出重渊，夫何罪尤"，并注云："渊，深也。重渊谓重深之地，桀召汤囚之夏台是也。或作'重泉'，与前'洪渊'或作'洪泉'，皆唐人避'渊'讳而改之。"此注在戴氏后来的"定本"中全部删去，正文亦仍作"重泉"。而汪氏《音义》

则云："重泉,王云:地名也。桀拘汤于重泉,而复出之。"全用王说,不用戴说。则《音义》非从"初稿""析出"可知。

又如《天问》"何肆犬豕,而厥身不危败",戴注"初稿"云:"言象肆其犬豕之心以害舜,舜服事之,不诛也。""定本"无此注。而汪氏《音义》则改用王逸说云:"言象无道,肆其犬豕之心,烧廪填井,欲以杀舜,然终不能危败舜身也。"二说各异,则《音义》从"初稿""析出"之说,益不可信。

第四,戴注"初稿"有"自抒己见"之义,"定本"又因不妥而删削从阙。但汪氏《音义》却既不取"初稿"独创之见,亦不从"定本"阙疑之旨,而是别立新义,自成己说。如《九歌·大司命》云"道帝之兮九坑",戴注"初稿"云:"九坑,九门也。之九门以治寰宇,即《尚书》辟四门之意。"并引《说文》"坑,阆也。阆,门高也"等说以为佐证。但"定本"则又感此注未妥,故全部删去,并注云:"九坑,义未闻。"但是汪氏《音义》则云:"坑,古音康。九坑,盖犹九野。"可证《音义》乃独立成书,既非从戴氏"初稿"中"析出",亦非完全因戴氏"定本"而为之引申,乃汪氏一家之言。

第五,从《音义》的传统体例看,戴氏自作《音义》之说,亦不可信。汪梧凤氏的《音义》跋语有云:"自乾隆壬申秋得屈原赋戴氏注九卷读之,常置案头,少有所疑,检古文旧籍详加研核……越今九载矣。爰就上端钞出,删其繁碎,次成《音义》,体例略拟陆德明《经典释文》也。"今考《经典释文》之体例,陆氏以为"注既释经,经由注显,若读注不晓,则经义难明"。故陆书对"经""注"皆作"音义"。因此,汪氏仿之,《音义》既为屈赋作音释义,亦为戴氏的《序》《注》《通释》作音释义。后世通行本,虽已将《序》及《通释》之《音义》删去,但《音义》的其余部分,为戴注作音释义之处,多不胜数,甚至极为浅近之词句,亦必详其音义。如对《离骚》"修能"戴注"好修而贤能"句,《音义》云:"好,呼报切。"对《离骚》"宿莽"戴注"谓陈根始复萌芽者"句,《音义》云:"复,扶又切。再也。"对戴注"此谗之所由起与"句,《音义》云:"与,以诸切。"对戴注"固易致疏远矣"句,《音义》云:"远,于劝切。"

当然,为戴注作《音义》,这是汪氏仿《经典释文》的体例而为之,是继承传统,并不是自我作古。但是,如果说这《音义》是戴氏自撰,则戴氏竟为自己的注文作《音义》,此不仅于古无征,于今亦罕见其例。以戴氏精赅博雅之士,绝不至如此轻率。况且《音义》之解释戴注,其烦琐之处,多肤浅无深意。若谓出于戴氏之手,则跟戴氏《自序》所谓反对"皮傅"之言完全背道而驰。戴氏绝不会出尔反尔,自食其言。

或疑戴氏注由"初稿"到"定本",亦即由繁细到简括,似已为另作《音义》之计,故将训诂字义部分从"初稿"中删去以入《音义》。实则"定本"由繁到简,乃其总的倾向,至于训诂字义部分,"定本"有时反比"初稿"有所增加,可见其由繁到简,并非为别成《音义》之计。如《离骚》"求矩矱之所同"这一大段,"初稿"只释大义,别无训诂字义之处。而"定本"反而加入:"矱,度也。合,匹也。该,备也。"训诂字义,不厌其详。全部"定本"此等处极多,故疑戴氏写"定本"时已为别作《音义》着想,是没有根据的。

又如,汪、戴二氏虽皆师事江永(慎修),但不仅从学术造诣上看汪不及戴,相距天渊,而且从他们与江氏的亲疏程度上看,似乎汪也不能与戴氏相比。因此,戴氏《屈原赋注》之提及江氏,与汪氏《音义》之提及江氏,在语言的感情色彩上也是有差别的。

如《离骚》"求矩矱之所同"与"挚咎繇而能调"二句以"同""调"叶韵。戴注"初稿"云:"江先生曰:此似因《诗》决拾既次章调同二字而误,《诗》本以首尾句为韵,而中间二句非韵,古人读书,亦未必无偶误也。"而汪氏《音义》则直云:"江慎修先生《古韵标准》云云。"《天问》"能流厥严"句下,戴注"初稿"云:"江先生曰,此似因《殷武》诗'下民有严'而误……非韵也。"而汪氏《音义》则删去"江先生曰",直换为"《古韵标准》云"。又如戴注"初稿"于《天问》"天何所沓"句云:"江先生曰:沓,重叠之意,承前'九重'而申问之。"戴氏"定本",亦用江说,而汪氏《音义》则直云:"沓,徒合切。王注:合也。"不取江说。

当然,学术问题应当各抒己见,然而戴、汪二氏对江永的称呼口气之间,亦略有区别,显示出《注》与《音义》并非出于一人之手。此虽非主要标志,亦可作为参考。

结　语

总的看来,对《音义》的撰者造成歧说的责任,首先应当归之段玉裁。我们读段氏之《戴东原先生年谱》即可发现,其中有不能自圆其说之处。例如《年谱》在戴氏三十岁(壬申)条云:"是年,注屈原赋成。歙汪君梧凤庚辰仲春跋云'自壬申秋得《屈原赋戴氏注》九卷读之'可证也。"但是《年谱》又在戴氏三十八岁(庚辰)条云:"是冬,《屈原赋注》刻成。……按:《屈原赋注》,卢学士为之《序》,《注》七卷,《通释》二卷,《音义》三卷,凡十二卷。歙汪梧凤跋其后云:'自乾隆壬申秋,得戴氏注读之。'然则成于壬申秋以前。壬申先生年三十耳,而所诣已如此。"今考:段氏在前条既引汪氏"得《屈原赋戴氏注》九卷读之",显然《音义》并不在内。而段氏在后条又谓"《屈原赋注》……凡十二卷",显然又将《音义》合计在内。其实,这种互相矛盾的说法,段氏自己也感觉到了,因此在"凡十二卷"之下再引汪氏跋语时,竟有意识地改为"得戴氏注读之",而删去"九卷"二字以就己意。我们认为,这是段氏极不科学的学术态度。段氏由于尊师心切,对戴东原的著作权,往往尽力维护。如关于《水经注》的校理问题,究竟是戴东原袭赵一清,还是赵一清袭戴东原,段氏曾反复力辩,以为乃赵剿戴,绝不是戴剿赵(见周寿昌《思益堂日记》卷五)。这种为师辩诬之情,宛然可见!

当然,清代学术界"赠书"之事,时有所见。即将自己所著之书题友人之名以传。这既非剽窃,也非假托,乃学术界的一种友谊之情的表现。如《诗比兴笺》,旧题陈沆著,实乃魏源(默深)所撰而假名陈氏(见《陶风楼藏名贤手札》杨守敬《与豹岑书》)。世传严铁桥(可均)所著书,亦多假名他人以行。因此,在戴氏《年谱》里,对《屈原赋音义》的撰者,段玉裁氏以为"此书《音义》三卷亦先生所自为,假名汪君",此殆亦据当时学术界的"赠书"之风而为是说,并不是对汪氏的恶意诋诬。故段氏对此,又谓:"《勾股割圆记》以西法为之注,亦先生所自为,假名吴君思孝。"但是,我们对学术问题要从实质上看,而不能只从形式上着眼。经过我们上文一系列的考核审查的结果,说明段说并不可靠。此或系传闻之误,或系推测之词,则未可知矣。

从包山楚简看《离骚》的艺术构思与意象表现

1987年1月,考古学家在距战国楚都纪南城16公里的包山楚墓中,发现了大量楚简。据简文考定,墓主名邵𧊒,官左尹。葬于公元前316年,即楚怀王十三年。当时屈原27岁,则邵𧊒系略早于屈原的同时代人,而且据楚简惯例,凡"昭"字多作"邵"或"愲",则墓主邵𧊒即昭𧊒,又系楚贵族昭、屈、景三姓之一,与屈原同宗。其官居左尹,乃楚大夫级,与屈原曾官居左徒之秩位相近。墓中随葬物品极丰,并发现字迹清晰的竹简278枚。总字数共达12472之多。其中记录卜筮祭祷的竹简,共26事。每事用简不一,或一二简,或三四简。根据这些简文,当时楚国贵族卜筮祭祷之制,可略得其梗概。而且与同时代产生的屈赋《离骚》中有关卜筮的艺术构思等,多相契合。这对理解《离骚》中的有关卜筮问题,足补前人之缺,或纠前人之误。兹抒所见如下。

楚大臣占卜"事君"吉凶之风尚

古人,事无大小,有疑则占。但综观先秦典籍,大事如征战祭祀，小事如婚姻嫁娶，皆用卜筮以决疑。而占卜"事君"之吉凶者，则不多见。今观包山楚简，共记录卜筮祭祷者，凡26简。其中一般祭祷祈福者4简，占疾病者11简，占"事君"之吉凶者亦11简。占疾乃古人的常事。而占"事君"之吉凶者，竟占如此大的比重，乃此次出土的包山楚简值得注意之现象。

此种简文，必记录其占卜"事君"吉凶的贞问之词，与占卜所得之答词。例如：

> 自刌屎之月以豪刌屎之月，出入事王，尽卒岁，躬身尚毋有咎？占之，恒贞吉，少有悚于躬身，且志事少迟得。① （《包山楚简》197—198）

> 出入侍王，自夏屎之月以豪集岁之夏屎之月，尽集岁躬身尚毋有咎？占之，恒贞吉，少有戚于躬身与宫室，且外有不顺。（《包山楚简》209—211）

> 刌屎之月以豪刌屎之月，出入事王，尽卒岁，躬身尚毋有咎？占之，恒贞吉，少有戚于躬身，且爵位迟践。（《包山楚简》201—202）

从上述数例看，这类占卜，是以"事王"是否"有咎"为贞问中心，余者皆如此。而且关心的范围，除一般"尚无有咎"之外，又涉及"爵位"升迁的早迟，"志事"是否得申，等等。凡此，当然都是一个贵族大臣最关心的问题。但以此作为卜筮的主要内容，而不厌其烦地贞龟问卦，这也许是楚国当时普遍的风尚。

---

① 为便于排印，凡《包山楚简》原释文之可据者，只录释文，不列本字。必要时，换为简化字。下同。

而且这些楚简中，凡问"事君"问题，都不是贞问一时一事，而是贞问较长时期的吉凶，至少是一年，乃至更多的几年之中。如简文第一例，"自䤽月之月以臺䤽月之月"，据考证，"䤽月"之月即楚之正月，"臺"训为"连续"。意指从卜筮之年的正月，直至明年的正月。故下文又有"尽卒岁"之文。又如简文第二例，"自夏层之月以赓集岁之夏层之月"，"夏层之月"即楚之二月，"集岁"指多年，或谓据211简，为三年，意指从卜筮之年的二月直至三年之后的二月。故下文又有"尽集岁"之文。据此可见，当时所贞问的，多为在较长一段时间内，事君是否有咎，而不是问的一时一事。看来，占卜"事君"之吉凶，在楚国贵族大臣之间，或是一种颇盛行的风尚。据1965年江陵望山出土的战国昭固墓楚简，简文残缺污漫，但其中也有"占之贞吉""酓它占之曰吉""以其古敓之"等残句，与包山此次出土楚简记录卜筮之文句相似，亦当与此事有关。

屈原作为有远大政治抱负的贵族重臣和富有浪漫色彩的伟大诗人，当他在政治上遭到挫折、"事君"罹咎、"志事"不随之际，欲通过诗篇抒发愤懑，憧憬未来，并用以排遣其在去留问题上陷入彷徨的苦闷。因而借卜筮形式作为抒情的艺术手段，给平凡、简单而原始的贞问"事君"吉凶之风尚，赋予了丰富而深刻的政治内容，使诗篇达到了崇高的艺术境界。《离骚》后半部有关卜筮的艺术构思，无疑是由此而来的。

楚国有关卜筮之程序

关于卜筮，包山楚简所记有一共同的程序，举其一例如下：

东周之客鲁䜌归胙于藏郢之岁,夏床之月,乙丑之日,苛嘉以长则为左尹舵贞:出入侍王,自夏床之月以臺集岁之夏床之月,尽集岁,躬身尚毋有咎?占之:恒贞吉,少有戚于躬身,且外有不顺。以其古(故)敓之:挃祷楚先老僮、祝融、娀禽一㹑,使攻解于不辜。苛嘉占之,曰:吉。

从卜筮程序看,包山诸简所记是一致的。据上例,其程序有六:(1)记卜筮的年月日:"东周之客𩊄䜌归胙于藏郢之岁,夏床之月,乙丑之日。"(2)记卜筮人及为谁卜筮:"苛嘉以长则为左尹舵贞。"(3)记所占何事:"出入侍王,自夏床之月以臺集岁夏床之月,尽集岁,躬身尚毋有咎?"(4)记占卜的答案:"占之:恒贞吉,少有戚于躬身,且外有不顺。"(5)记为趋吉避凶进行祈祷:"以其故敓之,挃祷楚先老僮、祝融、娀禽一㹑,使攻解于不辜。"(6)卜筮人再占吉凶:"苛嘉占之,曰:吉。"

用上述记录卜筮的六个环节跟《离骚》有关卜筮的环节相对照,基本上是一致的。而且通过对照,可以加深对《离骚》有关章节艺术结构的理解,并纠正后人的某些误释。今按《离骚》有关卜筮的章节,亦有六个环节。

(1)举行卜筮的年月日。

在这个问题上,《离骚》并没有具体写出卜筮的年月日,只是写出被疏之后,由于政治上的失败而心情处于极端困惑的时刻:"闺中既以邃远兮,哲王又不寤;怀朕情而不发兮,余焉能忍与此终古。"这是简文的纪实与诗篇的抒情之间的区别,故简文纪日月,诗篇抒情怀。

(2)卜筮人及为谁卜筮。

《离骚》紧接上文"余焉能忍与此终古"之下云:"索藑茅以筳篿兮,命灵氛为余占之。"这跟楚简"苛嘉以长则为左尹舵贞①"是完全一致的。楚简的卜筮人是"苛嘉",而《离骚》的卜筮人是"灵氛"。楚简是"为左尹舵贞",而《离骚》则是"为余占之"。楚简的"苛嘉",自然是当时的卜者之名,而《离骚》的"灵氛",则王逸曰:"古明占吉凶者。"或谓即《山海经·大荒西经》灵山十巫中之"巫肦"。总之,乃古神话中的人物。是楚简之"苛嘉"为实有其人的卜者,而《骚》文的"灵氛"乃设想中的卜者。此亦诗篇抒情与简文纪实之别。至于为谁卜筮,简文是"为左尹舵贞"。据其他简文,知"舵"即墓主"左尹昭舵",乃楚之同姓大臣。而《骚》文"为余占之"的"余",则为楚之同姓大臣"左徒屈原"。但《离骚》称"余"乃抒情主人公的自我称谓,简文称"左尹舵",乃巫史之依实记录。

　　(3) 所占何事。

　　此指"贞辞"而言,即卜筮人在占卜之前向蓍龟言其所占何事。《离骚》紧承上句"灵氛为余占之",即言其所占的内容:

曰:两美其必合兮,孰信修而慕之?
思九州之博大兮,岂唯是其有女?

这个"曰"字,即卜者灵氛"贞辞"的开始,并引起下四句"贞辞"的内容。由于上文曾以上下求女喻追求君臣相得的理想际遇,故这个问卜之词是:留楚求合,能否得到君的重用?九州如此之大,是否只楚国才有贤君?此与楚简所问"事君尚无有咎"是一

---

① 《说文》:"贞,问卜也。"

225

致的。只是《离骚》为抒情诗篇,故以喻辞出之,简文为宗教记录,故直言其事。

(4) 占卜的答案。

> 曰:勉远逝而无狐疑兮,孰求美而释女;
> 何所独无芳草兮,尔何怀乎故宇。

这个"曰"字下的四句,即占得的答案,故重新以"曰"字起句。即针对上文问卜之词,指出:努力远去,不必犹豫,孰求贤臣而会放弃了你。天下何处没有理想之君,你又何必迷恋着自己的故国!此环节与楚简"占之,恒贞吉"或"少有忧于躬身"等语相一致。皆言卜得之答案。只是简文为表述,《骚》文为激励。

这里必须略谈前人对上述八句在理解上的错误。

首先,前四句以"曰"字引起,这是卜问之词,即言所卜何事。后四句以"曰"字引起,是卜筮的答案,即卜筮结果所示的吉凶。两"曰"字是一问一答,一疑一决。一为代主人问蓍龟,一为代蓍龟答主人,角度完全不同。包山楚简可以为证。王逸注于第一"曰"字下云"灵氛言",于第二"曰"字下云"此皆灵氛之词"。五臣于第二"曰"字下又云"灵氛曰"。而洪兴祖《补注》于第二"曰"下则云"再举灵氛之言者,甚言其可去也"。其皆将前后二"曰"混而为一,以为再举"曰"字只是加强语气而已。故前人多以俞曲园先生《古书疑义举例》所提出的古书一人之言或用两曰之例说明《离骚》此节,未免失当。即失却古人卜筮程序的惯例,而是自逞臆说。至于或谓前"曰"乃屈原问,后"曰"乃灵氛答;或谓前"曰"乃灵氛辞,后"曰"乃屈原对,更混淆卜筮程序,毫无根据。《九章·惜诵》亦有借占梦以问事君之事,亦前后连用两个"曰"字,其艺术结构与《离骚》相同。

其次,关于卜筮之辞止于何处,前人亦多争议。其实,只要明确第二"曰"下的四句,是卜筮者示屈原以吉凶。故一则说"孰求美而释女(汝)","汝"指屈原。再则说"尔何怀乎故宇","尔"亦指屈原。因此紧接下来的"世幽昧以眩曜兮,孰云察余之善恶",突然变"尔""汝"而称"余",显然"余"字是屈原自谓。即卜筮之后,已转为诗人的自我抒情,即事发挥,不能跟卜辞混而为一。王逸注以"世幽昧以眩曜兮"二句以下,为"屈原答灵氛"言。王氏虽以屈子自我抒情为"答",未必准确,但谓此以下为屈原之言,则是正确的。

(5)为趋吉避凶而进行祈祷。

据楚简,凡卜筮得到答案,为了趋吉避凶,必祭祷神灵以求福。简文纪实之词所谓"以其古敓之","古"与"故"通用,指故事、旧典而言。①"敓"与"说"古通。简文"敓"或作"桨"。《周礼·太祝》祭祷有类、造、禬、䄏、攻、说六者,郑司农注云:"皆祭名也。"简文"以其古敓之",即谓依旧典进行祭祷。楚简所祷神灵,天神地祇以至祖先兄弟,名目以数十计。而且所用祭物,各有规定。大至牛羊犬豕,小至玉环、酒食,品类繁多。

由于楚简于卜筮而得到答案之后,必进行祭祷,因此《离骚》于灵氛宣布吉凶之后,诗人有一段自我抒情。接着就是:

欲从灵氛之吉占兮,心犹豫而狐疑。
巫咸将夕降兮,怀椒糈而要之。
百神翳其备降兮,九疑缤其并迎。

---

① 见《国语·周语》"太誓故曰"注,又《左传》定公十年"齐鲁之故"注。

皇剡剡其扬灵兮，告余以吉故。

曰：勉升降以上下兮，求矩矱之所同。

……

恐鹈鴂之先鸣兮，使夫百草为之不芳。

上述"巫咸将夕降兮，怀椒糈而要之"这节诗，乃指祭祷，非言卜筮。《秦诅楚文》称巫咸为"丕显大神"，而使宗祝祭祷之，又《庄子·天运》乃问巫咸以天道。可见当时南楚视巫咸为"大神"，非一般从事卜筮者可比。但自从王逸注云"怀椒糈要之，使占兹吉凶也"，则千载说此诗者，皆谓灵氛既占之后，又使巫咸再次占之。这种"重占"之说，一直为注释家所袭用。但是，如果据楚简所载，凡卜筮之后必继之以祭祷的程序来考察，则《离骚》此节"要巫咸""降百神""迎九疑"当皆为祭祷鬼神之事，而非求卜之举。《九歌》为祭神之歌，而《湘夫人》云"九嶷缤兮并迎，灵之来兮如云"，竟与《离骚》此处同语，即其确证。据楚简，每卜之后，必祭祷众神。每次祭神之多，往往以数十计。与《离骚》"百神备降"之语颇相吻合。又《离骚》的"椒糈"，即指祭品而言。王逸注云："椒，香物，所以降神；糈，精米，所以享神。"洪兴祖《补注》云："糈音所，祭神米也。"据《山海经》考之，多处用"糈"，皆为祭米。故《南山经》郭璞注云："糈，祀神之米名。"是《离骚》之"怀椒糈"，即指祭祷巫咸百神所用之祭米而言。总之，《离骚》此节所言，即楚简所谓"以其古（故）敓之"，亦即根据旧典规定对鬼神进行祭祷，以祈逢凶化吉。故《离骚》所谓"要之"，乃要其赐福，并不是旧注所谓要其"重卜"。

祷神之后，神必以吉凶相告，故云"皇剡剡其扬灵兮，告余以吉故"。这里的"故"，与简文"以其故敓之"的"故"字相近，即指旧典或故事而言。故下文以"曰"字起首的这段话，即"吉故"的内容，乃神灵列举古代的汤、禹、武丁、周文王、齐桓公诸史事，以证明及时远逝以求贤君，必能达到君臣相得的理想。但是，从楚简来看，祭祷之后，或吉或凶，是由卜筮人经过占卜之后间接相告，因此，这节诗显然是诗人借巫咸百神之口的抒情之笔，与楚简的纪实之文有异。尤其是从"何琼佩之偃蹇兮，众薆然而蔽之"以下，对群芳变节之描写，更是一段诗人的直抒胸臆，自我申诉。这其中"余以兰为可恃兮""及余饰之方壮兮"的两个"余"字，充分展现出主人公抒情的语气。

（6）卜筮人再占吉凶。

据楚简观之，凡祭祷之后，原来的卜筮人必再占吉凶，做最后决定。如209—211简，开始的卜筮人为"五生"，经祭祷之后，又云："五生占之曰：吉。"又如212—215简，开始的卜筮人为"盬吉"，经祭祷之后，又云："盬吉占之曰：吉。"又如216—217简，开始的卜筮人为"苛嘉"，经过祭祷之后，又云："苛嘉占之曰：吉。"余简皆如此。在数简之中，只有一个例外，即228—229简，开始的卜筮人为"陈乙"，祭祷之后的卜筮人为"五生"。此殆非常例。

正由于楚人卜筮程序有如上述，故在《离骚》中，于祭祷"巫咸""百神"之后，原来的卜筮人"灵氛"，又以祭祷之后所占的结果相告。亦即："灵氛既告余以吉占兮，历吉日乎吾将行。"古今说者，多以为"灵氛既告余以吉占"，为回顾与重复上文开始卜筮的灵氛之断语。事实上此当为灵氛于祭祷后，再次告以卜筮之结果，由于"巫咸""百神"为之祛灾赐福，故谓之"吉占"。此与楚简每条之末必曰"某某占之曰：吉"一样，是一个程序，乃祭神之后所占得的新结论，并非对祭神前的旧结论之回顾。这以下一大段"驾飞龙"而神游,正是根据这一"吉占"而付诸实行的浪漫主义意象表现。

看来,《离骚》的六个卜筮程序,除诗人的自我抒情部分以外,基本上跟楚简是一致的。只是由于古今注家没有得到楚国当时卜筮程序的第一手记录,故无从取证,治丝益棼。

楚卜之用具与方法

古人有疑则占。占有卜与筮两大类:用龟曰卜,用蓍曰筮。卜以"象"明吉凶,筮以"数"示休咎。但从出土文物来看,用龟之外或用兽骨。从文字结构来看,筮字从竹,则蓍草之外抑或用竹。《离骚》既称"藑茅"又称"筵篿",则竹、草兼用,可知为"筮"而非为"卜"。但据包山楚简,楚用以占卜之物,名称极其复杂,似亦有卜与筮两大类。按《卜居》又有"端策拂龟"之语,其卜筮兼用可知。楚简所记占卜之用具,有"长悬"(或作"长则")、"葆豪"(或作"保豪""葆豪")及"训𦣞""央箮""丞德""少宝""彤筶""共命""长灵""驳灵"等。以简文核之,用"丞直"为占者三次,皆记有八卦之卦爻;用"共命"为占有二次,亦皆记有八卦之卦;用"央箮"为占者一次,亦记为八卦之卦爻。可知这三者皆当为竹或草之别名,亦即《离骚》的"藑茅""筵篿"之类。至于"训𦣞""驳灵",或当为"龟""鼌"之别名。如《周礼·春官》:"龟人掌六龟之属,各有名物。天龟曰灵属……"又春秋时鲁国用以占卜之大龟,别名为"蔡"(见《论语》),是其例证。故《离骚》云"索藑茅以筵篿兮",作为卜筮之用具,名称虽与楚简不同,但"藑茅"为蓍草之类,"筵篿"

为竹枚之类，可证屈子所言，乃筮之以"数"明吉凶，非卜之以"象"示休咎。但楚之用"数"，是否与中原之《周易》相同，或相似，乃至相通，文献不足，无从考知。但这批包山楚简的出土，亦使我们略得其梗概。即一部分楚简所记的筮法，与《周易》一个体系而又不相同。楚文化本自北而南下，又融入南楚风习。故在卜筮方面其与中原各国相通，是可以理解的，但又具有楚俗之特征，与中原有别。

从中原出土的文物中，如殷周甲骨刻辞与铜器铭文上，已发现数字八卦符号，以一、×（五）、八、∧（六）、十（七）等数字代表《易》卦的阴爻或阳爻，即奇数代表阳爻，偶数代表阴爻。但1992年陕西岐山又发现周初刻有卦画八卦的蚌饰，则以断画 -- 代表阴爻，以连画 — 代表阳爻，只刻有 ☰（乾）☳（震）☰（乾）☱（兑）四个单卦。而过去发现的数字八卦，则皆为二卦相重，乃八卦在运用中的演进，已由八卦互相重叠而演为六十四卦。从这次包山楚简来看，八卦符号出现了六次，皆为数字八卦。它不仅与中原甲骨铜器的数字八卦相似，已由单卦演为重卦，而且又向前发展了一步，与《左传》《国语》所记春秋时代既有本卦又有变卦之法相一致。如210简："占之，恒贞吉。少有戚于躬身与宫室，且外有不顺。䷒。"这个数字八卦，如改为卦画八卦，则当为䷒。其本卦，下兑上坤，即六十四卦中之"临"。但由于本卦最上之阴爻 --，变为阳爻 —，则成为下兑上艮，即六十四卦中之"损"。用《左传》记录卜筮之惯例言，即"遇'临'之'损'"。可见，楚简占法亦与中原相同，即由本卦到变卦而得占。但是，如以"临"卦上六为变爻，则《周易》"临"卦上六的爻辞为："敦临，吉，无咎。"而楚简之占辞则为："恒贞吉，少有忧于躬身与宫室，且外有不顺。"显然，楚简所记，其吉凶并非以《周易》

为据。即所用的是数字八卦，又重为六十四卦，而且六十四卦之间要有本卦、变卦之别。这一切，楚国与中原大致相同。但所用以判断吉凶的卜书，却不是《周易》，而别有所据。这种情况，在《左传》记录各国的卜筮中是常见的。即其中用《周易》卦辞、爻辞的原文以判吉凶者固然不少，但有的国家，虽亦用本卦、变卦之法，而别有占辞，并非来自《周易》。包山楚简所记，就是如此。

上述的分析，虽似乎是从"超文学"角度研讨问题，但为了澄清历代学者对《离骚》中卜筮方法的种种猜测，仍有参考意义。

当然，《离骚》的判断吉凶之语，不仅不同于《周易》，也不与楚简相似。因为楚简的断语，乃卜筮者的客观纪实之词；而《离骚》的断语，则为屈子的主观抒情之笔。巫史的宗教记录与诗人的艺术创作，其判然有别，是当然的。

几点体会

任何奇幻陆离的艺术构思，都不可能脱离现实生活的土壤。但任何生活现实进入了艺术作品，也绝不会是现实生活的原型再现。《离骚》中的卜筮情节，正体现了这一创作规律。尽管《离骚》的艺术构思与意象表现，利用了楚国当时有关卜筮的程序、方法等等，但《离骚》与楚简所载是有区别的。除以上章节已随文略做解说，现特阐述其要点如下。

首先是称谓问题。楚简是以巫觋为主体，由巫觋为主人公昭佗占卜吉凶；《离骚》是以屈原为主体，是由屈原命令巫觋为自己占卜吉凶。故诗篇中的抒情主人公"余"，始终处于主导地位。而且，楚简中的卜筮人，皆为当时巫觋的真名实姓。如"盬吉""石被裳""郦会""苛光""五生""苛嘉""壐妆""瞽吉""郮䧅""屈宜""陈乙""观绷"等，这些名字有时重复出现。而《离骚》中的卜筮人，则为借古以寄意，乃援用神话传说的巫觋"灵氛"，而非现实中的巫觋。因为宗教记录的人名必纪实，而文学创作中的人名则允许虚构或借用。这其实已开汉大赋假主客之名以问答的创作趋向。

其次，关于主人公的主观意念问题。楚简是卜筮过程的纪实，而《离骚》则是抒写感情的诗篇。故楚简所记除卜筮过程无余事，《离骚》则在卜筮过程中，渗入大量的主人公的意念宣泄。如灵氛占语之后，"世幽昧以眩曜兮"至"谓申椒其不芳"一大段，目的即上承灵氛占辞而激发出主人公对现实不察善恶的愤懑与不平。又如祭祷巫咸之后，针对巫咸的议论，引发出主人公从"何琼佩之偃蹇兮"至"周流观乎上下"一大段，对群芳变节的慨叹。《离骚》作为伟大的政治抒情诗篇，其主人公的强烈主观意念在诗篇中纵横奔驰，使卜筮情节几乎完全被淹没。即使是出自卜筮人之口的贞问之辞，或占得的答案，也都是经过诗的构思，赋予诗的意象。如："勉远逝而无狐疑兮，孰求美而释女（汝）；何所独无芳草兮，尔何怀乎故宇。"正是这种"天涯何处无芳草"的无限凄怨之情，一代又一代地感染着千千万万的读者。尽管《周易》的爻辞也偶有韵语，并带有文学意味，但如此强烈的主观抒情色彩，却是找不到的。

再其次，《离骚》作为政治抒情诗，跟宗教仪式记录的最根本差异，还在于宗教记录对卜筮是深信不疑、真诚不渝的，而《离骚》则不同。虽灵氛的卜筮断语是"勉远逝而无狐疑"，但抒情主人公的最终行动与意志，却是"陟升皇之赫戏兮，忽临睨夫旧乡；

仆夫悲余马怀兮，蜷局顾而不行"。一面是"远逝无疑"，一面是"顾而不行"。这种对卜筮答案彻底否定的态度，无疑是说明了诗篇的卜筮情节，不过是艺术手段，而非宗教信仰。此乃抒情主人公在这个问题上所做出的强有力的回答。这正如《卜居》一篇对卜筮的否定，也是显然的。如果说《离骚》是通过主人公"顾而不行"的行动来否定卜筮，那么，《卜居》则又是借卜筮人——太卜无能为力的口吻来否定卜筮。他既承认"数有所不逮，神有所不通"，又主张"用君之心，行君之意"，这哪里是宗教人物"巫官"的态度？

学术界有人根据《离骚》《卜居》中的卜筮情节，断定屈原是个"巫官"，故他是在施行巫术。但是，一个"巫官"竟用自己的语言，宣判巫术的虚伪不验，这在逻辑上讲得通吗？包山楚简所记卜筮祭祷如此之多，或凶或吉，或吉中有凶，或凶中有吉。这其中，绝不会皆灵验无误。但简文却没有一条最后记下与卜筮结论不符的事实。这正是宗教记录不同于屈赋的标志。

有人说艺术起源于宗教，这话未必确切。我认为，艺术之始或寄生于宗教，并不是起源于宗教。因为，在原始人类的意识形态中，本来就有艺术因素。但在开始出现时，由于整个人类还处于宗教的氛围之中，故艺术只得依附寄托于宗教而为宗教服务。雕塑、舞蹈、音乐等，无不如此。不过当社会进化到一定阶段，由于宗教意识渐趋于淡薄或消亡，艺术这个附着物，才逐渐脱离宗教而独立，蔚为大观。但即使艺术已脱离宗教而独立，而天才的艺术家们，也往往要汲取多姿多彩的宗教文化遗产，作为自己的创作契机、素材、情节乃至框架，创造出伟大的艺术品。这是人类文化发展史的客观事实。当然，在战国时期的楚国，还不能说宗教意识已经淡薄或消亡。但处在这个百家争鸣的思想大解放时代，对于屈原这位伟大的先觉者和划时代的诗人，我们说他的创作一方面充分利用了宗教文化遗产，一方面又超越了宗教意识，而显示出艺术表现人类意志的独立功能，绝不是无据的。屈原为"巫官"之说，是不符合历史事实的。屈原的《离骚》之外，《招魂》《九歌》等，皆当作如是观。从《天问》一篇所体现的理智精神来看，我们也应当完全相信这一点。

（1993 年 5 月 12 日脱稿）

后　记

本集交稿之后,我虽一度产生过人们所常有的那种轻松和愉快,但与此同时,也确实想到和碰到许多与本集有关的学术问题。这里只准备谈三点。

首先,关于学术上的创新问题。

回忆20世纪30年代中期,我曾受业于太炎先生之门。先师讲学,经史子集,所涉极广。其时,先师并未专讲《楚辞》,我亦未专攻《楚辞》。然而,读先师所著书,谈及屈赋之处,亦时有所见。例如本集所征引的:屈原称君为"灵修","灵修"实即"令长",而"吾令蹇修以为理","蹇修"实即"声乐"。又据"灵修"以探索楚国官制的民族特征,据"蹇修"以阐述中国古代的音乐理论。此皆勇于独创而不离乎典据,立意新颖而不流于诡异。不仅妙语解颐,亦且益人神智!

如果说乾嘉学派长于文字资料的考证,短于事物规律的探索,而太炎先生却能熔二者于一炉,"微观"与"宏观"交相为用。他上承朴学家法,下开一代新风,对中国文化的发展,做出了卓越的贡献。这从治学方法来讲,应当是值得发扬光大的优良传统;而把考证资料与探索规律割离开来,未必就是一种最理想的分工。

因为对事物规律的新认识,往往跟对文字资料的新突破是紧密相连的。

先师作为革命元老、学术泰斗,他的治学经历、治学方法,曾给我以巨大启示与多方熏陶。而最使我难忘的,是在一次个人问学时,先师曾谆谆告诫:"治学要有独到之见,只是重复前人成说,于学术发展有何贡献!"此语对我的教育是深刻的,终身服膺,从未忘却。如果用现在的话来说,那就是任何学术研究(不管是社会科学或自然科学),都要求能在这门学科的原有基础上增加一些新的东西,获得新的突破,只有这样,才有助于推动学术的不断发展。然而对我来讲,学海浩瀚,百无所成。虽于屈赋略有探索,而对先师所要求的"独到之见",实未敢企及于万一。有负遗教,惭悚何极!

其次,关于不同学科的互相渗透问题。

古人曾说"不通群经,即不能精一经",这已道破了治学方法中"约"与"博"的辩证关系。如果把范围扩大一些,则研究文学史上的任何现象,都跟史学、哲学、民族学、宗教学、神话学、民俗学、考古学、语言学等等,有着不可分割的联系。在科学研究中,它们之间是互相渗透的,涉及的广度与钻研的深度,是相辅相成的。我收在本集中的那篇《屈赋语言的旋律美》,已发表于1982年《四川师院学报》第4期。其中关于屈赋的"韵律"问题,曾提出"首、尾韵""中、尾韵"等罕见现象。"例不十,法不立",当时我所得到的例证,每项都在二十条以上。但文章发表之后,仍然于心不安,深恐把偶然现象看成是规律。

然而最近读到1983年《民族文化》第2期,竟在黄革同志(壮族)《丰富优美的壮歌》一文中,发现了壮歌与屈赋在韵律上的相似点。他说:"壮歌有严格的腰尾韵,与汉族民歌的韵律不

同。"所谓"尾韵",即韵押在句尾,系一般现象,这里从略;而所谓"腰韵",据作者说:

> 在腰韵方面,五言歌的押韵位置主要在第三个字,其次在第二个字,个别押头韵①或在第四个字押韵,七言歌的腰韵主要押在第四个字,其次在第二个字。这是因为歌唱时要在这些地方停顿、换气的原因。不这样就难以歌唱,勉强唱出来也不好听。

不难看出,壮歌的"腰尾韵",与我所提出的屈赋的"首、尾韵""中、尾韵",颇有共同之处。即叶韵的字,不仅在"句尾"出现,而且可以在"句中"或"句首"出现。并且我发现,屈赋的形式跟壮歌的长篇"排歌"(一称"串歌")极其相似,即除句子的字数不等之外,主要是押"尾韵",只有部分句子才押"腰韵"。当然,从黄革同志的文章看,壮歌的韵律也有与屈赋不同之处。即壮歌乃"尾韵"与"腰韵"相叶,而屈赋则是"腰韵"与"腰韵"相叶,"尾韵"与"尾韵"相叶。但是由此可以证明,拙文所提出的屈赋的"首、尾韵""中、尾韵"等韵律形态,绝不是偶然现象。它们正是战国时期包括楚文化在内的我国南方民族文化的特征之一。而黄革同志所谓的"好听"或"不好听",也正是属于我所提出的"语言旋律美"的问题。然而如果不从民族学或民俗学的角度以壮歌与屈赋互证,则屈赋中这类问题虽然也可能被提出来,但悬案终究是悬案,决定性的结论是不容易得出来的。

最后,谈谈学术交流问题。

---

① 第一个字。

在古代,限于历史条件,学术交流比较困难,因而学术的发展也就相对迟缓得多。现在的情况不同,不仅国内的学术界交流频繁,而且国际的学术交流也越来越活跃。但是,毋庸讳言,由于某种原因,国际学术界仍然存在一些不应有的隔膜。如日本学术界有的学者对本集所收拙作《〈屈原列传〉理惑》(发表于1962年《文史》第1辑,原名《〈屈原列传〉新探》)一文的误解,即其显著的例证。拙文的中心,本来是要试图解决历代学人对《史记·屈原列传》所提出的问题,从而恢复其文章的原形,展示出屈原生平事迹的本来面貌。文章的目的性是明确的。但是,近年来日本学术界否定屈原存在之风大起,亦即在"英雄与作者分离论"的前提下,把伟大诗人屈原从中国历史上抹掉了。因而中国近代学术界的廖平、胡适、卫聚贤等持屈原否定论者,也被奉为研究屈原的圭臬,尤其是何天行的《楚辞作于汉代考》一书,更得到极高的评价。所有这些现象,原属学术争鸣,未可厚非。而问题在于竟有人以拙作《〈屈原列传〉新探》为根据,将本人也纳入否定屈原的体系。其文云:

> 1962年,最近的学者汤炳正比较了《屈原列传》的正文和有关汉代的各种文献,并且指出:《屈原列传》的大部分内容是后人增改的。

很显然,这里极端夸大了增改的范围,而且我所说的"窜入",跟"屈原并无其人"也绝不是同一概念。拙作是不能为否定屈原的存在帮忙的。

至于何天行《楚辞作于汉代考》的结论,主要是认为《离骚》并不是什么屈原所作,而是西汉淮南王刘安所作。对此,我本想多说几句话，以澄清是非。但这里限于篇幅，只打算提出一项新鲜事物，做个简短的说明。1983年《文物》第2期发表的《阜阳汉简简介》，其中有这样一段话：

> 阜阳简中发现有两片《楚辞》，一为《离骚》残句，仅存四字，一为《涉江》残句，仅存五字，令人惋惜不已。另有若干残片，亦为辞赋之体裁，未明作者。

《简介》中又报道：这次出土的先秦古籍中，还有《诗经》《周易》等多种。经考古界的分析，出土器物上有"女（汝）阴侯"铭文及漆器铭文纪年最长为"十一年"等材料，可以确认墓主是西汉第二代汝阴侯夏侯灶。夏侯灶是西汉开国功臣夏侯婴之子，卒于文帝十五年（前165）。故阜阳汉简的下限不得晚于这一年。因此，我认为这批汉简的出土，对判断《离骚》是否为西汉淮南王刘安所作，实为最可靠的原始资料。

据《史记·淮南衡山列传》，淮南厉王以谋不轨死，"孝文八年"乃封其子刘安为阜陵侯，其时刘安仅七八岁，"孝文十六年"，又改封刘安为淮南王。武帝即位，"建元二年"淮南王刘安入朝。又据《汉书·淮南衡山济北王传》所叙淮南王刘安受封的时间，与《史记》全同。唯于武帝时刘安入朝之下，补入武帝"使为《离骚传》，旦受诏，日食时上"等语。而何天行的《楚辞作于汉代考》却以为《离骚传》即《离骚赋》，从而得出《离骚》乃淮南王刘安所作的结论。但是，按照何天行的说法，则刘安入朝作《离骚》的时间是汉武帝建元二年，那么，为什么《离骚》汉简竟会在死于二十六年以前的汝阴侯的墓中出现呢？那时刘安不过十四五岁，而且也并无入朝武帝之事，因为这中间还隔着景帝一代呢！可见，刘安作《离骚》之说，是完全违反历史事实的。我在本集《〈楚辞〉成书之探索》中，曾认为刘安封淮南，都寿春，其地为楚最后之故都，屈赋当已广泛流传人间，故刘安及其宾客得搜罗屈赋以成专集。阜阳乃寿春近地，则汉简《离骚》《涉江》之出土，不仅说明了《离骚》并非刘安所作，而且竟为鄙说增加了一条新的旁证。阜阳出土屈赋残简，从一般意义上讲并不为奇，而对于破除刘安作《离骚》的成见，则不能不说是极其珍贵的文物。为了加强学术交流，故特提出个人极不成熟的意见，以供国内外学术界参考。

以上三个方面，都是本集交稿以后的一些零星感想。学术研究是无止境的，此外还有不少的话要讲，但这里只好从略，庶免"画蛇添足"之诮。

汤炳正
1983 年 7 月 16 日